古典詩歌研究彙刊

第六輯

龔鵬程 主編

第 20 冊

宋元時期嚴羽詩論接受史研究（上）

黃 培 青 著

國家圖書館出版品預行編目資料

宋元時期嚴羽詩論接受史研究（上）／黃培青 著 — 初版 —
台北縣永和市：花木蘭文化出版社，2009〔民98〕
目 4+192 面：17×24 公分
（古典詩歌研究彙刊 第六輯：第 20 冊）
ISBN 978-986-6449-71-0（精裝）
1.（宋）嚴羽 2. 傳記 3. 學術思想 4. 宋詩 5. 詩評
6. 元代
820.9105   98013951

ISBN - 978-986-6449-71-0

9 789866 449710

古典詩歌研究彙刊
第六輯 第二十冊   ISBN：978-986-6449-71-0

宋元時期嚴羽詩論接受史研究（上）

作　　者 黃培青
主　　編 龔鵬程
總 編 輯 杜潔祥
出　　版 花木蘭文化出版社
發 行 所 花木蘭文化出版社
發 行 人 高小娟
聯絡地址 台北縣永和市中正路五九五號七樓之三
　　　　 電話：02-2923-1455／傳眞：02-2923-1452
網　　址 http://www.huamulan.tw 信箱 sut81518@ms59.hinet.net
印　　刷 普羅文化出版廣告事業
初　　版 2009 年 9 月
定　　價 第六輯 25 冊（精裝）新台幣 35,000 元

宋元時期嚴羽詩論接受史研究（上）

黃培青 著

作者簡介

黃培青，臺北市人，國立臺灣師範大學文學博士，曾任國立臺灣科技大學人文學科、國立臺北商業技術學院共同學科兼任講師，現任經國管理暨健康學院通識中心助理教授。研究方向以中國詩學為主，對古典小說、現代文學也略有涉獵。曾發表〈樹妖一定得死？──論《西遊記》之〈荊棘嶺悟能努力　木仙庵三藏談詩〉〉、〈滄浪詩話「揚唐抑宋」觀念試探〉等數篇期刊論文，另撰有《歲寒堂詩話研究》一書。

提　　要

　　《滄浪詩話》為詩話史上重要的代表作品，其價值除來自著作本身理論架構的完備，更在後人稱譽、批評所激盪出的火花中，綻放耀眼的光芒。是書流傳至明代中葉後，成為學者談文論藝的必讀經典。其妙悟、興趣、材趣、氣象諸說，甚至成為時人的論詩的尋常話頭。

　　然而回顧明代以前詩壇，嚴羽詩名、論著幾乎不見於載籍。相對於明人的熱衷重視，不免令人好奇，自嚴羽身殁之後百餘年的光景，其詩學流傳、接受的實況究竟為何？又為什麼是書可於明代擠身煌然巨著之林，卻在宋、元時期墮於寥落寂寞的蒼涼處境？在滄浪詩名於明代一步到位成為時人論詩必備津梁之前，仍有太多待答問題亟需解決。

　　文學歷史演變的經驗告訴我們，事物的發展皆有其因果。面對明代時期嚴羽聲望馳譽之隆，更該留意還有許多歷史公案等著我們去參究。於是本文擬以「宋、元」為時代斷限，探究嚴羽詩論在該時期的接受情形。

　　在本文的體製安排上，共分為六章。首章緒論，揭示本題寫作的動機、範圍，並對現實研究文獻進行考察，最後論述本文的研究方法。次章分為三節，首先就嚴羽生平作簡單的介紹，次節則討論嚴羽詩論在宋末、元代時期流布的情形，最後是本章的結語。

　　第三章開始則正式進入嚴羽詩論接受史的考述，尋繹是時詩評家與嚴羽間可能存在的聯繫關係。此章考察重點在於《詩人玉屑》、《對牀夜語》兩部詩學作品。在此二部著作裡，或借鑑《滄浪詩話》的結構體製，或襲用嚴羽批評術語，或引錄嚴氏詩學判斷、識見……不一而足。但就普及性看來，是時有關嚴羽、《滄浪詩話》的論述，僅凡此二書；且就其流傳範圍看來，大抵侷限於閩、浙沿海一帶。所以在季宋時期　嚴羽的詩論主張影響並不顯著。只可謂為嚴羽詩論接受史中的「萌芽期」。

　　第四章討論的年代從蒙元代宋為起點，終於元仁宗延祐復科取士。是時三部重要的詩學作品：《詩林廣記》、《瀛奎律髓》、《唐才子傳》，在詩學主張上與《滄浪詩話》都有相當程度的聯繫。首先在《詩林廣記》中曾數次採錄嚴羽〈詩體〉

的論詩主張，援引為蔡正孫說解詩例的評註。至於《瀛奎律髓》一書，方回雖以江西後學自居，但面對晚宋以降揚唐抑宋風尚的考驗，使其宗宋詩學體系必須進行修正、調整。此一進路，表現在折衷尚法、重悟兩派詩學主張，融合為更加完備的理論主張。除此之外，方回對嚴羽詩論最主要的接受是在詩史觀上，其「一祖三宗」之說，勾勒出由黃、陳進返盛唐杜甫的詩歌統緒，連帶影響其唐詩史觀的判斷。方回提出了「三唐」之說，以盛、中、晚三期作為唐詩發展的重要區塊，其借鑑嚴羽「五唐」之說，合「大曆」、「元和」為「中唐」，是唐詩史觀上的突破。第三節討論的是辛文房《唐才子傳》，該書對於嚴羽詩論的接受，主要展現在唐詩史觀以及具體批評之上，嚴羽諸多精確的品騭判斷都在辛文房的著作中得到肯認與發展。總括而言 此一時期仍鮮有論著直接稱引嚴羽之名或《滄浪詩話》，除了方回〈詩人玉屑考〉中曾對嚴羽詩歌、詩評作出「詩不甚佳」，並指其評詩話語「是非相半」的批評外，已無所見。即便《唐才子傳》中有許多承繼嚴羽詩論的明確痕跡，卻無片語隻字提及嚴羽之名。所以此時期的嚴羽詩論接受，在詩家的吸收、借鑑後，轉化成時人論詩的內在養分。另外在當時一些著名的詩評家，如戴表元、袁桷、劉將孫，在「入神說」、「詩禪說」等重要議題，都有承嚴羽餘緒而更進一步的發展。所以即便是以伏流的姿態出現於是時詩評意見中，但相較於前期，嚴羽詩論的接受影響，層面已更為廣泛、深刻。不再只如宋末時只相對集中在對〈詩辨〉一章的接受，或僅為文獻存目的效果。而經歷方回、辛文房、戴表元、劉將孫等人的推闡之後，嚴羽詩論的影響有漸漸擴大的趨勢。故可目之為嚴羽詩論接受史中的「發展期」。

　　至於第五章，論述的時代斷限是以延祐復科到元代末年。在這段期間當中，筆者關注的重心在於詩格、詩法作品，以及元代享譽最隆的唐詩選本──《唐音》之上。本章討論八部元代著名的格、法作品，透過資料的分析、比較，紬繹其與嚴羽詩論的內在聯繫。值得注意的是，在此時嚴羽詩名雖仍不顯赫，但其詩學主張，實已透過格、法作品，全面滲透入主流文壇之中。而且，在格法類作家身上，如「禪喻論」、「氣象說」、「妙悟說」、「辨家數」……等，都獲得進一步的理解與闡釋，甚而開出新義。至於《唐音》，其以唐代詩選佳本的姿態，獲得元末明初宗唐一派詩論家的青睞。在是書之中，雖不似《瀛奎律髓》於詩下附有評註，但楊士弘在凡例、前言、目錄序中，多次論述其編選原則與詩學觀點，而且是書體製、編排方式，也展示出楊士弘獨特的唐詩觀。在比較、參照嚴羽詩論主張之後，可以發現嚴羽詩學在《唐音》中承繼 修正的情形。另外本章還散錄幾位詩評家的意見，如虞集、歐陽玄、戴表元等人，當時文人提倡「宗唐得古」，嚴羽詩論恰恰符合仁宗時期治世之音的需求，故而在許多詩評意見中都可發現與嚴羽近似的主張。不過在缺乏直接證據引證之下，只能聊為吾人考察嚴羽詩論接受時作參考之用。總括而言，本時期在嚴羽詩論接受史上的意義在於「承先啟後」之上。在大量格、法作品中反覆出現嚴羽的詩學主張，在術語意義的內蘊上，又有更進一步的發展。雖然格法作品多雜抄詩人詩學論著而來，也很少標示理論出處，但在嚴羽主張被

普遍接受、引用時，其影響力已不同於前二時期。加上《唐音》的選詩原則，係為嚴羽唐詩史觀的落實、實踐，又符合當時時代的需要，嚴羽詩論的接受至此已呈現出蓬勃發展的樣態。無怪乎在明初高棅《唐詩品彙》一出，嚴羽詩學在其推波助瀾之下，席捲有明一代的詩壇風尚。

　　第六章是本文的結論，筆者在總結上述諸章的研究成果後，做全面的概述、整理。並以此勾勒出嚴羽詩學於宋元時期隆替升降的過程，為嚴羽詩論接受史研究起著發端的作用。

目

次

第一章　緒　論

第一節　研究動機與研究範圍

一、研究動機

　　在一般的理解之中，「時間」是衡量文學作品是否足以稱爲「經典」的重要尺度。當一部文本，在經過相當長度的時間考驗後，仍被視爲優秀和偉大的作品，其意義也就不同於平凡之作。因爲它已證明自己禁得起時間的淘洗、考驗，具有挺立於歷史長流中的兀傲地位。所以，從歷史的觀點看來，「經典」之作，必然得接受一代又一代讀者的閱讀與闡釋。唯有經過不同時代讀者考驗的文本，才有足稱「經典」的可能。

　　於此，吾人聯繫《滄浪詩話》在明清兩代詩壇所激起的巨大迴響，從其影響、接受、流布的情況看來，嚴羽是書的確符膺「經典」之譽。

　　此外，吾人還可透過今人對於「經典」作品的諸多定義，探覈是書是否切合以經典接受的論述方式進行研究。

　　程正民說：

　　　　經典還必須具有內在對話性，必須是開放的、充滿強力的，
　　　　也就是說作品的各個部分的內容，各個層面應當充滿內在

　　對話，因而形成一種藝術張力。〔註1〕

對照明、清兩代詩壇，舉凡格調、性靈、神韻諸詩學流派，皆受嚴羽
詩學沾漑的情況看來。《滄浪詩話》確實具有開放的對話空間，存在
多元接受的可能。是以後世不同流派的詩歌主張，皆能由其中找到立
論根柢。

　　當然，當一部作品成為經典之後，也將面對不同的意見與多元的
闡釋，其中嘲謔、詆毀、攻擊也是可能面對的挑戰。

　　陳文忠說：

> 在經典閱讀史上，幾乎每一部作品的主題、意蘊和意境都
> 充滿了歧見和爭議，不同時代的讀者從不同角度和不同層
> 面作出了各自的解釋。這種對作品的解釋和爭議必將持續
> 下去，且永無止境。〔註2〕

審諸後人對於嚴羽的評價，譽之者如明人胡應麟所謂「劃除荊棘，
獨探上乘」，〔註3〕或清人潘德輿讚譽「知詩之本者，非滄浪其誰」；
〔註4〕詆之者如清人馮班：「滄浪論詩，止是浮光掠影，如有所見，
其實腳跟未曾點地」〔註5〕等等。在議論蠭起、毀譽攻防之間，激
盪出嚴羽詩學豐沛的生命力。

　　陶水平說：

> 能夠成為爭議和重估的對象將有利於作家作品在文學史上
> 經典地位的鞏固。〔註6〕

〔註1〕　參見氏著：〈經典在對話中生成〉，《文學經典的建構、解構和重構》
　　　　（北京：北京大學出版社，2007 年 11 月），頁 91。

〔註2〕　參見氏著：〈接受史視野中的經典細讀〉，《文藝理論》（2008 年 2 月），
　　　　頁 8。

〔註3〕　〔明〕胡應麟：《詩藪》卷四，收入吳文治主編：《明詩話全編》（南
　　　　京：江蘇古籍出版社，1997 年 12 月），頁 5596。

〔註4〕　〔清〕潘德輿：《養一齋詩話》卷一，收入郭紹虞編選《清詩話續編》
　　　　（上海：上海古籍出版社，1983 年 12 月），頁 2011。

〔註5〕　〔清〕馮班：〈嚴氏糾謬〉，收入郭紹虞校釋：《滄浪詩話校釋》（臺
　　　　北：里仁書局，1987 年 4 月），頁 285。

〔註6〕　參見氏著：〈當下文學經典研究的文化邏輯〉，《文學經典的建構、解
　　　　構和重構》（北京：北京大學出版社，2007 年 11 月），頁 273。

正是這留有爭議、值得討論的必要性，說明《滄浪詩話》爲何時至今日仍具有詮釋、研究的不朽價值。

　　然而在回顧《滄浪詩話》的接受歷史時，卻出現一道明顯的斷裂與空白。彷彿到了明代之後，《滄浪詩話》突然一躍成爲時人譚詩論藝的話頭，但對於嚴羽身故之後，越宋歷元這百餘年的漫漫歷史，嚴羽詩論的接受與承繼卻在不經世人手眼的狀態下被草草帶過，這無疑是治《滄浪詩話》者的缺憾。

　　大陸學者張健曾經就宋、元時期〔註7〕嚴羽詩論的影響作如下表示：

> 宋元時代，嚴羽的影響並不很大。當時儘管有上官偉長、吳孟易、朱叔大等人繼承其詩學，但影響只局限於邵武一帶。魏慶之《詩人玉屑》收錄嚴羽著作，但這並不表明嚴羽在宋末詩壇有多麼巨大的影響。〔註8〕

張氏又說：

> 在元代，雖有邵武詩人陳士元、黃清老諸人繼承嚴羽的傾向，搜集嚴羽的作品，但就總體而言，嚴羽的影響並沒有擴展到整個詩壇。從現存的元代的詩學文獻看，除了福建詩人以外，元代詩人引論嚴羽詩學的人極少。只是到了明初，閩中十子繼承嚴羽詩學，尤其是高棅的《唐詩品彙》，宗嚴羽之說，論唐詩分初、盛、中、晚，並大量引嚴羽詩論，而此書爲有明一代館閣所宗，嚴羽的詩學才走出福建而影響整個詩壇。〔註9〕

然而宋、元時期嚴羽詩學接受的風貌，是否僅透過此二段文字即可全然解惑？是否還有其他細微的關鍵，在此論斷之間被忽略帶過？嚴羽

〔註7〕　本文討論的宋、元時期，宋代係以嚴羽生年（1197）以後開始，迄於宋亡（1275）。至於元代則以元兵攻克臨安（1276）至明太祖應天即位（1367）爲斷限。

〔註8〕　參見氏著：〈《滄浪詩話》非嚴羽所編──《滄浪詩話》成書問題考辨〉，《北京大學學報》哲學社會科學版（1999年第4期），頁84。

〔註9〕　同上註，頁84。

詩學的再發現，是否直至明初閩中十子、高棅《唐詩品彙》出，才有被確立的可能？都值得進一步推敲、研究。

許經田曾說：

> 我們要盡可能追溯作品典律化的歷史：在何種時空背景裏它被納入典律？以何種理由（以何種閱讀策略）？在不同的時空背景裏，在不同的典律觀裏，它如何能維持在典律的地位（以何種閱讀策略）？〔註10〕

所以，嚴羽詩論在進入明代文人視野之前，其流布情形究竟為何？宋、元時人對其接受的情形為何？還有待吾人深入驗證、探索。

二、研究範圍

陳文忠在《中國古典詩歌接受史研究》曾對「接受史」研究作出如下的定義：

> 接受史就是詩歌本文潛在意義的外化形式的衍化史，是作品在不同階段經讀者解釋後所呈現的具體面貌，也就是讀者閱讀經驗的歷史，它通常體現為不同時期的接受者，包括普通讀者、詩評家及詩人作家，對作品不斷作出的鑒賞、闡釋及在創作中的吸收借用等等。〔註11〕

陳氏以為文本的接受是一個動態發展的過程，在不同的時點、不同讀者以其背景、經驗對文本進行閱讀、理解，就有可能挖掘出文本潛在的意義，所以陳氏以為「接受史是文本意義外化的衍化史」，在每一次的閱讀、接受後，被賦予闡新的意義。

陳文忠接著由讀者身分的不同，將「接受史」研究的範疇，畫分為三，分別為：〔註12〕

〔註10〕 參見氏著：〈典律、共同論述與多元社會〉，《典律與文學教學：第十六屆全國比較文學會議論文選集》（臺北：書林出版有限公司，1995年4月），頁42。

〔註11〕 參見氏著：《中國古典詩歌接受史研究》（合肥市：安徽大學出版社，1998年8月），頁10。

〔註12〕 同上註，頁8。

1. 以普通讀者爲主體的效果史研究
2. 以詩評家爲主體的闡釋史研究
3. 以詩人創作者爲主體的影響史研究

當然陳氏此書的畫分方式，係本於詩歌作品而成。而本文探討的對象——《滄浪詩話》是一部詩學論著，故其讀者恐難普及於普通讀者之上。因爲在一般的情況，讀者不大可能直接拿著生硬的詩學理論著作來研讀，再加上詩學論著對於普通讀者是否產生效果？如何產生效果？其間關聯恐怕還得透過詩人對於理論的容受，以詩歌創作的方式傳達至普通讀者眼前。故在接受關係上，實已隔了一層。再者，衡諸嚴羽詩論在宋、元時期流布的情況並不顯赫，要進一步析理哪些詩人受其影響，又如何牽動著普通讀者的審美好尙，更是有其難度。所以「以普通讀者爲主體的效果史研究」將被排除在本文的討論範疇之內。

如前所述，對於詩人創作者的影響史研究，在嚴羽詩學尙未蔚爲風尙之時，其於詩人創作的影響關係頗難指實。究竟後人哪些作品在風格取向、詩境經營受到嚴羽詩論的啓迪？在缺乏文獻佐證之下，恐怕會落得泛泛而論的浮面印象。所以，本文的研究範圍將以「詩評家的闡釋研究」爲主，並配合《滄浪詩話》文本流傳的情況進行研究。

對於詩評家而言，闡發其識見的文本，即可稱爲「詩學論著」。所以，所謂的「詩學論著」，應包括詩歌選本、詩話、詩格、詩法、評點等作品，另外還須旁參方志、筆記、序跋、書信等資料。透過全面性的考索，以期能掌握該時代的詩學整體風貌。

其中，選本是人們接觸、研習詩歌時最直接的來源之一。一部影響力大的選本，往往會對社會產生極大的影響效應。楊鐮曾說：

> 歷史發展總是站在文獻的對立面。失傳，是一個淘汰過程。
> 歷史對文獻的淘汰，是沒有選擇的。而詩選家始終在輯佚，
> 始終在搶救還沒有完全被歲月湮沒的文獻。但實際上詩選
> 家對詩學文獻的「淘汰」更具毀滅性，因爲他有——或自

　　認爲有──選擇標準。〔註13〕

所以，選本反映著編選者的用心、眼光，也反映了當時的詩學風氣。所以，透過選本的研究，可以讓吾人理解編選者的詩學主張，進窺時代風尚。

　　至於詩話、詩格、詩法、評點一類的作品，歸納起來重心大抵在於「評、論」二端。其中，「評」即是批評，指的是批評家對於具體詩人、詩作的分析討論；「論」即論述，是對詩歌沿革發展及批評原理、方法的概括說明。此一門類，可謂是今人進行詩學研究時的必然參考對象。

　　另外，序跋、書信、筆記、方志資料……則多以零散呈現爲常態。但在這些較乏組織的資料中，卻常常包蘊著豐富的詩論材料。所以進行詩學研究時，全面、系統地蒐集序跋、書信等資料，也是必要的工作之一。

　　最後還須留意者，有正史〈文藝傳〉、〈文苑傳〉等資料，它們多半經過史學家的識見判斷。大如流變、分期等詩史判斷；小至詩人成就，甚或隻言片語的考釋，都有值得仔細參照之處。

　　至於本文討論的時代限定，因應選題範圍，自然是以宋、元兩代爲主。所以本論文的研究範圍，將側重詩評家詩學論著，從選本、詩話、格法、以及書信、序跋等作品，析理《滄浪詩話》在宋元時期的接受、闡釋的情形。

第二節　研究文獻考察

一、《滄浪詩話》相關研究概述

　　關於《滄浪詩話》的現當代研究，二十世紀前半期，只有劉開渠〈嚴滄浪的藝術論〉（1927）、朱東潤〈滄浪詩話參證〉（1933）、胡才

────────────

〔註13〕參見氏著：《元詩史》（北京：人民文學出版社，2003 年 8 月），頁57。

甫〈《滄浪詩話&詩評》箋注〉（1936）等三篇文章問世。整體研究的深度、廣度雖不能與後半葉學者等量齊觀，但這些作品卻深具前導的作用。值得一提的是，1934 年胡才甫於上海中華書局出版《滄浪詩話箋注》一書，書中涵括詩人生平的考敘，並輯錄《滄浪詩話》所論之詩，並予釋義補充，是部深具資料性價值的箋注作品。另外，還有幾部文學批評史的著作也曾論及《滄浪詩話》，如 1944 年朱東潤出版《中國文學批評史大綱》一書，即設有專節討論。但此類作品或限於篇幅，以及著作本身特色的侷限，所以介紹性質要比理論分析要來得多些。

　　另外，錢鍾書對《滄浪詩話》亦用力頗勤，錢氏於 1949 年出版《談藝錄》一書，其中八四〈以禪喻詩〉即云：「滄浪別開生面，如驪珠之先探，等犀角之獨覺，在學詩時工夫之外，另拈出成詩後之境界，妙悟而外，尚有神韻，不僅以學詩之事，比諸學禪之事，並以詩成有神，言盡而味無窮之妙，比於禪理之超絕語言文字。他人不過較詩於禪，滄浪遂欲通禪於詩」，〔註 14〕給予滄浪詩論很高的評價。另外，錢氏還有《宋詩選注》（1958）之作，書中特別提及包恢《敝帚稿略》，並以此說明嚴羽與包恢在詩學主張上可能存在的關係、聯繫，可謂慧眼獨具、發前人所未發之說。至於錢氏名著《管錐編》（1979），也有與滄浪詩學相關的敘述，皆值得後人參考。

　　二十世紀後半葉，在《滄浪詩話》的研究上，已有長足的進展，其中尤以郭紹虞為最。1961 年郭氏出版《滄浪詩話校釋》一書，是書集「校」、「釋」、「論」於一體，資料詳實、論述深入，為治《滄浪詩話》學者不可不讀的研究專著。另外，郭紹虞在其論著《宋詩話考》以及《中國文學批評史》中，都立有專章討論《滄浪詩話》。在《照隅室古典文學論文集》中，也有〈中國文學批評史上之神氣說〉、〈滄浪詩話以前之詩禪說〉、〈神韻與格調〉、〈試測滄浪詩話的本來面貌〉、

〔註 14〕參見氏著：《談藝錄》（臺北：藍燈文化事業股份有限公司，1987 年11 月），頁 258。

〈關於滄浪詩話討論的補充意見〉等專文發表，皆與嚴羽詩論密切相關。所以，郭氏堪稱爲現當代《滄浪詩話》研究，見識卓著、成就斐然的奠基者。

1966 年張健出版其碩士學位論文《滄浪詩話研究》一書，是第一部專以《滄浪詩話》爲討論中心的學術論著。是書分爲「作者」、「原理論」、「方法論」、「體裁論」、「批評與考證」、「影響及後人的批評」，對嚴羽及其詩論作全面性的研究與觀照。是書末章「綜論」中，還置入「與西洋文學理論的比較」一節，比較了嚴羽與柏格森、馬拉美、克羅齊等人的美學思想，其遠大的企圖與寬闊的視野，爲臺灣《滄浪詩話》研究樹立了一道豐碑。

1980 年陳伯海在上海古籍出版社出版《嚴羽和滄浪詩話》一書，其中探究了《滄浪詩話》的產生背景、嚴羽生平，並拈出「以興趣爲中心的批評論」、「以妙悟爲主導的創作論」、「以法盛唐爲歸趨的詩體論」等主題架構，皆頗具識眼。其中尤爲可貴的是該書設立專章，指陳「《滄浪詩話》理論體系的內在矛盾」，對《滄浪詩話》作了更深刻的理論反思。

1986 年黃景進出版了《嚴羽及其詩論之研究》一書，是書資料翔實、論證嚴謹。書中除「嚴羽詩論的重心」、「以禪喻詩的主要內容」、「嚴羽的實際批評」、「詩的分類考證」外，還關注及嚴羽生平、交遊、著作等面向。其間尤以「詩論重心」與「與以禪喻詩」兩章最爲精采，對「妙悟」、「興趣」二說作了深入的探究。黃氏書中還指出嚴羽詩學與大慧宗杲禪學間的淵源關係，對於嚴羽詩禪理論的背景闡釋，具有劃時代的意義。

1991 年郭晉稀出版《詩辨新探》，是書以爲〈詩辨〉乃《滄浪詩話》的總綱，故將論述焦點聚焦於此並加以辨析、闡釋。郭氏以「別材說」、「別趣說」、「興趣說」、「妙悟說」四者爲綱，建構嚴氏詩學的體系架構。其中尤顯識見處乃在於「別材」、「別趣」說的闡發上。郭氏以爲「別材」之「材」並非詩人之才，而是「材料」之意。而「別

材」說的提出，意在凸顯「詩」與「文」所使用的材料應是截然有別的，郭氏以爲嚴羽此說的提出乃是針對宋人「以文爲詩」風氣所形成詩文合流現象而來。而此一解釋從外部因素看來，切合南宋中、期的文壇風氣；從內部因素看來，也與嚴羽詩論主體脈絡相合。至於「別趣」說，郭氏也是從宋代詩文合流的角度出發，指出「別趣」係指別於「文趣」之外的「詩趣」，立足詩歌本位出發的嚴羽，特別彰顯「詩趣」以恢復詩歌的本來面目。是書之中有許多關於嚴羽詩論的精彩闡釋與發明，甚有可觀之處。不過嚴羽詩論的影響與接受並非作者關注的重點，故本書的參考價值主要在於嚴氏理論的詮解之上。

1992 年香港中文大學李銳清出版《滄浪詩話的詩歌理論研究》，是書分別就嚴羽生平、《滄浪詩話》在詩論史上的意義、成書問題、詩禪喻的淵源影響、詩論內容、成就評價作深入的探討。書中李氏以「以禪喻詩」爲綱領，對詩禪相類、相通處反覆論說、用力頗深。而其中淵源影響的部分，對本題寫作頗有啓發。

1998 年許志剛出版《嚴羽評傳》，是書爲中國思想家評傳叢書之一，採取以人物爲敘述主體的討論方式，對於嚴羽生平環境、性格、時代背景與交游情形，都作了較爲深入的研究。而後半部分則就《滄浪詩話》的理論體系、文學史觀、以禪喻詩，以及身後影響作介紹。並兼及嚴羽在詩歌創作上的成就與貢獻，以之爲參照點反觀其詩論，允稱爲質量俱佳的學術著作。

2002 年曹東出版了《嚴羽研究》一書，是書就嚴羽的生平、美學思想、詩論、創作、詩論影響等方面分章敘述。其中影響的部分與本題最爲相關，但其作爲專著中的某一篇章，且其論於邵武後學和元代詩壇僅凡三頁篇幅，其詳略自可推知。但對本文的撰寫，仍有前導性的意義。

2006 年程小平出版《《滄浪詩話》的詩學研究》一書，其書共分四章，其中談論《滄浪詩話》生成的文化語境，並就嚴羽詩論進行重新闡釋，最後論及影響。在影響部分則以後世三大詩學流派格調、性

靈、神韻受嚴羽啟發處為述中心，頗多發明。但對於《滄浪詩話》在宋元時期的流傳、影響情況，幾乎付諸闕如，頗為可惜。

在文獻整理方面，1997 年陳定玉出版了《嚴羽集》一書。此書收錄《滄浪詩話》、《滄浪吟卷》及《評點李太白詩集》等，並附有嚴羽傳記以及後人多篇序跋，是書的出版對於嚴羽詩學、《滄浪詩話》的研究皆甚具文獻價值。

在論文集方面，二十世紀中葉迄今，約莫有二百餘篇與《滄浪詩話》相關的論文面世。其中最值得一提的是 1985 年福建邵武舉辦首屆嚴羽學術討論會，該會論文於 1987 年集結成冊，共收錄論文五十餘篇，其中對「妙悟」、「材趣」、「興趣」等核心概念皆有專文深入探討；另外在批評論方面，也分別就滄浪評漢魏六朝、建安、謝靈運、李杜、東坡等人作專題討論。該次會議可謂是《滄浪詩話》研究史上的一大盛事。

至於，單篇論文方面，大陸學者張健於 1999 年發表〈《滄浪詩話》非嚴羽所編──《滄浪詩話》成書問題考辨〉特別值得一提。張氏從文獻資料出發，發現在元代的史料當中，時人並未將〈詩辨〉等五篇論詩專文視為「詩話」作品，而是將這五篇論詩篇章當作「詩法」來看待。並從元代的詩法匯編引錄情形指出當時人僅以《嚴滄浪先生詩法》稱之而未有詩話之名。所以張氏推論《滄浪詩話》應是明代之後才重新編輯而成，而以嚴羽「滄浪逋客」作為得名由來。這篇專文對於嚴羽詩學的研究有著極為重大的意義，顛覆了長久以來學界對於嚴羽詩學著作編纂的陳說，在未有進一步歷史資料可予反駁的情況下，此一主張的提出值得吾人特予標誌。

另外，在學位論文部分，香港學者蕭淳鏵曾以《詩人玉屑》為題，纂寫博士論文，其中有與《滄浪詩話》交涉的議題、討論。蕭氏於 1998 年、2000 年時曾分別撰寫專文討論《滄浪詩話》與《詩人玉屑》之間的關係，對於本文討論魏慶之對嚴羽詩論的接受時，別具指導價值。

　　至於其他期刊論文，因為篇帙繁多，茲不一一列舉介紹。但大體而言單篇論文的研究重心仍多聚焦於妙悟、興趣、材趣、氣象、入神等課題上。許多觀點陳陳相因，理論視角與方法也大同小異。所以，視角的拓展與方法的創新應是現今治滄浪詩學者所須開展的方向。諸如借鑑宗教學、文化人類學、心理學、社會學等視角，或援引西方文學理論、方法，將可使此議題開展出新的氣象與格局。

　　綜上所述，吾人可以發現，嚴羽詩學對於後世影響甚大，現當代研究者已頗為關注此一課題，舉凡格調、神韻、性靈諸說，都能在嚴氏詩論中探得先源。後人雖然已經意識到嚴羽詩學在後世詩壇接受、影響的效果與現象的重要性，但學界所關注的焦點多半聚焦於明、清時期，相對而言，宋、元之際《滄浪詩話》的接受情形，就顯得乏人問津。此一空白與斷層，提供了本文撰寫的空間與討論的價值。

二、接受史相關研究概述

　　「接受詩學」的概念是近年來文學研究領域中的新興課題，其理論依據係由二十世紀六〇年代聯邦德國康斯坦茨學派所提出的「接受美學」發展而來。

　　所謂的「接受美學」，最凸出的特點是從讀者接受的角度研究文學問題。他們認為作品的意義和價值，是在閱讀過程中由讀者所重新賦予的，所以讀者才是作品的「真正完成者」。這個嶄新的研究方法進入中國古典文學研究領域之後，漸漸引起一片「接受史」研究的旋風。

　　近二十年來，臺、港、大陸學者發表各類接受史論文逾三百篇，出版接受史專著三十餘部，其中有半數以上冠以「接受史」之名。

　　在專著部分，1998 年陳文忠出版的《中國古典詩歌接受史研究》是一部理論性極強的著作。書中他將「詩歌接受史」研究區分為三：一是以普通讀者為主體的效果史研究，二是以詩評家為主體的闡釋史研究，三是以詩人創作者為主體的影響史研究。陳氏以這三大維面，

構築文學接受史的理論體系。另外輔以個案研究的形式，開展出文學作品的闡釋、影響的研究模型。是書既有宏觀理論的闡釋，又進行了微觀經典作品的考察，為古典詩學研究領域指引了新的研究方向。

2000 年鄧新華出版《中國古代接受詩學》，是書緒論部分，以「建構有民族特色的中國接受詩學」為題，對接受詩學的觀念、範圍作界義。正文部分則分「發展」與「方式」兩篇。上篇以歷時性的縱向考察，對接受詩學的發展、深化作詳細的介紹。下篇則就接受方式，提出「玩味」、「品評」、「釋義」三種特殊的接受方式，指出其理論內涵、文化成因，並將此三種藝術接受方式與西方接受美學、印象式批評及詮釋理論加以比較。為樹立具有中國古典特質的接受詩學，作努力與嘗試。2008 年鄧氏又出版了《中國古代詩學解釋學研究》，援用西方解釋學的觀點，與中國古代詩學進行對話，在堅持「文化還原」、「現代闡釋」和「中西對話」的研究原則下，全面性的總結中國古代詩學解釋學的樣貌。書中討論到文本理解途徑時捻出「品味」、「涵泳」、「自得」，談到詩性闡釋方式時又以「象喻」、「摘句」、「論詩詩」作為討論範疇，另外還談到儒、道、釋家思想對於詩學解釋學的諸多影響，對於理解嚴羽詩論的淵源、特色，都有很大的參考價值。

除了理論專著外，古典詩人的接受研究，是近來文學研究的重要領域。楊文雄於 2000 年出版《李白詩歌接受史》，落實了陳文忠所提出的「三維歷時結構」的主張，從效果史、闡釋史、影響史三方面，全面地考察李白在文學歷史中呈現出的形象。

蔡振念於 2002 年出版《杜詩唐宋接受史》，則採用「一維歷史結構」的方式，不細分「效果」、「闡釋」、「影響」，而就唐宋時期杜詩接受時往往「三者互為作用，交叉滲透」的歷史現象出發，以朝代為分，立定「唐人對杜詩的接受」與「宋人對杜詩的接受」兩大部分，析理唐宋時期杜詩接受的情形。在基礎理論的介紹上，蔡氏可謂用力甚勤。

除了楊、蔡二位臺灣學者對於古典詩歌接受史的開拓外，大陸地

區也出現不少接受史研究的專書。首先，尚永亮於 2000 年出版《莊騷傳播接受史綜論》，是書分爲上、中、下三篇，上篇論莊子、次篇論屈原、下篇則以「莊騷傳播接受論」爲目，作綜向歷時性的考察。是書最大的特色在於加入了地域接受的觀念，跳脫了以往側重歷時性研究的模式，以立體座標的定位方式進行論述，頗具開創意義。

另外，2002 年李劍鋒出版了《元前陶淵明接受史》，該書〈緒論〉部分提出了「兩條橫線和五條縱線」的思路：在共時性結構紬繹出「爲人」與「詩文」兩條橫線，在歷時性型態則提出「重點讀者史」、「聲名傳播史」、「創作影響史」、「闡釋評價史」、「視野史」等五大主題，再依時間順序，綜合性地評述東晉以降迄於兩宋的接受情況。這種「多維歷時結構」，是上述兩種理論架構外開展出的新興研究模式。

再次，劉學鍇在 2004 年時出版《李商隱詩歌接受史》一書，是書分爲上、中、下三編。上編先從歷史接受概況作介紹，中編闡釋史部分則以個案考察爲方法，就〈無題〉、〈錦瑟〉、〈嫦娥〉、〈樂遊原〉……等詩篇作歷代的闡釋研究。下編則以李商隱詩對前代的接受及對後世的影響爲題，以宋玉、阮籍、庾信、杜甫……等人作爲討論個案，作李商隱詩歌的推源研究。另外，再從李商隱對晚唐、宋、元、明、清詩歌的影響作接受研究。值得一提的是，劉氏將研究視點擴大至唐宋婉約詞上，析理出李商隱詩風對唐宋詞創作、風格的影響，跨文類的研究進路甚具示範意義。

2005 年朱麗霞出版《清代辛稼軒接受史》，該書由「創作」、「詞論」兩大面向觀察辛詞於後世接受的概況，兼顧理論指導與創作實踐的思考進路，頗具價值。另外，是書以斷代方式作研究範圍的限定，所以在議題深度的挖掘上更見功力，舉凡時代背景、地域特色、文人群體……等，皆有別具隻眼的深入論述。

此後，古典文學接受史的相關研究進入了蓬勃發展的階段，在詩歌研究方面除上述劉學鍇《李商隱詩歌接受史》外，還有劉中文《唐代陶淵明接受研究》（2006）、米彥青《清代李商隱詩歌接受史稿》

（2007）。於詞除朱麗霞《清代辛稼軒接受史》外，也有李冬紅《花間集接受史論稿》（2006）等著作問世。

除了上述與詩詞相關的接受史專著外，還有劉宏彬《紅樓夢接受美學論》（1992）、高中甫《歌德接受史研究》（1993）、金絲燕《文學接受與文化過濾——中國對法國象徵主義詩歌的接受》（1994）、磯部彰《西遊記接受史研究》（1995）、王衛平《接受美學與中國現代文學》（1996）、何香久《金瓶梅傳播史話》（1998）、馬以鑫《中國現代文學接受史》（1998）、胡邦煒《紅樓祭——20 世紀中國一個奇特文化現象之破譯》（1998）、尚學鋒等《中國古典文學接受史》（2000），以及高日暉、洪雁的《水滸傳接受史》（2006）問世。

至於單篇論文方面，因為篇目繁多，茲不一一列舉。但大體而言呈現出二大傾向：一是微觀接受史的研究，如對陶淵明〈形影神三首〉、〈飲酒二十首〉、王維〈輞川集〉、杜甫〈秋興八首〉、〈三吏〉、〈三別〉……等名作的接受研究，已成為今人研究的熱點。二是作家接受史的研究，如〈「詩家三李」說考論〉、〈歷代孟王優劣論簡評〉等詩人評價課題，也多有研究者關注。

最後，在學位論文方面，上海復旦大學李春桃的《《二十四詩品》接受史》（2005）是首部就詩論作品進行闡釋研究的論著。是書的完成，奠定後人以接受觀點研究詩論的基礎，具有前導的意義與價值。

從上述情形可以看出，接受史研究自上世紀末起已漸漸成為研究者留心、著意的重鎮。由目前相關著作蓬勃出版的情形看來，正反映出此一研究途徑已深獲學界認可，且甚具討論意義，這也喻示著本題研究成立的可能性。

三、與本題相關之宋元詩學相關研究概述

與本題相關的詩學文獻整理主要有吳文治《宋詩話全編》（1998）十冊、《遼金元詩話全編》（2006）四冊，兩套叢書。吳氏編纂「全編」時，係以廣義的概念收錄了詩話、序跋、論詩詩、文人往來的論詩書

札，甚至是選本中的評注意見、文集中的論詩篇章皆一併採錄，故在資料的完備與豐富性上，為今人研治宋、元詩學的重要參考典籍。另外，曾永義於 1978 年所編輯的《元代文學批評資料彙編》兩冊，也蒐羅了許多元人論詩的資料，可資參看。這些資料彙編性質的文獻著作，對於提升後人治學的便利性有很大的貢獻。

　　至於與本題相關的古籍詩學論著，在別集部分計有《瀛奎律髓》、《唐才子傳》、《唐音》及元代諸篇格法作品。其中李慶甲集評校點的《瀛奎律髓彙評》（1986）在資料勘校上尤為精細，不僅博參前人校注資料計十餘種，彙輯成書，為治《瀛奎律髓》的重要參考憑據。另外，傅璇琮主編的《唐才子傳校箋》（2000）可謂為《唐才子傳》相關箋注的集大成者，其於學界早負盛名甚具參考價值，故本文以之為討論的版本。再次，在格、法部分，大陸學者張健編著的《元代詩法校考》（2001）蒐羅元代格、法作品凡十餘種，並詳加考證作者、版本，是今人討論元代格、法作品時重要的參考著作。至於《唐音》部分，則以陶文鵬、魏祖欽所整理點校的《唐音評注》（2006）質量較佳。是書結合明人顧璘、張震的評點，並輯注資料、詳加點校，唯一的缺點在於其為簡體排印，但在世售的《唐音》版本中，是書宏博的資料、精當的附註，都是本文以之為據的重要原因。

　　在文學批評史、詩學史方面，郭紹虞《中國文學批評史》（1948）於元代文學批評列有郝經、方回、戴表元、劉將孫等人，並附以簡要的篇幅討論。但相對而言，該書討論的深度仍存有侷限，但其對於元人在批評史上地位的評介，對於後世研究者有極大的啟發意義。另外，敏澤《中國文學理論批評史》（1993）在元代的文學批評上也略有著墨，其間介紹了元好問、方回、郝經……等四人，其選介者雖為元代較重要的批評家，卻無法完整呈現出該時代詩學的整體面向，且是書評述的意義要大過對元代詩學理論的掘發、建構，故仍有待後人作更深入的研究。至於袁行霈、孟二冬、丁放《中國詩學通論》（1994），則是諸多文論通史中對元代關注較多的著作。書中對《唐才子傳》歷

史地位的標舉，或對元代格、法著作的介紹都較他本爲多，其間更有許多眞知灼見，值得吾人參考、借鑒。其他尚有張少康、劉三富《中國文學理論批評發展史》（1995），但在金元時期是書僅論及王若虛、元好問、方回、張炎四家，且篇幅較爲簡略。至於蔡鎭楚《中國古代文學批評史》（1998）則設有專章討論元代詩格、《唐才子傳》，蔡氏對元代詩學的關注頗深，對尤其對格、法一類作品出現的時代背景、理論依據，有頗爲精彩的論述。只可惜礙於批評通史體例的限制，有許多值得深入研探的議題無法更進一步發揮。但是書之作，仍具有啓導後學的效果。另外，陳伯海主編的《唐詩學史稿》（2004）亦頗值得討論，是書雖非批評史論著，但其所關注的焦點仍與詩學理論史相涉，其以宏觀的唐詩學接受角度，探討唐詩研究於歷代接受、發展與深化的過程，對於本文的撰寫甚具參考價值。是書設有〈元代的唐詩研究〉專章，著眼點雖偏重在元人對唐詩的接受之上，但在研究視角上有可資借鑑之處。

　　另外，在斷代史方面，於宋詩研究可觀者有：張高評《宋詩之新變與代雄》（1995）、《會通化成與宋代詩學》（2000）、《宋詩特色研究》（2002）、張毅《宋代文學思想史》（1995）、周裕鍇《宋代詩學通論》（1997）、《文字禪與宋代詩學》（1998）、許總《宋詩史》（1997）、《宋詩：以新變再造輝煌》（1999）、程杰《宋詩學導論》（1999）、張思齊《宋代詩學》（2000）、李春青《宋學與宋代文學觀念》（2001）、張宏生《宋詩：融通與開拓》（2001）、黃寶華、文師華《中國詩學史——宋金元卷》（2002）、張文利《理禪融會與宋詩研究》（2004）、劉方《文化視域中的宋代文論》（2006）、石明慶《理學文化與南宋詩學》（2006）……等。其中張高評、許總二位所著力的研究重心多半在詩歌作品本身，雖間有兼及宋詩特色、背景、本體、流變等面向的討論，但對於宋代詩學論著的關注較少。而張毅的《宋代文學思想史》與周裕鍇《宋代詩學通論》二書，前者以歷史維度的縱向思考爲中心，分析宋代各個時期的文學思想；後者則以「詩道」、「詩法」、「詩格」、「詩

思」、「詩藝」等五大範疇，析理宋代詩學的整體特色，已成爲研治宋代詩學理論的必讀作品。另外，在《宋代詩學》一書中，作者張思齊以「詩情」、「詩意」、「詩味」、「詩趣」、「詩禪」、「詩畫」等面向討論宋代詩學的特色，其中「意」、「情」、「味」、「禪」、「趣」的部分皆與嚴羽詩學頗多相關，可以爲嚴氏立論根柢的背景認識。李春青《宋學與宋代文學觀念》則對宋學與宋代詩學在精神、價值取向的內在聯繫用力頗多，對嚴羽詩論「吟詠情性」說的立論根據有可借鑒之處。張宏生《宋詩：融通與開拓》則對嚴羽邊緣文人的角色頗多著墨，並以此凸顯嚴氏詩歌理論中超前意識，並藉此解釋嚴氏之說不見重於時人卻於後代大放異彩的歷史現象。黃寶華、文師華《中國詩學史——宋金元卷》則以嚴羽爲宋代詩學的終結，並以「禪悟」、「體製」、「興趣」三者作爲其詩學的特點所在，可作爲理解嚴羽詩論架構的參考。至於劉方在《文化視域中的宋代文論》一書中，對於宋代詩話產生的背景作品作了深入的探討，以之爲文化轉型下的必然產物，該書還以《六一詩話》與《滄浪詩話》作爲「閑話」與「獨語」兩種敘述話語的類型，指出嚴氏詩論的批判意識與價值。另外，石明慶《理學文化與南宋詩學》則設有專章辨析嚴羽詩學與理學文化的深層因緣，並聯繫嚴羽與朱熹詩學觀點可能存在的承繼關係，再指出嚴氏主張對理學詩學的超越。是文對後人曲解嚴氏「非關書、理」的主張，頗具澄清作用。然而上述篇什雖對吾人理解宋代詩學甚有幫助，部分章節甚至聚焦在嚴氏詩論之上且頗多發明，但其所關注的重心並不在嚴羽詩論對後世的影響與接受之上，所以與本題的關聯性仍有一段距離。

　　至於元代部分，朱榮智《元代文學批評之研究》（1982）是現代文學研究專著中第一部以元代文論爲題的著作，但其含納範圍甚廣，故與本題的關聯性有限。其次是顧易生、蔣凡、劉明今等撰著的《中國文學批評通史——宋金元卷》（1996），該列系叢書可謂爲現今批評史研究論著中最爲詳備者，是書對元代詩學的全面觀照與個別批評家的個別探析皆頗爲深入，參考價值甚高。另外，鄧紹基主編的《元代

文學史》（1998）是研究元代文學的專著，但其中對詩學理論的關注
不多，僅於評介元代宗唐得古風氣時略有著墨。此外，丁放《金元明
清詩詞理論史》（2002）則設有〈元代詩歌批評〉專章，其中概述了
元人詩歌批評的發展歷程，並評介了元代詩話、詩選的價值，另有專
節討論《唐才子傳》的貢獻與時代意義，對於本文爬梳元代格、法及
《唐才子傳》與嚴羽詩論關係時甚有幫助。此外還有黃寶華、文師華
的《中國詩學史──宋金元卷》（2002），該書論及方回、辛文房、楊
士弘、楊載、范梈、揭傒斯、傅若金等人的詩學主張，恰與本題討論
的對象相疊合，對於吾人認識元代詩學背景頗有助益。至於楊鐮的《元
詩史》（2003），係討論元代詩歌發展的專門論著，其關注焦點在詩歌
作品本身，詩學理論、批評則非其討論的重心，故在此範圍的討論質
量有限。至於近年的研究論著由於選題日益精細，於是有更多專題
式、特定視角討論的著作問世。如查洪德《理學背景下的元代文論與
詩文》（2005）對於理學與文論詩文關係的討論屢見真知灼識，可作
爲吾人了解元代文壇風氣的重要指歸。其次是張紅《元代唐詩學研究》
（2006）其中針對元人格、法，《唐才子傳》、《唐音》等書的唐詩學
意義，皆多所揭櫫，甚有參考價值。

　　在期刊論文方面，依舊篇帙繁多、不便細數。其中較值得討論的
有以下數篇。首先是蔡瑜的〈宋代的唐詩分期論〉（1993）在唐詩分
期的研究上甚有發明，文中論及嚴羽五唐之說與後人相關聯處，對本
題討論都起著指導的作用。另外蔡氏的〈《唐音》析論〉（1994）則是
研究《唐音》重要的參考的專文，文中對《唐音》體製分立的意義、
三唐分期的實況以及音律選詩等論述皆頗爲精當。至於元代格、法著
作的討論篇章，要以張伯偉〈元代詩學僞書考〉（1997）最爲重要，
但其重點在考證格、法作品的真僞，與本題關聯性不大。另外，周興
陸〈《滄浪詩話》對《唐才子傳》唐詩觀的影響〉（2005）則是與本題
最有關聯性的一篇單篇論文，其中舉例證允然稱當，唯一不足處在
於釋例較少，其關照的幅度略嫌不足。而至於方回的詩學研究，則是

元代詩歌批評研究的熱點，關注者眾。如黃啓方綜論方回的詩論體
系、莫礪鋒專論方回的宋詩觀，吳河清細論方回的唐詩觀，其餘尚有
風格論、詩統論……主題不一而足，可謂是元代詩學家最獲重視者。
至於其他宏觀介紹元代詩學論著、詩學發展沿革、總論研究概況的專
文數量頗多，如丁放、張晶、查洪德、文師華、王忠閣……等人皆有
多篇相關論著發表，對於吾人認識元代詩學概況都頗具參考價值。

　　最後，在學位論文方面，黃奕珍《宋代詩學中的晚唐觀》（1998）
中有許多關於嚴羽、方回詩史分期及「晚唐體」定義的論述，甚具參
考價值。李嘉瑜《元代唐詩學》（2004）設有專論《唐音》的章目，
對於《唐音》的編選在唐詩學上的意義頗多發明。此外，黃惠萍《辛
文房《唐才子傳》研究──歷史圖像與詩學觀點》（2005）一書與本
題也頗有關聯，其中對辛文房的詩學觀點、唐詩的流變分期等討論，
皆有一定的參考價值。至於王奎光《元代詩法研究》（2007）則是專
以元代格、法立論的著作，然其著眼於宏觀、全面性的評介，故對本
題而言其意義在於背景知識的提供。

　　綜上所述，可以發現與本題相關的研究，前人雖偶有觸及但論述
並不全面，這就有待於本文的研究進一步解決此一歷史課題。

第三節　研究方法

　　接受美學（Aesthetics of reception）是二十世紀六〇年代中期，
西方文學研究領域內出現的一種新的理論學派。它是由德國康斯坦茨
大學的堯斯（Hans Robert Jauss, 1921～）和伊瑟爾（Wolfgang Iser, 1926
～）等五位美學家所創立。這個理論流派最凸出的特色是從讀者接受
的角度進行文學研究，他們認爲作品的意義與價值，是讀者在閱讀過
程中重新賦予的，所以讀者才是作品的「眞正完成者」。當讀者接受
的概念被導入文學研究領域時，形成一種嶄新的觀點：「文學史」是
讀者、作品二者反覆激盪、影響而形成的特定的歷史。

「期待視野」是堯斯結合海德格「前理解」與伽達默爾「視野」說所提出的新概念。堯斯以為每位讀者在進行文本閱讀之前，已具備先在的閱讀經驗、思維、審美能力。這些定見可能受時代、環境的影響，也可能受讀者自身政經地位、教育水準、生活經歷所影響。而這些多重因素所形成的定見，決定了讀者對於文本的接受與理解。

堯斯〈文學史作為向文學理論的挑戰〉云：

> 一部文學作品，並不是一個自身獨立，向每一時代的每一讀者均提供同樣的觀點的客體。它並不是一尊紀念碑，形而上學地展示其超越時代的本質，它更多地像是一部管弦樂譜，在其演奏中不斷獲得讀者新的反響，使本文從詞的物質狀態中解放出來，成為一種當代的存在。〔註15〕

因為「期待視野」的不同，所以不同時代的接受者會從文學作品中發掘出擁有該時代色彩的接受成果。如前所述，因為每個時代的觀念、風尚不同，所以每個讀者所擁有的理解能力也不相同，因此在不同的歷史時期、不同的讀者眼中，同一部作品就可能呈顯出不同的意義。所以，從宏觀的角度觀察一部作品被接受的歷史過程，將可看到屬於那個時代的共性；從微觀的角度關注個體對於文本的接受，則可發現每個接受者獨特的識見。而作品的價值，正是在讀者的閱讀、參與下，賦予其無窮的意義；而作品也在這一次次的閱讀、接受中，繼續傳承下去。

蔡振念曾將堯斯論讀者接受，分為兩種方式：

> 讀者的兩種接受方式，即垂直接受和水平接受。所謂垂直接受是從歷史延續的角度考察文學作品被讀者接受、產生作用以及對其評價的情況。不同時代的讀者對一部作品及其作者的反應、評價無疑有所差別。造成這種差異的原因一方面是讀者期待視野的變化，另一方面是作品在內容和美學的「潛藏含義」逐漸為讀者所發掘出來。所謂水平接

〔註15〕 參見氏著：〈文學史作為向文學理論的挑戰〉，收入周寧、金元浦譯：《接受美學與接受理論》（瀋陽：遼寧人民出版社，1987年9月），頁26。

受是指某一歷史時期不同的讀者，讀者集團和社會階層對
一部作品的接受狀況。由於讀者的文化背景、生活經歷、
教養、欣賞趣味的不同，同一時代的讀者群對同一文學文
本也會有不同的理解和解釋。當然特定的歷史背景和經濟
條件會產生一種「時代精神」，與這種精神一致的文學接受
往往成會文學作品的主導價值，構成審美標準。〔註16〕

所以在接受的過程中，可以進行縱向和橫向兩種觀察。縱向（垂直接
受）的觀察，可以看出在作品接受史上關注主題的改變、位移；橫向
（水平接受）的觀察，可以發現每一時代對於作品焦點的重視與關懷。

另外，伊瑟爾的接受理論則以「召喚結構」作為核心概念。他受
了英加登對於作品「不確定性」的思想啓發，提出了文本的不確定之
處召喚著讀者參與填補這些空隙。他在〈文本與讀者的相互作用〉中
提到：

文本的含義必須由各種角度通過讀者在閱讀過程中不斷互
相交織才能產生。隨著文本中每一角度的進一步細分，必
然會引起空白的增多。〔註17〕

而這個帶有不確定性的「空白」之處，在文本形成召喚讀者的結構，
吸引讀者參與文本的敘述，爲他們預留了許多空位，賦予讀者具有提
供理解、闡釋的權利。當一部作品的「空白」之處愈多，愈能激發讀
者的參與。而閱讀的樂趣，就在填滿空隙的過程中得到實現。不過在
補白的過程中卻不是漫無邊際、隨意爲之，仍舊有其基本規範。蔡振
念對此補充道：

不確定性與空白並不是文本中不存在的、可以由讀者根據
個人需要任意填補的東西，而是文本的內在結構中通過某
些描寫方式省略掉的東西。它們雖然要由讀者運用自己的
經驗和想像去填補，但填補的方式必須爲文本自身的規定

〔註16〕參見氏著：《杜詩唐宋接受史》（臺北：五南圖書出版股份有限公司，
2002年2月），頁22～23。
〔註17〕參見氏著：〈文本與讀者的相互作用〉，收入張廷琛編：《接受理論》
（成都：四川文藝出版社，1989年5月），頁52。

性所制約。在接受過程中，文本意向的規定性約束著讀者
能動的想像力，使其不至於脫離文本的意向，不確定性和
空白則激發著這種想像，使其得到充分發揮。因此，從這
種意義上說，填補不確定性與空白的過程是一種「再創造」
過程。〔註18〕

所以在讀者進行「再創造」的過程中，仍舊受到作品本身的制約，以
避免天馬行空、毫無根據的臆說充斥其中。

在二十世紀八○年代以後，堯斯、伊瑟爾的「接受美學」理論被
引入中國文學研究的領域之中，發展迄今已漸漸形成一門顯學。

陳文忠承繼接受美學的概念，將之應用於古典詩歌接受之上，他
在《中國古典詩歌接受史研究》曾針對「接受史」定義道：

接受史研究，主要是考察作品誕生並進入接受領域後的審
美境遇和歷史命運。其實，作品的創造誕生過程就不是遠
離審美接受的獨立活動。相反，讀者影響著作者，接受制
約著創作；閱讀是創作的直接目的，讀者是創作的潛在合
作者。〔註19〕

所以文本的生命力是讀者所給予的，唯有在閱讀、接受中，作品的存
在才被賦予意義。而讀者以其接受的權力制約著作者的創作，所以作
者在創作之時總是自覺或不自覺的考慮這隱而未現的讀者可能出現
的反應。至此，作品的創作權就不再由作者一人獨享，讀者掌握了閱
讀的權柄，成了潛在的作品合作者。這顯然是承繼了堯斯「期待視野」
的觀點，再加以陳說。

另外，陳文忠也曾以圖式化結構來喻指文學作品所擁有多元解讀
的可能性。他說：

文學作品是一種圖式化的結構，充滿了無數有待具體化的
未定點，讀者詩評家則各有自己的審美取向和接受重點：

〔註18〕參見氏著：《杜詩唐宋接受史》（臺北：五南圖書出版股份有限公司，
2002年2月），頁24。
〔註19〕參見氏著：《中國古典詩歌接受史研究》（合肥市：安徽大學出版社，
1998年8月），頁48。

即使在同一個問題上也會見仁見智，發現多樣的闡釋角
度。〔註20〕

這個對於作品中未定點的闡釋權利，讓仁者見仁、智者見智地產生百
花齊放的燦爛效果。至於造成多元闡釋的原因，即在於伊瑟爾所論的
「召喚結構」之上。因為文學作品有太多「有待具體化」的未定點存
在，激發讀者積極參與的意願對作品進行詮釋、補白。至於「見仁見
智」、「多樣闡釋」則是受到讀者「思維定勢」、「前理解」所影響，即
前所述讀者面對「空白」、「不確定性」時會以其定見進行作品意義的
詮釋與接受。

朱立元在《接受美學導論》中曾說：

「意在言外」，無論富有蘊藏的詩也好，充滿潛台詞的戲劇
對話也好，都是一種「偏離效應」，都由語言（詞、句、段）
與意義的分離、偏轉而造成了意義的不確定，或正常意義
的失落，即意義空白的出現，這就留出了非常態意義供讀
者去體味、發現、尋覓、填補，因為非常態意義是字面上
所找不到的。〔註21〕

接受美學之所以可援引入古典詩歌的研究領域，其重要關鍵即在於
「意在言外」的特質之上。因為在詩歌作品中有太多尚待確定的空
白、值得讀者體味、發現，所以在理論與實踐上並無太大扞格之處。
本文欲轉進一層，再將之援引至詩學論著的討論，至於其立論根基如
何可能？筆者以為，這與中國古典詩學批評論著所呈現出的「準詩歌」
特質有關。

關於中國古典詩學的特色，葉維廉在〈中國文學批評方法略論〉
曾有如下論述：

如果我們以西方的批評為準則，則我們傳統批評泰半未成
格，但反過來看，我們的批評家才真正了解一首詩的「機

〔註20〕同上註，頁11。
〔註21〕參見氏著：《接受美學導論》（合肥：安徽教育出版社，2004年11月），
　　　　頁189。

心」，不要以好勝人爲來破壞詩給我們的美感經驗，他們怕
「封（分辨、分析）始則道亡」，所以中國的傳統批評中幾
乎沒有娓娓萬言的實用批評，我們的批評（或只應說理論）
只提供一些美學上（或由創作上反映出來的美學）的態度
與觀點，而在文學鑒賞時，只求「點到即止」。〔註22〕

從西方文學批評的角度來看，我國古代詩學論著不論在理論的完整
性、或論述的周密性，都不符合他們的規定與要求。因爲他們所使用
的批評語言，有別於西方縝密的論述，以西方的標準觀之，中國文論
在表述上是有欠精確，甚或不夠嚴謹的。

葉維廉接著又說：

「點到即止」的批評常見於《詩話》，《詩話》中的批評是
片斷的，在組織上就是非亞理士多德型的，其中既無「始、
敘、證、辯、結」，更無累積詳舉的方法，它只求「畫龍點
睛」的（一如詩中的求「眼」）批評。〔註23〕

葉氏以爲，在邏輯論述上，我國古代的《詩話》論著，只是片斷文字
的聚合，講究的是靈光一點，並不具嚴謹的論證過程。而且在論述語
言上，爲免「封始則道亡」、「說似一物即不中」等種種侷限，「以少
總多」、「以簡馭繁」的文字書寫策略，成了詩文評寫作的基本原則。
如《滄浪詩話》中鏡花水月之喻、羚羊挂角之喻……都是以一種「境
界重造」的手法（利用有詩的活動的意象使境界再現），〔註24〕訴諸
感覺印象，以詩意的詮釋方式，形塑詩評家對於詩境的體會。

因此，歷來多有批評此類主觀印象的批評方式只可算是一種「準
詩學」語言。而其「以簡馭繁」、「點、悟批評」的特質，更是以一種近
乎「詩」的表意結構。舉凡以象喻手法、形象化的方式呈顯某種感性的
氛圍，或是在論理時以跳躍的方式，留下部分「空白」，召喚著讀者調

〔註22〕參見氏著：《中國詩學‧中國文學批評方法略論》（北京：生活‧讀
　　　　書‧新知三聯書店，1992 年 1 月），頁 3～4。
〔註23〕同上註，頁 5。
〔註24〕同上註，頁 5。

動其想像力進行美感的捕捉與創造。所以葉維廉以爲，中國傳統批評的特色除了要求讀者「聆聽雅教」外，還邀請讀者一同進行「參與創造」。〔註25〕而後者，與解讀詩歌時所需具備的心理狀態即十分類似。

鄧新華《中國古代詩學解釋學研究》在〈中國古代詩學解釋學的文本理解途徑〉一章中曾以「品味」、「涵泳」、「自得」三者作爲對作品韻味把捉、深層意蘊的探究與解釋者自由理解的實現三種方式。〔註26〕其中「品味」的過程是一種由「觀」到「味」最後入「悟」的歷程，與嚴羽強調博觀、飽參、深味、入悟的工夫相彷彿。而「涵泳」則是在「品味」的基礎上納入讀者、解釋者的自家體悟，期與詩性文本的「味外之旨」相契、共通，與嚴羽強調「熟讀」、「諷誦」以求「妙悟」作品佳處，建立「正識」的進程也頗相通。「自得」則是根據自己的心緒情態在接受觸摸感應文本之後作出自己的領悟與理解。嚴羽〈答出繼叔臨安吳景仙書〉曾謂己說：

> 其間說江西詩病，眞取心肝劊子手，以禪喻詩，莫此親切，是自家實證實悟者，是自家閉門鑿破此片田地，即非傍人籬壁、拾人涕唾得來者，李杜復生不易吾言矣。(〈答出繼叔臨安吳景仙書〉)

其強調自證實悟的自信，即是建立在「品味」、「涵泳」之後對自己識見判斷的「自得」所見，而表現出「雖獲罪於世之君子不辭也」的豪爽風度。

可以說整部《滄浪詩話》在進行批評論述時，已含納了中國古代詩學解釋學的主要精神。

鄧氏在該書第三章〈中國古代詩學解釋學的詩性闡釋方式〉一文中，更以「象喻」、「摘句」、「論詩詩」三者作爲古典詩學論著常見的三種「詩性闡釋方式」。〔註27〕其中除了「論詩詩」外，另外兩種闡

〔註25〕同上註，頁5。
〔註26〕參見氏著：《中國古代詩學解釋學研究》（北京：中國社會科學出版社，2008年1月），頁57～109。
〔註27〕同上註，頁110～160。

釋方式正是嚴羽立論慣用的方法。諸如「羚羊挂角」、「水月鏡象」、「金鵄擘海」、「香象渡河」、「蟲吟草間」、「夏釜撞甕」……等等，皆是以形象或意象來比喻、象徵解釋者對作品整體的直覺感悟。透過詩意盎然的畫面，引導著讀者透過聯想、想象去體會作品的情趣、韻味，這種詮釋方式具有濃濃的詩味。

至於「摘句」批評則是摘取部份形象鮮明、清新雋永的詩句來闡說詩意，從而獲得一種形象生動、具體親切的解釋效果。在《滄浪詩話·詩評》中曾論及陶、謝優劣的問題。

> 如淵明「採菊東籬下，悠然見南山。」謝靈運「池塘生春草」之類，謝所以不及陶者，康樂之詩精工、淵明之詩質而自然耳。（〈詩評〉十）

即是以摘句的方式，饒富直覺啓示地引領讀者意會、判斷。至於其間細部的判斷基準，嚴羽並不直陳，而是仰賴讀者依其直覺，進行揣摩和體會。

所以在實際批評的闡釋方法上，《滄浪詩話》係以極富詩性的方式進行論述，故全書充滿著讀者客體介入、發揮的空間，增添了接受、詮解的可能。

再者，吾人還可就今人研究《滄浪詩話》核心概念如「妙悟」、「興趣」、「材趣」時所產生的諸多分歧意見，認識到其所具有的「不確定性」。以「妙悟」為例，有人以為是靈感、有人以為是審美境界、有人以為是藝術直覺、有人以為是形象思維、有能以為是藝術審美能力、有人以為是具有審美特徵的思維活動形式、有人以為是藝術特徵〔註28〕……說法千差萬別、莫衷一是。凡此在術語定義上的歧異，更代表著後人在接受嚴羽詩論的過程裡，具有多元的詮釋、理解空間。

在多元、複調的詮解空間裡，嚴羽詩論可謂是以一種「準詩歌」的形態，召喚讀者、吸引讀者參與、體會其中妙境。這種近似伊瑟

〔註28〕黃霖主編：《20世紀中國古代文學研究史·文論卷》（上海：東方出版中心，2006年1月），頁366～368。

爾所定義之「召喚結構」的特質，在接受美學與中國古典文論之間，築構起一座相互交通的橋樑，讓西方接受美學的概念有了涉足中國古典文論的可能。至於在歷史的長流中，歷代詩評家立足於該時代，以其個人的學養、才情，對《滄浪詩話》進行了一次又一次的詮釋與接受。而這接受、演進的歷程，若引進堯斯「效果史」的概念，恰好可由歷時性、共同性兩個面向，對嚴羽詩論的時代意義有更進一步的了解。

除此之外，讀者反應批評理論的大師布魯姆（Harold Bloom, 1930～）所建立的「經典」論述，也可作爲本題研究方法上的補充。

布魯姆在《影響的焦慮：一種詩歌理論》中曾說：

一部詩的歷史就是詩人中的強者爲了廓清自己的想象空間而相互『誤讀』對方的詩的歷史。〔註29〕

所以後代詩人自始至終都受到前代典範詩人、詩作的陰影籠罩，形成一種焦慮。而後代詩人要如何超越前人、出一頭地？布魯姆以爲他們會以各種「創造性誤讀」（creatively misreading），與典範詩人和詩歌經典展開殊死搏鬥。所以，後人必須面對前人成就的巨大壓力，而前人必須面對後人不斷地誤讀、誤釋所帶來的挑戰，這樣的競爭關係，成了所有經典作品與後代作者間，無可迴避的宿命。

在詩學領域似乎也存在著相同的情形，前人偉大的論述，或可能成爲言詩者無可迴避的課題，迫使後人對之有所回應；其或可能成爲一種背景知識、甚或融入潛意識的伏流，潛藏在後人的觀念之中。然而不論是承或者變，都是後人面對經典焦慮時的必然得經歷的試煉。

張高評曾說：「《滄浪詩話》爲南宋詩學經典論著，固無論矣」，〔註30〕黃霖主編的《20世紀中國古代文學研究史·文論卷》也將《滄

〔註29〕參見氏著《影響的焦慮：一種詩歌理論》，徐文博譯（北京：三聯書店，1989年），頁3。

〔註30〕參見氏著：〈印刷傳媒與宋詩之學唐變唐──博觀約取與宋刊唐詩選集〉，《成大中文學報》（第16期，2006年4月），頁38。

浪詩話》置於第十二章〈經典的多元解讀〉之中，將之與《文賦》、《文心雕龍》、《詩品》、《二十四詩品》相提並論，〔註31〕故其文論「經典」的地位，在今日早已獲學者普遍認同。

　　今人陳文忠則聯繫接受史與經典閱讀的觀念發表〈接受史視野中的經典細讀〉一文，其云：

> 每個時代每個讀者總能在過去的偉大作品中發現某種新東西，一件藝術作品的全部意義便是無數讀者創造性闡釋的歷史成果。〔註32〕

陳氏以爲對後世讀者闡釋意見進行析理，對於完成作品「經典」地位的建構有著極爲重大的意義。因爲在不同讀者的眼中，可能就有新的詮釋、發現，這些新的發現，恰爲作品帶來無限生命力。

　　因此，在首部詩學接受史著作《二十四詩品接受史》中，作者李春桃即援引經典接受的論述云：

> 經典作品是眾多讀者的慧眼在紛繁複雜的作品世界中的共同選擇，於是這些作品被賦予了長久的生命力，並具有不斷豐富的接受空間，其在被讀者接受過程中，被不斷地闡釋，其內涵往往因此而增殖。〔註33〕

與《二十四詩品》同爲詩學經典的《滄浪詩話》，同樣也經歷了一段紛繁複雜進而爲眾人肯認的接受過程。而在其躍入主流文人視野、成爲時代主流風尚之前，所經歷的闡釋、增殖過程，就是本文即欲釐清的問題所在。

　　至於接受史（闡釋史）研究的具體操作原則，陳文忠曾提出以下三點意見：〔註34〕

〔註31〕參見氏著：《20 世紀中國古代文學研究史‧文論卷》（上海：東方出版中心，2006 年 1 月），第十二章。

〔註32〕參見氏著：〈接受史視野中的經典細讀〉，《文藝理論》（2008 年 2 月），頁 3。

〔註33〕參見氏著：《二十四詩品接受史》（上海：上海復旦大學中國古代文學研究所，博士論文，2005 年 4 月），頁 1。

〔註34〕參見氏著：《中國古典詩歌接受史研究》（合肥市：安徽大學出版社，

1. 展示闡釋歷程，發掘整體意義。
2. 比勘前人精見，解決學術疑難。
3. 立足作品實際，探索詩學規律。

所以，以歷史發展的脈絡爲經，於勾勒嚴羽詩論接受過程中發掘整體意義爲本文研究的首要之務。在操作方法上，則以比勘的方式，凸顯闡釋者於嚴羽詩論接受上所提出的精要見解。最後在態度上，要以實事求是的態度，從文本出發，在各別詩評家的論述中，以歷史發展的宏觀角度，探索其變化發展的規律，最後再給予適度的評價。

因此，本文研究的進路，將先進行時代分期，再對專人、專著進行分析研究。在論述方法上，則以對勘、分析、比較等方法爲主，由個別詩評意見的「點」，依歷史沿革的進程勾勒成「線」，再配合共時橫切的角度，構築出一個時代對於嚴羽詩論接受的整體「面」向。

至於個別詩評家詩學體系的架構，筆者主要是參考蔡鎮楚《詩話學》的分類方法。蔡氏曾將「詩話理論體系」細分爲八個門類：〔註35〕

一、詩歌本質論（或謂「本體論」，討論「何謂詩」的問題）

二、詩歌創作論（討論詩歌創作實踐的理論概括）

三、詩歌風格論（討論作家在詩歌中表現出來的藝術特色）

四、詩歌鑒賞論（討論如何鑒別和欣賞詩歌藝術之美）

五、詩歌批評論（討論詩話對於作家、作品、創作主張、創作傾向……等）

六、作家論（討論詩人的自然觀、道德觀、社會觀、才學觀……等）

七、詩體論（討論詩歌各種體式之間的分辨原則）

八、詩史論（討論詩歌發展演變的過程）

此八大分類原則，可謂全面性地觀照詩話研究的方向與細節。然筆者

1998 年 8 月），頁 17～20。

〔註35〕參看氏著：〈詩話理論體系〉上、下，《詩話學》（長沙：湖南教育出版社，1990 年 10 月）第七、第八兩章。

在撰寫過程中，仍須就實際材料的多寡在八項門類中作適度的融通、調整。以嚴羽詩學看來，關於「詩史」、「詩體」、「本質（體）」、「創作」、「批評」的討論是嚴羽詩學重心之所在，故行文時，筆者將依此為原則，視實際情況再予調整。

　　希望能從接受美學的立場出發，聯繫各詩評家所處的時代背景、詩學思潮和自身的修養識見、審美追求等，揭示其於接受活動中獨特的內、外在因素。並指陳其對嚴羽詩論的因襲和超越、融通與接受，探究《滄浪詩話》於宋元時期接受、發展的特點所在。

第二章　嚴羽及其著作於宋元時期的傳播

第一節　嚴羽生平簡介

關於嚴羽的生卒年代、生平事蹟，後人一直都不清楚。[註1]《宋史》沒有爲他立傳，所以只能從後世撰修的方志資料勾勒簡略的輪廓。除了後世纂修的《邵武府志》外，元人黃公紹[註2]的〈滄浪吟卷序〉及清初朱霞所撰〈嚴羽傳〉二文最足參考。但黃〈序〉全文共

〔註1〕關於嚴羽生年，主要有五說，分別爲：陳一琴〈嚴羽生平思想初探〉主張生於 1192 年、朱東潤〈滄浪詩話探故〉主張生於 1195 年、陳伯海〈嚴羽身世考略〉主張生於 1197 年、張文勛〈嚴羽〉主張生於 1174～1189 年之間、蔡厚示〈嚴羽卒年及行踪略考〉主張生於 1189～1195 年之間。關於嚴羽卒年主要有六說，分別是：陳一琴〈嚴羽生平思想初探〉所說的 1239 年、陳伯海〈嚴羽身世考略〉所說的 1241 年、王士博〈嚴羽的生平〉所說的 1243～1248 年、陳定玉〈嚴羽考辨〉所說的 1245 年、蔡厚示〈嚴羽卒年及行踪略考〉所說 1255 年、王運熙〈略談嚴羽和他的詩歌創作〉所謂的 1265 年。

〔註2〕據〔清〕張景祈：《重纂邵武府志》卷二一記載：「黃公紹，字直翁，咸淳元年進士，仕爲架閣官，宋亡隱居樵溪，嘗讀胡安國，心要在腔子裏語，因名其軒曰在平，生博洽古今，尤邃六書學，著韻會舉要行世，學者宗之」。參見氏著《重纂邵武府志》（臺北：成文出版社，1967 年 12 月），頁 455。

五百餘字、朱〈傳〉也僅三百餘字，卻已是記載滄浪生平最詳細的文獻史料，史料貧乏可見一斑。

　　黃公紹〈滄浪吟卷序〉云：

> 滄浪名羽，字丹丘，一字儀卿，粹溫中有奇氣。嘗問學於克堂包公。爲詩宗盛唐，自《風》、《騷》而下，講究精到。石屏戴復古深所推敬。自號滄浪逋客。江湖詩友目爲三嚴，與參、仁同時，皆家莒溪之上。〔註3〕

此段文字簡要述及嚴羽字號及師承，文中提到的「克堂包公」即爲南宋時著名的理學家包揚（字顯道，號克堂），包氏曾先後師事陸九淵與朱熹，在江西南城講學。據黃景進推測，嚴羽可能在建昌蠻獠亂事時避難江西而有問學包公的可能。〔註4〕黃〈序〉點出嚴羽師承，提供後學者聯繫其思想淵源的可能，歷來學者研究發現包揚之子包恢在〈答傅當可論詩〉中有部分主張與嚴羽相近，〔註5〕此一重合對於勾連師承對嚴羽思想的影響頗具意義。

　　至於「粹溫中有奇氣」，係針對嚴羽性格特色給予評價。所謂的「奇氣」，極可能是指嚴氏立論時所散發出的「傲氣」、「豪氣」。配合嚴羽〈答出繼叔臨安吳景仙書〉的一段文字有助於吾人清楚認知「奇氣」所指爲何？

> 僕之詩辨，乃斷千百年公案，誠驚世絕俗之談，至當歸一之論。其間說江西詩病，眞取心肝劊子手。以禪喻詩，莫此親切。是自家實證實悟者，是自家閉門鑿破此片田地，即非傍人籬壁、拾人涕唾得來者。李杜復生，不易吾言矣。〔註6〕

〔註3〕　〔元〕黃公紹：〈滄浪嚴先生吟卷序〉，收入於陳定玉輯校《嚴羽集》（鄭州：中州古籍出版社，1997年6月），頁429。

〔註4〕　參見氏著《嚴羽及其詩論之研究》（臺北：文史哲出版社，1986年2月），頁17。

〔註5〕　錢鍾書《宋詩選註》、葉維廉〈嚴羽與宋人詩論〉、胡明〈「滄浪詩話、詩辨」辨〉等人對於嚴羽、包恢詩學主張已有詳細的論述，可以參看。

〔註6〕　〔宋〕嚴羽：〈答出繼叔臨安吳景仙書〉收錄於郭紹虞《滄浪詩話校釋》一書。

其「斷千百年公案」、立「至當歸一之論」的自信，發「驚世絕俗之談」、直陳「江西詩病」的勇氣，以及不「傍人籬壁」、「拾人涕唾」的傲骨，已可約略感受到嚴氏「奇氣」所在。

另外在〈詩辨〉中也有段文字值得參究：

> 故予不自量度，輒定詩之宗旨，且借禪以爲喻，推原漢魏以來，而截然謂當以盛唐爲法，雖獲罪於世之君子，不辭也。〔註7〕

這種「獲罪於世之君子，不辭也」的論學態度，充滿「義之所在，舍我其誰」的魄力與自信。吾人還可參看黃〈序〉中提及對嚴羽「深所推敬」的戴復古（1167～？）〈祝二嚴〉詩：

> 羽也天姿高，不肯事科舉。風雅與騷些，歷歷在肺腑。持論傷太高，與世或齟齬。長歌激古風，自立一門戶。〔註8〕

詩中點出嚴羽不合於流俗「不肯事科舉」的行徑，並對嚴氏創作的才華及成就以及論的識見，都給予頗爲正面的褒揚。但「持論傷太高，與世或齟齬」兩句則側面的呈現嚴羽在時人眼中的形象，他那一身傲骨、不願同俗的行爲，自然散發出一種「豪氣」、「傲氣」，孤介如斯卻也換來「與世齟齬」的境遇。

嚴羽活動的年代，約略是南宋寧宗初年到理宗中葉。其間經歷了韓侂胄（1152～1207）開禧出兵（1206）敗北，以及史彌遠（1164～1233）對外苟且偷安、對內專權禍國的亂世。在朝綱敗壞、報國無門的情況下，讓他充滿世道淪落之感，以致於終身無意科舉之途。他那狷介的性格，不得不轉趨向隱道；憤世嫉俗的心情，也只能轉化爲隱遁不羈的生活態度，收斂爲「粹溫」的性格，過著縱情山林、隱居不仕的生活。但究其本然之性，本具豪氣干雲的衝天志氣，此一轉換，更使人對其蹇舛境遇投以無限的同情。

〔註7〕　〔宋〕嚴羽：《滄浪詩話·詩辨》五。
〔註8〕　〔宋〕戴復古，《石屏詩集》（臺北：商務印書館，1976 年），頁18。

　　至於嚴羽與當時著名詩人戴復古的交游情形，據黃景進考證戴氏
在理宗紹定五年時曾赴閩擔任邵武縣教授，因緣際會下結識了詩人嚴
羽，二人契闊談讌、煮酒論文，頗為相知。〔註9〕戴復古〈論詩十絕〉
題目云：「昭武太守王子文，日與李賈、嚴羽共觀前輩一兩家詩及晚
唐詩。因有論詩十絕。」由之可知戴、嚴、王、李四人應頗常集會談
詩，其間情誼可以想見。

　　黃〈序〉文中還交代了嚴羽論詩的主軸「詩宗盛唐」，並肯定其對
「風騷」以降的中國詩學傳統有深刻的認識，所以「講究精到」、識見
卓越。最後提及其於鄉坊中與嚴參、嚴仁並稱「三嚴」，頗負詩名。

　　至於朱霞〈嚴羽傳〉論及嚴氏的生平資料如下：

> 嚴羽，字儀卿，一字丹邱。先世居華陰，五代時遠祖閩遠
> 使者隨王潮入閩，於樵川莒溪之上，滄浪之水出焉。先生
> 生於宋末，隱居不仕，遂自號滄浪逋客。為人粹溫中有奇
> 氣。嘗問學於克堂包公。論詩推盛唐，……群從九人，俱
> 能詩，時稱九嚴，先生其一也。餘俱弗傳。先生辟地江楚，
> 詩散逸為多。至元間邑人黃公紹搜存稿，僅百三十餘篇，
> 為序而傳之。初，天台戴式之客樵川，納交先生。時郡守
> 王子文與先生論詩不合，式之作十絕解之，有云：「飄零憂
> 國杜陵老，感遇傷時陳子昂。近日不聞秋鶴唳，亂蟬無數
> 噪斜陽」。是先生之在當時，矯然鶴立雞群矣。所著有《滄
> 浪吟》及《詩話》。〔註10〕

〈傳〉中追述嚴氏先祖移居入閩的世系，並說明自號「滄浪逋客」的
由來始末。至於其人性格、師學淵源、論詩主張，基本上同於黃〈序〉
所言，再增以文字說明罷。而黃公紹「三嚴」之說，到朱〈傳〉中已
增益為「九嚴」，但從九人中，唯嚴羽詩作得以傳世。其詩作經過時

〔註9〕　參見氏著《嚴羽及其詩論之研究》（臺北：文史哲出版社，1986年2
　　　　月），頁20。
〔註10〕　朱霞：〈嚴羽傳〉，收入陳定玉輯校《嚴羽集》（鄭州：中州古籍出版
　　　　社，1997年6月），頁426～427。

代淘洗而能留存於世，足見其質量應具相當的水平，且爲後人所肯定。〈傳〉中也指出因嚴羽「辟地江楚」的緣故，所以詩歌散逸爲多，雖經黃公紹廣搜存稿，卻僅輯存一百三十餘篇。另外，朱〈傳〉還談及嚴羽與戴復古等人往來的情形，其中提及其與王埜論詩常有意見相左的情形，戴氏還因之作〈論詩十絕〉加以調解。雖不知其始末原由，但由此可知嚴羽論詩時一定是據理力爭，即便對方貴爲太守，仍然有所堅持，性格耿介如斯。至於，「先生之在當時，矯然鶴立雞群矣」云云，則是朱氏對嚴羽於是時詩壇地位的肯定。

　　據朱〈傳〉所云嚴羽曾「辟地江楚」，今人陳伯海、黃景進則更進一步勾勒其行跡路線，指出嚴羽除了早年隱居於莒溪，還曾因匪亂避地江楚，也曾漫遊吳越。理宗端平年間，嚴氏自吳越返鄉後，其行蹤就無從考證了。由此可以推知，其人生的終點極可能結束在理宗端平年間至度宗淳祐之際。〔註11〕

　　至於嚴羽生平著述，朱〈傳〉提及《滄浪吟》及《詩話》二部。現存有元刊本《滄浪嚴先生吟卷》，其中收入〈詩辯〉、〈詩體〉、〈詩法〉、〈詩評〉、〈詩證〉五篇論詩專文及詩作一百餘篇。

第二節　宋、元時期嚴羽詩學的接受概況

　　本節將分宋、元兩個階段，略論嚴羽詩學流布、接受的情況，作爲切入主題前的背景介紹。

一、宋末嚴羽詩學流布情形概說

　　嚴羽一生未嘗出仕任官，生平資料記載十分貧乏，只能就其著作刊本的序跋、後人贊傳以及方志資料勾勒其大概，約略還原嚴羽詩學於宋代的接受情形。

〔註11〕參見陳氏著《嚴羽和滄浪詩話》，（臺北：萬卷樓圖書公司，1993 年 4 月），頁 28～33。黃氏著《嚴羽及其詩論之研究》（臺北：文史哲出版社，1986 年 2 月），頁 1～12。

　　清人李清馥在〈武陽耆舊宗唐詩集序〉中曾引用元人黃鎮成（1287
～1361）之語云：

> 宋諸大家務自出機軸，而以辨博迫切爲詩，去風雅頌反遠
> 矣。及其弊也，復有一類衰陋破碎之辭，相尚爲奇，豈不
> 爲詩之厄哉！吾鄉自滄浪嚴氏奮臂特起，折衷古今，凡所
> 論辨，有前輩所未及者。一時同志之士，更唱迭和，以唐
> 爲宗，而詩道復昌矣。〔註12〕

黃氏讚許嚴羽「奮臂特起」地推舉唐詩，一掃宋代詩家好以「辨博迫切」
爲詩的習氣，矯治宋詩末學語多「衰陋破碎」之辭的弊端，恢復詩歌風
雅精神，大有功於詩壇。並對嚴羽折衷古今的詩論主張多所佩服，頗有
推許其逸群絕倫、孤鳴先發之意。值得注意的是「一時同志之士，更唱
迭和，以唐爲宗」一句，可知嚴羽的詩歌主張在當時曾激起不小的回響，
許多志同道合的朋友彼此唱和、論談，讓頹靡已久的詩道再次興盛。

　　明人何喬遠《閩書》曾評論嚴羽詩作，並提及嚴氏詩學在南宋流
行的情況：

> 羽詩雖太祖唐人，然其體裁勻密，詞調清壯，無一語軼繩
> 尺之外。同時台人戴石屏深加獎重。其子鳳山、鳳山子子
> 野、半山，邑人上官閬風、吳潛夫、朱力庵、吳半山、黃
> 則山，盛傳宗派，殆與黃山谷江西詩派無異。〔註13〕

何氏點出嚴羽在創作上師法唐人的取向，並贊其詩作體裁勻密、詞調
清壯，頗受當時著名詩人戴復古的推重。更重要的是他的詩歌創作及
詩學主張上影響其親友，形成勢力幾與江西詩派相埒的流派。

　　許志剛在《嚴羽評傳》中曾針對此詩派的形成經過作出說明：

> 嚴羽在十數年的客遊生活中，把詩歌主張帶到各地。到了
> 晚年，終於贏得了信賴和擁護，產生了一批「盛傳宗派」
> 之人。於是邵武成了一個新的文學中心，形成了一個以嚴

〔註12〕〔清〕李清馥：《閩中理學淵源考》卷三十九（臺北：臺灣商務印書
　　　　館，1983年3月），頁483。
〔註13〕〔明〕何喬遠：《閩書》卷一百三十，收入陳定玉輯校《嚴羽集》（鄭
　　　　州：中州古籍出版社，1997年6月），頁427。

羽爲代表的詩派。〔註14〕

許氏以爲嚴羽在中年「辟地江楚」的客遊時期，隨著足跡將其詩歌主張傳布到江、浙、湘、鄂一帶，並且起了一定的影響力，進而形成了以嚴羽爲中心的詩歌流派。

香港學者李鋭清更以嚴羽的師承、親友、交遊爲考察重點，推證出以嚴羽爲主的宗唐詩派成員，除嚴羽之外有姓名可考者達二十一人，〔註15〕人數之多似乎符應前述「幾與江西詩派相垺」的敘述。

但是吾人若細究此派別成員的出處籍貫，多屬福建一省，甚至多人與嚴羽有著同鄉或宗族的情誼，故其在宋代流傳的勢力範圍是否如明、清時人所言？實大有疑問。而且，這裡所謂的詩派成員，是否受到嚴羽詩歌主張的影響？影響又達什麼程度？礙於文獻記載的闕如，如今也難以斷定。再者，考察宋代的歷史文獻，對於嚴羽著作的相關記載僅限於閩、浙一帶，數量更是屈指可數，這又如何使人信服，該詩派勢力曾與江西詩派相抗衡？據此吾人毋寧保守推測，嚴羽的詩學主張在當時或許起過一定的影響，但其發展、流布的情形，恐怕仍集中的福建邵武一帶，一直等到元、明時人重新認識之後，才獲得文壇的注目與重視。

另外，關於嚴羽著作的流傳情形，宋元之際年代稍晚於嚴羽的邵武詩人黃公紹，〔註16〕曾對諸嚴篇什散落的情況深表慨嘆：

> 吾樵名詩家者眾矣，近世稱二杜、三嚴。余幼時，見東鄉諸儒藏嚴詩多甚，恨不及傳。今南叔李君示余所錄《滄浪吟卷》，蓋僅有存者。俾余序其篇端，余於此重有感矣。〔註17〕

〔註14〕參見氏著：《嚴羽評傳》，（南京：南京大學出版社，1997年1月），頁292。

〔註15〕此二十一人有：嚴粲、嚴仁、嚴參、嚴肅、嚴嶽、嚴必振、嚴必進、嚴必大、嚴奇、嚴若鳳、吳陵、嚴斗嚴、上官偉長、吳夢易、朱正中、黃裳、朱汝賢、賴均、賴鑄、賴誼老、吳半山。參見氏著：《《滄浪詩話》的詩歌理論研究》（香港：中文大學出版社，1992年），頁20。

〔註16〕〔元〕黃公紹，字直翁，福建邵武人。生卒年不詳，度宗咸淳元年（1265）進士。入元不仕。

〔註17〕〔元〕黃公紹：〈滄浪吟卷序〉，收入陳定玉輯校《嚴羽集》（鄭州：中州古籍出版社，1997年6月），頁429。

由此可知在黃公紹幼年時，嚴羽詩作在鄉里曾經廣為流傳。然而歷經宋、元易代，兵燹頻仍，所存篇什已十一於千百。幸賴邑人李南叔搜集散篇彙為《滄浪嚴先生吟卷》，才得以保存嚴氏部分作品。入元以後，陳士元、黃鎮成加以刻版，使之流傳更廣。然而由於缺乏宋版圖書作為佐證，其在宋代流傳的情況也就難以窺知。

二、元代嚴羽詩學流布情形概說

今存最早的嚴羽詩學論著及詩作刊行本是元刻本《滄浪嚴先生吟卷》，今存於臺灣國家圖書館。是書凡三卷，卷之一錄有〈詩辯〉、〈詩體〉、〈詩法〉、〈詩評〉、〈詩證〉五篇論詩專文，並附〈答出繼叔臨安吳景僊書〉。卷二、卷三則輯錄嚴羽詩歌作品。

明人都穆（1459～1525）在〈重刊滄浪先生吟卷敘〉曾提到：

> 是書在元嘗有刻本，知昆山縣事尹君子貞以騷壇之士多未之見，重刻以傳，俾余為敘，遂不辭荒陋而僭書之。[註18]

此段引文指出元刻本在明正德年間仍有流傳，但並不普及。有感於此，昆山知縣尹嗣忠，據以重刻刊行。[註19]另外，從「騷壇之士多未之見」可以窺知嚴羽詩學論著在當時的影響，即便到了明初階段，《滄浪詩話》仍未成為詩壇的中心、焦點。不過，吾人若參酌與嚴羽相關的序跋、府志資料，仍可追繹嚴羽詩學流布的梗概。

黃公紹〈滄浪嚴先生吟卷序〉：

> 若稽職方乘，滄浪名羽，字丹丘，一字儀卿，粹溫中有奇氣。嘗問學於克堂包公。為詩宗盛唐，自《風》、《騷》而下，講

〔註18〕〔明〕都穆：〈重刊滄浪先生吟卷敘〉。收入陳定玉輯校：《嚴羽集》（鄭州：中州古籍出版社，1997 年 6 月），頁 433。

〔註19〕據今人張健考證，嚴羽詩學著作在明代至少經歷六次刊刻，計有王蒙溪刻本、胡重器刻本、尹嗣忠刻本、鄭綱刻本、鄧原岳刻本、吳兆聖、李玄玄刻本。刊刻時間多集中在正德、嘉靖年間，與七子派格調詩學盛行的時間大抵符應。參見氏著：〈《滄浪詩話》非嚴羽所編——《滄浪詩話》成書問題考辨〉，《北京大學學報》（哲學社會科學版），（1999 年第 36 卷第 4 期），頁 74～75。

究精到。石屏戴復古深所推敬。自號滄浪逋客。江湖詩友目
爲三嚴，與參、仁同時，皆家莒溪之上。……嗚呼！安得盡
萃三嚴之詩，珠流璧合，以極鉅麗殊尤之觀者乎？三嚴之詩
不可盡得，得其一篇一咏，亦足以快，而況於滄浪之卷，猶
存什一於千百，不已幸乎？後之覽者，其永寶之哉！歲尚章
攝提格十月之望，後學同郡黃公紹序。〔註20〕

文中除了簡介嚴羽的性格、師承、詩學主張以及交遊情形外，對嚴羽
詩作更是推崇備至。並對嚴氏著作未獲妥善保存，多有散佚的情形感
到惋惜。〈序〉中還提及邑人李南叔對嚴羽著作的整理，李氏是今存
文獻資料中最早注意到嚴羽著作價值的人，可惜史籍資料並未有與其
相關的記載。

　　另外，在元本《滄浪嚴先生吟卷》卷首處，又題有「樵川陳士元
暘谷編次、進士黃清老子肅校正」等字。其中，陳士元〔註21〕與嚴羽
同籍邵武，號暘谷先生，撰有《武陽志略》。陳氏嘗輯錄邵武地區前
輩詩人作品，命名爲《武陽耆舊宗唐詩集》。元人黃鎭成〔註22〕（1287
～1361）爲此集作序云：

吾鄉自滄浪嚴氏奮臂特起，折衷古今，凡所論辨，有前輩
所未及者。一時同志之士，更唱迭和，以唐爲宗，而詩道
復昌矣。是時家各有集，惜行世未久，海田換代，六丁取
將，暘谷陳君士元网羅放失，得數十家，大懼湮沒，俾鎭
成芟取十一，刊刻傳遠，以見一代詩宗之盛，以見吾邦文

〔註20〕〔元〕黃公紹：〈滄浪嚴先生吟卷序〉。收入陳定玉輯校：《嚴羽集》
　　　　（鄭州：中州古籍出版社，1997年6月），頁429～430。

〔註21〕據〔清〕張景祈：《重纂邵武府志》卷二一記載：「陳士元，與黃鎭
　　　　成爲友，嘗爲本府學錄，所著有《武陽志略》一卷，《武陽耆舊詩宗》
　　　　一卷行世，學者稱暘谷先生」。參見氏著：《重纂邵武府志》（臺北：
　　　　成文出版社，1967年12月），頁457。

〔註22〕據〔清〕張景祈：《重纂邵武府志》卷二一記載：「黃鎭成，字元鎭，
　　　　篤學力行，弱冠即厭榮利，慨然以聖賢之學自勵，……隱居著述，
　　　　自號存存子，學者稱爲存齋先生」。參見氏著：《重纂邵武府志》（臺
　　　　北：成文出版社，1967年12月），頁457。

物之懿，陳君是心可不謂賢者？我朝文治復古，諸名家傑
作齊驅盛唐，是編之行，適其逢也。〔註23〕

文中推許陳士元對武陽一帶詩人文獻起著「网羅放失」的保存之功，
今日所存的元代刊本，即是其重新編次後的體貌。不過引文中更值得
注意的是，黃鎮成此序側重之處與黃公紹序已然不同。由「凡所論辨，
有前輩所未及者」可知，其所關注的焦點不再是嚴羽的詩歌創作，轉
而爲對嚴氏「論辨」的正面肯定。所謂「奮臂特起，折衷古今」、「以
唐爲宗」、「詩道復昌」等等，皆係嚴羽詩論在當時所起的效應。而後
世「以唐爲宗」、「齊驅盛唐」這一總體特色，也與嚴羽推尊盛唐的主
張相合拍，足見其詩學在閩地的流布已蔚然成風。而黃鎮成本人也是
嚴羽詩學的追隨者，《重纂邵武府志》中曾提及：「元鎮，樵川人，似
嘗探星宿於嚴氏者。」〔註24〕其追慕之情不難想見。

　　另外，在元刊本中擔任校正工作的黃清老（1290～1348），字子
肅，福建邵武人，世稱樵水先生，嘗受業於於嚴斗巖。元人蘇天爵（1294
～1352）在〈元故奉訓大夫湖廣等處儒學提舉黃公墓碑銘并序〉曾提
及二人的師生情誼：

邑之先儒嚴斗巖者，至元季年有詔徵之不起。公（黃清老）
師事之。斗巖曰：「吾昔受學于嚴滄浪，今得子相從，吾無
恨矣。」〔註25〕

「得子相從，吾無恨矣」一句，代表爲師者對學生學習成就的肯定。
考察嚴斗巖一生，雖無著作遺世，卻通過講學授業的方式將嚴羽的文
學思想傳承給下一代，所以嚴羽與黃清老之間，也就有了再傳弟子的
師承關係。

〔註23〕黃鎮成此段言論收入於〔清〕李清馥：《閩中理學淵源考》卷三十九
　　　　（臺北：臺灣商務印書館，1983年3月），頁483。
〔註24〕〔清〕張景祈：《重纂邵武府志》卷二十九（臺北：成文出版社，1967
　　　　年12月），頁802。
〔註25〕〔元〕蘇天爵：《滋溪文稿・元故奉訓大夫湖廣等處儒學提舉黃公
　　　　墓碑銘并序》卷十三（臺北：國立中央圖書館，1970年3月），頁
　　　　526。

元人張以寧（1301～1370）在〈黃子肅詩集序〉中曾說：

邵武嚴氏，痛矯於論議援據爛熳支離之餘，亦以禪而論詩，不墮言筌，不涉理路，一主於悟矣。然而生宋氏之季，其才其氣其學，類未能充其言也，君子惜之。逮於我朝盛際，若樵水黃先生，噫！其志於悟之妙者乎！蓋先生之於詩，天稟卓而涵之於靜，師授高而益之以超，由李氏而入，變爲一家，其論具答王著作書及褒（哀）嚴氏詩法，其自得之髓，則必欲蛻出垢氛，融去查滓，玲瓏瑩徹，縹緲飛動，如水之月，鏡之花，如羚羊之掛角，不可以成象見，不可以定跡求，非是莫取也，噫！何其悟之至於是哉！〔註26〕

其中用以稱許黃氏的語彙，多自《滄浪詩話》而出，如「鏡花水月」、「羚羊挂角」之喻，或「以禪喻詩」、「不涉理路」、「一主於悟」……云云，皆本自嚴羽。若參看黃氏所著《詩法》一書，更可發現其對嚴羽詩學的服膺與接受。〔註27〕

最後，據蘇天爵〈黃公墓碑銘并序〉記載，黃清老對嚴羽十分景仰：「嘗訪得嚴滄浪故居，將築室共斗嚴祠之，弗果。」，〔註28〕黃氏死後甚至安葬在嚴羽故居近旁。對嚴羽的仰慕盛情，令人嘆服。

黃氏身後，時代已跨入明代，此後的相關討論，就不在本文論述的範圍之內了。

從以上論述，可約略勾勒出元代文壇與嚴羽詩學直接聯繫的關係網絡。吾人可以清楚發現，嚴羽詩學的流布，仍舊集中在福建一帶。上述諸人，皆與嚴羽有著同鄉之誼，或因地域關係，而特予關注。對此張健曾有論斷：

在元代，雖有邵武詩人陳士元、黃清老諸人繼承嚴羽的傾向，搜集嚴羽的作品，但就總體而言，嚴羽的影響並沒有

〔註26〕〔明〕張以寧：〈黃子肅詩集序〉，收入吳文治主編：《明詩話全編》（南京：江蘇古籍出版社，1997年12月），頁4。

〔註27〕關於黃清老《詩法》與嚴羽詩學的接受情形，留待第五章再行論述。

〔註28〕〔元〕蘇天爵：《滋溪文稿・元故奉訓大夫湖廣等處儒學提舉黃公墓碑銘并序》卷十三（臺北：國立中央圖書館，1970年3月），頁530。

> 擴展到整個詩壇。從現存的元代的詩學文獻看，除了福建
> 詩人以外，元代詩人引論嚴羽詩學的人極少。只是到了明
> 初，閩中十子繼承嚴羽詩學，尤其是高棅的《唐詩品彙》，
> 宗嚴羽之說，論唐詩分初、盛、中、晚，并大量引嚴羽詩
> 論，而此書爲有明一代館閣所宗，嚴羽的詩學才走出福建
> 而影響整個詩壇。〔註29〕

張氏所言，是就嚴羽著作文獻流布的情形立論，但還有其他可能存在的
間接脈絡尚未釐清。是否如其所言，除閩地之外，再無人關注嚴羽詩學？
實有商榷的空間。對此，吾人可透過文人序跋、書信、選本、傳記、詩
話、詩格、詩法等文獻資料進行分析、研究，將可更清晰、全面地掌握
嚴羽詩學在元代的接受實況。而此部分就有待下文繼續探討。

第三節　結　語

　　透過嚴羽生平行跡、性格特色的簡單論述，略可得知其不合於流
俗的兀傲之氣。在不肯事科舉又不好與俗人交遊的情形下，獲得知遇
的可能性就更小了。不過嚴羽在世之時，於其鄉邑結交不少文友。在
群體交相辯難、品文論詩之際，形成不小的勢力，隱隱然具有詩派的
規模。然而此一團體成員，多爲福建一帶地方性文人，又多是沉淪下
僚之士，即便他們對嚴羽詩學多所肯定，但在傳布嚴羽詩學的推廣力
量，實極其有限。

　　入元之後，嚴羽族人、文友也相繼凋零，以至於嚴羽詩學的流布
自此消沉，故其著作已面臨散佚、消失的威脅。幸而邵武邑人李南叔、
陳士元、黃公紹等人的重視，重新整理嚴氏遺著，雖僅十一於千百，
卻也讓嚴羽著作得以留存於世。

　　另外值得一提的是，嚴羽門生嚴斗嚴曾於邵武傳衍其說。其中，

〔註29〕參見氏著：〈《滄浪詩話》非嚴羽所編——《滄浪詩話》成書問題考
　　　辨〉，《北京大學學報》（哲學社會科學版，1999 年第 36 卷第 4 期），
　　　頁 84。

元代著名的格、法著作的作者黃子肅即是其入室弟子。黃氏於是時文壇饒富盛名，故其對嚴羽詩學的接受、承繼將是吾人觀察嚴羽詩學接受歷程的重要線索。

　　總括而言，在直接關係的承繼上，嚴羽詩學於此時期的流布仍略顯消沉。相對於明代是書爲館閣所宗的熱烈情形，其落差之大，令人難以想象。然而對於前人詩學主張的接受，或可能採取形於外的方式，以明確的姿態昭告世人；另也可能以化用、改造的內化接受方式，在潛移默化之中，形成影響效果。其具體接受情形，有待下文繼續討論。

第三章 萌芽期：南宋末年《滄浪詩話》之接受

　　在南宋末年幾部重要的詩學論著中，已有引錄嚴羽詩論主張者，於此可知嚴羽詩論在當時應已頗受重視。如彙編諸家的詩話總集《詩人玉屑》，就收錄了《滄浪詩話》全書；側重詩學理論闡釋的《對牀夜語》也曾引錄嚴羽的論詩意見。所以，本章將就這兩部詩學論著及其他可能與嚴羽詩學有所關涉的詩評論述，分節討論如下。

　　本章共分四節，第一、二節分述魏慶之、范晞文等人與嚴氏之間可能存在的聯繫，並從二人的詩學論著作中與《滄浪詩話》相關聯處，析論其對嚴羽詩論的接受情形。其間或全然接受、或修正、或改益，透過這些比較論述，可以看出《滄浪詩話》在宋代的接受情形。第三節則探究本時期其他與嚴羽詩論有著近似主張，卻缺乏明確文獻佐證的詩評家，如俞文豹、方嶽、姚勉等人。由諸人零散的詩論意見與嚴羽聲氣相通之處，聊備為宋代後期對嚴羽詩論接受情形的參考。最後，於第四節結語總結本章討論。

第一節　魏慶之對嚴羽詩論的接受

一、魏慶之生平及其《詩人玉屑》

（一）魏慶之生平

魏慶之，字醇甫，號菊莊，南宋建安（今福建建甌）人，其確切生卒年已不可考。據大陸學者張健的推考，魏氏大約生於宋寧宗慶元二年（1196），卒於度宗咸淳三年（1272）。〔註1〕著有《詩人玉屑》、《菊莊吟稿》（今已亡佚）二書。

嚴羽與魏慶之在時間上，活動年代相仿；地緣上，兩人又同屬閩籍作家；在詩論主張上，魏慶之又多深受嚴氏的論詩觀點的影響。二者之間是否有所交誼？似乎頗具想像空間。

據紀昀《四庫全書總目提要・詩人玉屑》記載：「（魏慶之）日與騷人佚士觴咏於其間，蓋亦宋末江湖一派也。」〔註2〕可知魏氏與江湖詩派頗有淵源。而嚴羽與江湖詩派的代表詩人戴復古頗有交誼，戴氏嘗作〈祝二嚴〉一詩，對嚴羽頗爲推重。近代研究者，甚至有將嚴羽歸入江湖詩人之列，〔註3〕以爲其社群屬性頗爲相近。

審之《滄浪嚴先生吟卷》之中，有〈相逢行——贈馮熙之〉、〈惜別行——贈馮熙之東歸〉兩首樂府詩作。贈酬對象馮熙之，名取洽，熙之是他的字，福建延平人，〔註4〕與嚴羽頗有交情。這可以從〈相

〔註1〕 參見氏著：〈魏慶之及《詩人玉屑》考〉，《人文中國學報》（第十期，2004 年 5 月），頁 125～129。

〔註2〕 〔清〕紀昀：《四庫全書總目提要・詩人玉屑》（臺北：臺灣商務印書館，1983～1986 年），頁 1481～34。

〔註3〕 如張繼定在〈論南宋江湖派的形成和界定〉一文中，即視嚴羽爲江湖詩派的旗下的一員。而嚴羽的宗人嚴粲，也名列其中。參見氏著〈論南宋江湖派的形成和界定〉，《浙江師大學報》（社會科學版，1994 年第 1 期），頁 9。但張宏生卻以爲嚴羽與江湖詩派的淵源不深，而是以與當時詩壇相對疏離的邊緣姿態挺立於世。參見氏著〈邊緣文人和超前意識——考察嚴羽詩歌理論的一個角度〉，《江蘇社會科學》（2001 年第 4 期），頁 134～135。筆者以爲嚴羽雖與戴復古相交遊，但戴氏對於嚴羽評價卻是「持論傷太高，與世或齟齬」，可見其論述主張與江湖詩派有所出入。而聯繫《滄浪詩話》一書，也可看出嚴氏對於江湖詩風的指斥。所以嚴羽在詩論主張上應不隸屬此一社群，但不因此就解消了嚴氏在交遊方面與江湖詩人可能存在的聯繫。

〔註4〕 據《宋詩紀事》記載，「取洽，字熙之，號雙溪翁，延平人」。參見

逢行〉「我今與君眞莫逆，世上悠悠誰復識？」、「只今留君不盡醉，別後相思知奈何？」等句可以看出，二人情同莫逆的知己交誼。另外，〈惜別行〉中，則有「男兒一片萬古心，滿世寥落無知音。今朝見君握君手，大笑浩蕩開煩襟。」、「座中然諾兩相許，一飲不覺連百觴。」、「挽君不留惜君去，恨不移家近君住。人生行止皆由天，我輩豈得長相聚。」等句，描寫酒筵中連杯暢飲，以及散席後的依依不捨之情。而「恨不移近君住」一句，更表現出爲求與知音馮取洽常相聚首，嚴羽甚至起了移家近居的念頭，對馮氏的友愛之情，溢於言表。雖然篇末收束在對天命的無奈與接受上，但字裡行間所流露的溫馨情誼，卻讓人印象深刻。

　　而這位與嚴氏情同手足的莫逆之交，恰好與《詩人玉屑》作者魏慶之也有深厚的情誼。

　　馮取洽曾在其詞作〈金菊對芙蓉〉的題序中記載，庚寅年（宋理宗紹定三年）時，曾與魏慶之、劉篁嶸、馮竹溪、呂柳溪以及道士王溪雲等人，共賞西渚荷花。〔註5〕另外，在〈沁園春——用前韻謝魏菊莊〉〔註6〕一詞中，也曾提及與黃昇〔註7〕（約 1269 年前後在世）相約探訪魏慶之未果的愁悵心情。而黃昇在《中興以來絕妙詞選》中

〔清〕厲鶚：《宋詩紀事》卷六三（上海：上海古籍社出版，1983 年 6 月），頁 1588。

〔註5〕　〔宋〕馮取洽：〈金菊對芙蓉——奉同劉篁嶸、魏菊莊、馮竹溪、呂柳溪、道士王溪雲，賞西渚荷花，醉中走筆用篁嶸韻。　庚寅。〉，《全宋詞》卷 350（臺北：世界書局，1984 年 3 月），頁 2658～2659。

〔註6〕　〔宋〕馮取洽〈沁園春——用前韻謝魏菊莊〉：「舉世紛紛，風靡波流，名氛利埃。有幽人嘉遯，長年修潔，寒花作伴，竟日徘徊。餐薦夕英，杯迎朝露，世味何如此味哉。揚揚蝶，盡弄芳來往，我又奚猜。雙溪約玉林梅。擬眞到莊門一扣開。奈衢山風急，勒教回駕，橫塘水弱，未許浮杯。恨結停雲，神馳落月，白雪風前忽墮來。教兒唱，侑衰翁一醉，無閭堪排」，收入《全宋詞》卷 350（臺北：世界書局，1984 年 3 月），頁 2657。

〔註7〕　〔宋〕黃昇，字叔暘，號玉林，又號花庵詞客。爲魏慶之摯友，曾於宋理宗淳祐四年（1244）爲《詩人玉屑》作序，魏慶之在《詩林玉屑》中則多所稱引。

也載有與馮取洽往來唱和的詞作。由此可知，魏慶之、馮取洽、黃昇三人之間往來頻仍、相處頗爲融洽。

　　且就地緣關係來看，魏、黃二人籍屬建安〔註8〕（今福建建甌），與嚴羽所居的邵武屬鄰縣，相去不到一百公里，往來交通頗爲便利，也增添了互動的可能性。另外，聯繫嚴羽生平，曾因亂避地江楚，也曾漫遊吳、楚等地，尤其是端平三年嚴羽離開臨安，取道衢州返閩時，建安即是途中可能的中繼之地。對照宋、元時期詩社盛行的情形看來，鄉里間的文人雅集，往往提供許多機會讓詩友切磋、交流。文人詩友往往會藉此機會評詩論文、閒談吟詩。也許透過詩友關係的聯繫，二人曾經有過接觸。

　　最後，從文獻登載的情形看來，魏慶之《詩人玉屑》全數收錄嚴羽論詩主張，而黃昇《玉林詩話》也曾論及嚴羽〈酬友人〉一詩，並贊其「匠意琢句皆精絕，非苟作者」。〔註9〕當然此處的稱舉也不能排除時人常見的藉詩話以存詩，甚或基於鄉曲之見、標榜文友的可能性。但無論如何，透過地緣關係、人際網絡、時代風氣以及文獻記錄等方面，即便沒有第一手的資料佐證兩人之間的直接關係，但嚴羽與魏慶之應該是彼此相知的。〔註10〕

（二）《詩人玉屑》的編纂緣起及其體例

　　魏慶之所著《詩人玉屑》，係南宋末年著名的詩話總集，凡二十卷，共三十二萬九千餘字。內容彙輯了宋代詩家論詩片語短札，編輯

〔註8〕　關於黃昇的籍貫，僅確知其爲閩人，據其活動情形與交遊狀況看來，應不出建安、建陽兩種可能。參見〈魏慶之及《詩人玉屑》考〉，《人文中國學報》（第十期，2004年5月），頁129。

〔註9〕　〔宋〕黃昇：《玉林詩話》曾收錄嚴羽〈酬友人詩〉，並評論道：「此歌詩雖體製不同，然匠意琢句皆精絕，非苟作者。」參見吳文治主編《宋詩話全編》（南京：江蘇古籍出版社，1998年12月），頁8926。

〔註10〕大陸學者張健曾推論魏、黃二人與嚴羽曾有交往，或至少是彼此相知的。參見氏著：〈魏慶之及《詩人玉屑》考〉，《人文中國學報》（第十期，2004年5月），頁128。

宗旨在借此點點玉屑，以爲學詩者津筏指南。

關於是書，郭紹虞《宋詩話考》云：

> 迨其後（《六一詩話》）由述事而轉爲論辭，已在南宋之際，張戒、姜夔始發其緒，至滄浪而臻於完成，幾於以詩學爲主矣。菊莊承其風，故是書十一卷以上，分論詩法詩體詩格以及學詩宗旨各問題，其體例略同於《詩話總龜》之「琢句」、「藝術」、「用字」、「押韻」、「傲法」、「用事」、「詩病」、「苦吟」諸目而更爲嚴正，不落小說家言。十二卷以下品藻古今人物，其分目以人以時爲主，又多與《漁隱叢話》相類，而更加精嚴，不涉考證，不及瑣事。故能兼有二書之長而無其弊。……要之是書另立宗旨，與前迥異，故其書即引苕溪漁隱之語，或轉引上述二書所錄各家詩話之語，然而宗旨意趣，自有區別，此則是書特出之點也。〔註11〕

郭氏推許《詩人玉屑》承繼張戒、姜夔、嚴羽等「論詩及辭」的優良傳統，又結合《詩話總龜》、《苕溪漁隱叢話》二書，去短取長，是南宋末年重要的詩學論著。郭氏並以爲魏慶之編纂此書自有其「宗旨意趣」，希望透過資料的去取選輯，建構自己的詩學主張。

關於「選本」，鄒雲湖在《中國選本批評》中曾作以下定義：

> 選本，顧名思義就是經過選擇的（或被選擇過）的文本。從文學角度而言，選本是指選者按照一定的選擇意圖和選擇標準，在一定範圍內的作品中選擇相應的作品編排而成的作品集。因此，選本的界定必須具備目的性（有一定的選擇意圖和標準）、限定性（在一定範圍內的作品中）、選擇性（根據一定的選擇意圖和標準進行選擇）、群體性（最後以作品集的形式出現）。「選擇」作爲一種價值判斷行爲的本質特徵決定了文學選本的「選」本身就是一種重要的批評實踐。選者（批評家）根據某種文學批評觀制訂相應的取捨標準，然後按照這一標準，通過「選」這一具體行爲對作家作品進行排列，以此達到闡明、張揚某種文學觀

〔註11〕參見氏著：《宋詩話考》（臺北：學海出版社，1980 年），頁 106～107。

念的目的。因此，選本也是一種文學批評方式。〔註12〕
鄒氏以為「選本」具有目的性、限定性、選擇性與群體性等四大特色，
所以考察「選本」即應據此回溯其編選的意圖及標準、資料探擇的範
圍、及選本呈現出的整體特色傾向。更重要的是，「選擇」本身就是
一種重要的批評實踐，編選者透過資料的取捨、排列，呈現出其隱而
不宣的文學觀念。

　　錢仲聯在〈宋代詩話鳥瞰〉一文中曾將詩話分為「詩話別集」和
「詩話總集兩大類。其中《詩人玉屑》就列名為「詩話總集」類中「詩
論和摘句的分類選編」一目之中。〔註13〕所以作為「選編」之作，魏
氏自然有其取捨標準與排列原則。

　　陳漢文在〈魏慶之與南宋詩學〉也說：

> 魏慶之以編輯者身分纂集詩論，體現其論詩方式。這不僅
> 是魏慶之個人詩學趣味的體現，也與南宋詩風的嬗變、詩
> 學的發展息息相關。〔註14〕

陳氏以為纂集詩論，是體現論詩方式的一種，不但可以展現編選者
的「個人詩學趣味」，在諸多詩學意見之中選擇性地引錄、排列組
合，去取之間，與上述鄒雲湖所謂的選者用心，實有一定程度的相
仿。

　　尤其《詩人玉屑》不僅悉數存錄《滄浪詩話》全文，還重新排列
安置，其重新組合的意圖為何？在嚴羽詩論接受上，自然有其重要的
意義。

　　所以，筆者將就魏慶之與嚴羽二人的關係，以及《詩人玉屑》對
於《滄浪詩話》的重新編排、安置，作為考察重心，茲分論如下。

〔註12〕參見氏著：《中國選本批評》（上海：上海三聯書店，2002 年 7 月），
　　　　頁 1。
〔註13〕參見氏著：〈宋代詩話鳥瞰〉，《當代學者自選文庫——錢仲聯卷》（合
　　　　肥：安徽教育出版社，1999 年 12 月），頁 137～139。
〔註14〕參見氏著：〈魏慶之與南宋詩學〉，《漢學研究》（第 22 卷第 1 期，2004
　　　　年 6 月），頁 131。

二、《詩人玉屑》對《滄浪詩話》的接受

就《詩人玉屑》的編排看來，大抵可以分爲兩大部分。卷一至卷十一討論的是詩歌本體、詩歌體式、創作技巧⋯⋯等問題。其間收錄嚴羽〈詩辨〉、〈詩法〉、〈詩評〉、〈詩體〉、〈考證〉等詩論專章。卷十二以降則是以品藻古今詩人爲務，可視爲對嚴羽〈詩評〉的延伸、擴充。此部分基本上是以年代先後爲序，更全面、深入地評騭《詩經》、《楚辭》以降，至宋代的詩歌作品。關於其章節的安排，香港學者蕭淳鏵以爲與《滄浪詩話》有著極大的關係：

> 《詩人玉屑》這種編排方式是受了《滄浪詩話》的影響，因爲在卷一至卷二中，首先列出《滄浪詩話》之「詩辨」，其次是「詩法」，接下去是「詩評」和「詩體」，而「考證」則置於卷十一之末。這些都是《滄浪詩話》的內容，魏慶之不單收入嚴羽一書的內容，還在「詩法」、「詩評」與「詩體」項下，加入其它文人的意見，這種現象使人感到魏慶之是在《滄浪詩話》一書的架構下進行擴大與加深的工作。〔註15〕

但此一說法在大陸學者張健的研究發表後產生鬆動現象，因爲張氏從現存《滄浪詩話》的刊本，以及嚴羽相關的傳贊、方志等資料中，推斷嚴羽終其一生並沒有創作詩話的意識，而《滄浪詩話》中所錄五篇文章乃是獨立存在的個體，一直要等到明代才被冠以《滄浪詩話》之名。〔註16〕據此《詩人玉屑》是否是依《滄浪詩話》綱架敷衍、發展而來？就大有疑問了。

不過審閱元代《滄浪嚴先生吟卷》刊本，此五篇文章雖無《滄浪詩話》之名，在順序排列上卻與今本無異。除非有排序次第不同且更

〔註15〕參見氏著：〈《詩人玉屑》與《滄浪詩話》之關係〉，《中國文化月刊》（第 217 期，1998 年 4 月），頁 44。同此說者還有香港學者陳漢文，他以爲《詩人玉屑》大抵是以《滄浪詩話》爲綱架，再增益他人的論詩意見，形成一個更豐富、完整的理論架構。參見氏著：〈魏慶之與南宋詩學〉，《漢學研究》（第 22 卷第 1 期，2004 年 6 月），頁 136。

〔註16〕參見氏著：〈《滄浪詩話》非嚴羽所編──《滄浪詩話》成書問題考辨〉，《北京大學學報》（哲學社會科學版，1999 年第 4 期），頁 70～85。

古老的刊本被發現，否則蕭淳鏵的論斷只在書名稱引上略有疑義，大體仍是符合文獻事實。所以，《詩人玉屑》在整體篇目的安排上受嚴羽思想啓迪的推論，或是可以成立的。

不過，在服膺嚴羽詩論主張的前提下，魏慶之也採納許多詩評家的論詩意見，在歷經汰擇、選輯、重組的過程後，重新問世的文本，蘊藏著魏氏獨到的詩學觀點。所以，透過細部現象的追繹考索，將可就《詩人玉屑》對嚴羽詩論的鎔裁、接受，有更進一步的認識。

據此，下文將就《詩人玉屑》對《滄浪詩話》材料的去取、安置進行考察。

（一）卷　一

《詩人玉屑》卷一，分有「詩辨」、「詩法」兩大部分，其中「詩辨」討論的是詩之宗旨，有開宗明義的意味；「詩法」則是討論作詩手法，隸屬於創作論的範疇。

首先就卷上的「詩辨」部分談起。

1. 詩　辨

「詩辨」做爲《詩人玉屑》卷首開篇的專文，具有統領全書的作用，並且是後續篇章鋪展的理論依歸，其重要性不言可喻。再者，《詩人玉屑》因爲具有「選本」的性質，所以在內容編排上，往往博取各家詩說，並依其內在的關聯性，併爲章目。但全書唯獨「詩辨」一章，專取一家之言。而魏氏所選錄的，恰好就是嚴羽〈詩辨〉〔註17〕中的文字。由此，吾人即可了解魏慶之對《滄浪詩話》推重的殷切之意了。

在細部文字方面，若將《詩人玉屑》「詩辨」的條目安置與元刻本《滄浪嚴先生吟卷》卷之一〈詩辨〉對勘，可以發現十三處文字有所出入。〔註18〕但這些部分，基本上都是傳抄、刊行上的小歧異。除

〔註17〕「詩辨」或作「詩辯」，據元刊本《滄浪嚴先生吟卷》篇名即以「詩辯」標之。但爲求行文體例一致，本文從郭紹虞校釋本，作「詩辨」。
〔註18〕參見周興陸、朴英順、黃霖等著：〈還《滄浪詩話》以本來面目──《滄浪詩話校釋》據「玉屑本」校訂獻疑〉，《文學遺產》（2001年第

了《詩人玉屑》有「又取大曆十才子之詩而熟參之，又取元和之詩而熟參之」等二十三字爲元刊本《滄浪嚴先生吟卷》所無。若據此增補，可使「熟參」的世系聯繫較爲完整，也可彌補元刊本在漢魏、晉宋、南北朝、唐初、盛唐……卻獨漏「中唐」的缺憾。

　　除此之外，二書最大的不同在於元刊本及其他通行本都是以「禪家者流」條居首，並且和「夫學詩者以識爲主」項合爲一條。而《詩人玉屑》則將之調動，改以「夫學詩者以識爲主」作爲開篇起首，而將「禪家者流」條斷開，移至「詩辨」的第四則。這樣的調整，是否別具深意？頗堪玩味。

　　在《滄浪詩話》裡，「識」指的是一種辨別、體會、領略古人作品精粹之處的能力。以「禪」喻詩，則是《滄浪詩話》最鮮明的理論外衣，也是嚴羽深感自豪之處。〔註19〕魏慶之在此調動二者順序，或許與其編撰《詩人玉屑》的動機有關。

　　黃昇在《詩人玉屑・序》中曾經指出：

> 友人魏菊莊，詩家之良醫師也，乃出新意，別爲是編。自有詩話以來，至於近世之評論，博觀約取，科別其條：凡升高自下之方，絿粗入精之要，靡不登載。其格律之明，可準而式；其鑒裁之公，可研而覈；其斧藻之有味，可咀而食也。〔註20〕

由此可知《詩人玉屑》的編纂目的，乃是希望藉由此書的付梓刊行，昭示後學作詩門徑，使海內詩人皆得靈方。使學者在研習之後能培養識見，建立辨別詩歌良窳的能力，進而創作出優秀的詩篇。

---

3 期），頁 90〜91。

〔註19〕嚴羽對於以禪喻詩說的提出，頗感自豪，這可由〈答出繼叔臨安吳景仙書〉窺知一二。「僕之詩辨乃斷千百年公案，誠驚世絕俗之談，至當歸一之論。其間說江西詩病，眞取心肝劊子手，以禪喻詩，莫此親切，是自家實證實悟者，是自家閉門鑿破的片田地，即非傍人籬壁、拾人涕唾得來者，李杜復生不易吾言矣」。

〔註20〕〔宋〕黃昇：〈詩人玉屑序〉，收入吳文治主編《宋詩話全編》（南京：江蘇古籍出版社，1998 年 12 月），頁 8930。

基於對正確學習進程的重視，使得魏慶之在「識」與「禪」的天秤上有所側重，故而在條目次序上做此調整。

所以，魏慶之在承應嚴羽詩論的大前提下，把「以識爲主」的條目置首，表現出不墨守嚴羽思想態度，也體現出魏氏的詩學觀念。

最後值得一提的是，魏慶之在《詩人玉屑》卷一上目錄處，以「滄浪謂當學古人之詩」作爲開端，將《滄浪詩話・詩辨》中多元的詩學思想，化約爲「尚古」的工夫進程。而從魏氏以「學古人之詩」爲統領全篇的綱領，也可呼應黃昇〈序〉中所謂「可準而式」、「可研而覈」的特色。於此，吾人可以窺知魏慶之對嚴羽詩論的接受，顯然側重在方法論上，所以捨嚴羽禪喻、風格、意境、批評……等特色不言，表現出尚「古」、重「識」的詩學旅向。當然，這與《詩人玉屑》以詩家金鍼自居有著根本性的聯繫。

2. 詩　法

卷一下「詩法」的部分，魏慶之共收錄十四條論詩意見，〔註21〕其中包括朱熹二則、楊萬里兩則、趙蕃六則、吳思道一則、龔聖任一則，並全文收錄姜夔《白石道人詩說》全文以及《滄浪詩話・詩法》章的論詩文字。

魏慶之引錄朱熹「晦庵謂胸中不可著一字世俗言語」之說，乃在借朱氏的詩史分期論，提示學詩的次第進程。而「晦庵抽關啓鑰之論」則是強調認識詩之「體製」爲學詩要務，表達出「崇雅去俗」的態度。這兩則意見與嚴羽詩論強調「從上做下」、「務去五俗」、「遍觀博覽」的主張，頗爲相近。

在引錄楊萬里的兩則意見中，引錄「誠齋翻案法」、「誠齋又法」兩則，皆借古今詩例，凸顯詩人創作時的用意之妙、變化之奇。

較爲有趣的是，魏氏引錄隸屬於江西詩派的趙蕃共六條論詩意見，其中包括「趙章泉詩法」、「趙章泉謂規模既大波瀾自闊」、「趙章

〔註21〕此處條目的計算與各刊本分行斷句有關，本文採《宋詩話全編》本。

泉論詩貴乎似」、「趙章泉題品三聯」、「章泉謂可與言詩」、「趙章泉學詩」等。

首先，「趙章泉詩法」條重在談論縛於死法的弊病，強調「眼前草樹聊渠若，子結成陰花自落」的自然之境。第二則強調養氣的重要性，以爲氣之涵養能使詩歌的規模宏闊。第三則強調「詩貴乎似」的觀念，並舉例說明，明示後學何謂之「似」。第四則「趙章泉題品三聯」、第五則「章泉謂可與言詩」與詩法關聯性不大。第六則「趙章泉學詩」則是載記趙蕃所和〈學詩詩〉三首，可謂是趙氏學詩的體會、心得。

其實，就詩學理論的深度看，趙蕃的意見並不特出，但魏慶之卻廣納其六條詩法論述。歷代研究者多數相信，《滄浪詩話》的創作動機係以江西詩派作爲對立面而發，〔註22〕但在對待江西詩派的態度上，作爲嚴羽詩論服膺者的魏慶之，卻捨棄嚴氏「其間說江西詩病，直取心肝劊子手」的堅定立場。

另外，值得注意的是，趙蕃引文中所援引詩例，不乏對宋人作品優劣評騭的價值評判。此一現象與《滄浪詩話》所持揚唐抑宋的詩史觀，幾乎不論宋人詩作的立場有所牴牾。但也表現出魏慶之在唐、宋詩的畛域、分野上，不存在必然的成見、立見。這當然也表現出魏氏在「詩法」觀念、甚至「詩史」觀念上多方容受的氣度。

對此寬鬆、調和的態度，蕭淳鏵曾作以下補充：

> 《詩人玉屑》，除了「翻案法及襲用前人詩句」外，亦於書中各卷列有造語（卷六）、下字（卷六）、用事（卷七）、壓韻（卷七）、屬對（卷七），而奪胎換骨（卷八）及點化（卷八）等主張亦包括在內。從這些內容，很難認爲魏慶之會採取反江西詩派的立場。因此，魏慶之於〈詩法〉下，只選取與作詩的技巧與法度有關的資料，而沒有顧及嚴羽反

〔註22〕如陳伯海即云：「《滄浪詩話》以蘇、黃尤其是江西詩派作爲主要批判對象，同時也不贊成『四靈』的效法晚唐」。參見氏著：《嚴羽和滄浪詩話》（臺北：萬卷樓圖書公司，1993年4月），頁57。

江西詩派的立場。〔註23〕

於此可以了解，魏慶之在選輯材料時，始終採取較為彈性的態度。

另外，面對宋代求尚理趣的詩風，嚴羽曾有「本朝人尚理而病於意興」的批判，甚至表示：

> 夫詩有別材，非關書也；詩有別趣，非關理也。而古人未
> 嘗不讀書，不窮理，所謂不涉理路，不落言詮者，上也。(〈詩
> 辨〉五)

別材、別趣說的提出，顯然是針對江西詩派「用字必有來歷，押韻必有出處」以及理學詩派唯理是務的流弊而發。故而提倡「不涉理路」、「不落言詮」的創作主張。所以，對於以詩「窮理」、詩涉「理路」的理學派詩人，嚴羽自然並無好感。然而在對待理學家詩人的態度，魏氏卻是以一種兼容開放的態度面對，這點可由「詩法」章以朱熹詩論開端略見端倪。而且根據蕭淳鏵的統計《詩人玉屑》引用朱熹的詩論主張達五十五次，甚至較嚴羽五十次要來得多，〔註24〕推重程度可見一斑。據此，吾人可以發現魏慶之以其靈活圓融的主張，使得《詩人玉屑》較之《滄浪詩話》更增添一股調和包容的色彩。

值得一提的是，這種調和諸家觀點、以求對治之道的態度，其實也曾出現在嚴羽的詩論意見中。在嚴羽提揭「盛唐」大纛的主張時，其實也採用了兩面批判的手法，指斥江西、四靈、江湖等詩派。黃景進說：

> 我們已經看到嚴羽提倡盛唐體的雙重作用。一方面，盛唐體
> 做為晚唐體的對立面，是用來批判、糾正四靈、江湖的；另
> 一方面，盛唐體做為唐詩的代表，又是宋詩的對立面，是用
> 來批判江西詩派的。就批判江西詩派而言，他是接受四靈江

〔註23〕 參見氏著：〈「詩人玉屑」與「滄浪詩話」之關係〉，《中國文化月刊》
（第217期，1998年4月），頁48。

〔註24〕 據蕭氏統計，《詩人玉屑》引用資料的次數，最多為朱熹55次，嚴
羽50次、王直方詩話49次、《冷齋夜話》40次、楊萬里37次、韓
駒《室中語》37次、東坡33次、《中興詩話補遺》32次。可參看氏
著：《詩人玉屑詩論研究》（香港：香港中文大學中文系哲學博士論
文，1999年），頁11～21。

湖的觀點；但就批判四靈江湖而言，他又接近江西。〔註25〕

黃氏以爲嚴羽在高揭「盛唐」旗幟的背面，其實也隱藏著對江西、四靈、江湖等派詩學的容受。只是這種涵納的精神，被巧妙地包裝，而在魏慶之《詩人玉屑》之中表現得更爲凸出、明顯。

另外，《詩人玉屑》「詩法」一章，還分別收錄了吳思道、龔聖任〈學詩詩〉三首。如前趙蕃之例，皆爲詩人學詩、悟詩、作詩的心得體會。而此三人共九首的〈學詩詩〉，都以「學詩渾似學參禪」起始，由此可知在宋代流行的詩禪論述，魏氏也是頗表贊同的。

於此，吾人可以發現，在「法」、「悟」關係上，魏氏採取著折衷調合的態度。一面強調詩歌創作須遵守成規、推重法度；一方面又高舉活法、主張創新。其中隱含著立足「有法」軌則，進窺「無法」至境的深意。希冀形成一套有理可循，又能自出機杼、追求含蓄不盡意蘊的理論架構。此或是《詩人玉屑》調和江西、嚴羽兩大詩學體系後，所得出的成果。

最後，「詩法」章還全文收錄《白石道人詩說》與《滄浪詩話‧詩法》兩篇文章，可見對二人的重視。對於此二篇章，蕭淳鏵曾就詩歌的元素、安置與安排、用事、語病與詩病……等，分析二人詩法觀念的異同。〔註26〕蕭氏以爲姜、嚴二人在詩法主張上討論範圍相近，但內容上卻不盡相同。如在「用事」態度上，嚴羽主張「不必多使事」，姜夔以爲「學有餘而約以用之，善用事者也」，即有歧異。

然而正因歧異的存在，始有互爲補充的可能。魏慶之以並存的方式，提供後人更爲全面的「詩法」學習途徑。

綜合上述討論可以發現，在論述態度上，魏氏以開闊的視野，讓他能於嚴羽詩法主張外，廣納唐宋諸家論點，免於侷限一隅而有所偏

〔註25〕參見氏著：《嚴羽及其詩論之研究》（臺北：文史哲出版社，1986 年2 月），頁 73。

〔註26〕參見氏著：〈《詩人玉屑》收錄《滄浪詩話》所出現的相連關係〉，《國立編譯館館刊》（第 29 卷第 1 期，2000 年 6 月），頁 175～176。

執。無論是江西詩學以「法」為中心的論述進路，或者以嚴羽為主的尚「悟」主張，甚至唐、宋家數，皆能有所觀照。當然，這與《詩人玉屑》的總集性質，及其編纂時間有極大的關係。魏氏編纂是書時值晚宋，故能在前人豐富、多元的文獻資料上，汰蕪存菁，也較前人更有機會建構、總結出一套更完善、完整的詩法理論。

（二）卷　二

《詩人玉屑》卷二分有「詩評」、「詩體上」、「詩體下」三大部分。其中「詩評」部分，引錄楊萬里、敖陶孫等人意見，另外還收錄嚴羽〈詩評〉（除卻五條論及《楚辭》的意見）的論詩內容。而《詩人玉屑》「詩體上」，則別立「滄浪編諸名家詩體」一目，收錄《滄浪詩話·詩體》的論詩意見。「詩體下」則博取諸家論詩意見，就細部詩體分類作深入的介紹。

茲分論如下：

1. 詩　評

「詩評」章下共有七則論詩意見，扣除《滄浪詩話·詩評》，分別還收錄楊萬里詩論五則、敖陶孫〈臞翁詩評〉一篇。

在楊萬里論詩的部分，首則「誠齋品藻中興以來諸賢詩」，詳列范成大、陸游、尤袤等南宋詩人十九位，並引錄各詩人名句，作為詩家享譽詩壇的附註說明。

次則「誠齋題品諸楊詩」則係楊萬里品評同族前輩楊存、楊樸、楊輔世等人的論斷。如前則一般，皆引錄各人代表詩作以為參考。

第三則「誠齋評李杜蘇黃詩體」，則引錄李白、杜甫、蘇軾、黃庭堅四大名家詩句，作為代表詩體，以示後學典範。

第四則「誠齋評為詩隱蓄發露之異」，則以《詩經》、《春秋》紀事之妙，評價近世詩人、詞人之作。文中提及李商隱、劉長卿，及宋代詞人晏幾道、詩人陳克，語多推重。

第五則「以畫為真以真為畫」中則以杜甫「沱水流中座，岷山赴

此堂。白波吹粉壁，青嶂插彫梁」作為「以畫為眞」的詩例；而引曾幾「斷崖韋偃樹，小雨郭熙山」作為「以眞為畫」的示例。

　　總縮此五則文字可以清楚發現，不論古體、近體，唐詩、宋詩，楊萬里都秉持著平理若衡、照辭如鏡的態度，不摻任何主觀成見。所以蘇、黃可與李、杜詩作齊觀並論，宋詩自有其歷史意義與價值。

　　至於，敖陶孫〈臞翁詩評〉則是品評古今名家，自魏武帝曹操起始，至南宋詩人呂本中共二十九人。其中也無軫域唐、宋的觀念，所評宋代詩人也達九人之眾。

　　所以，從《詩人玉屑》收錄此六則資料不難發現，魏慶之有意矯治《滄浪詩話》推崇魏晉盛唐詩人的中心論述，故特別擴充評賞範圍，與嚴羽有意忽略宋代詩家、詩作的態度，截然有別。而且這幾則資料對於宋代詩人的評價也未見貶抑，配合前文「詩法」章的討論，再次證明《詩人玉屑》並無優劣唐宋的意圖。

　　另外，在「誠齋評為詩隱蓄發露之異」條中，楊萬里主張以〈國風〉「好色而不淫」、〈小雅〉「怨誹而不亂」的原則，以及《春秋》「微而顯，志而晦，婉而成章，盡而不汙」的態度來評斷詩歌。這樣的評詩標準，與嚴羽在《滄浪詩話》略去《詩經》不談的立場更有明顯出入。〔註27〕

　　嚴羽論詩以「吟詠情性」為本體，評論諸家詩作時更是以審美立場為本位，對於「發乎情，止乎禮義」的詩教傳統並不那麼看重。美國學者宇文所安曾說：

> 《滄浪詩話》是一種反儒家的詩學，這不是因為它以禪喻詩，而是因為它為了給已經存在的反儒學詩學尋找權威，借用了禪宗的比喻以及旁門左道的行話。嚴羽一定希望詩歌是一個封閉的世界：它有自己的歷史，獨立於人類歷史的發展進程。〔註28〕

〔註27〕此一主張，也可在《詩人玉屑》卷十三專列「詩經」一節清楚見之。
〔註28〕宇文所安著、王柏華、陶慶梅譯：《中國文論：英譯與評論》（上海：

所以其側重詩之審美、勾勒獨立於「道統」之外的「詩統」意圖，在其著作中展露無遺。審諸《滄浪詩話》全文，僅於〈詩體〉中出現過「風、雅、頌既亡，一變而爲〈離騷〉」的文字勉強與《詩經》相關，其餘諸篇皆付之闕如。其有意越過《詩經》，逕以強調興發個體情感的《楚辭》爲起始，其主張、視野與多數宋代文人相左。在理學盛行的時風薰陶下，宋人多半不會將《詩經》所代表的詩教傳統摒除在詩論範疇之外，魏慶之顯然屬於從眾的後者，所以在《詩人玉屑》中增列《詩經》以作爲詩史發展的起點。

最後，在品評方法上，此處所錄楊萬里與敖陶孫的論詩意見，大抵不脫評論詩人與評論作品兩類。而這兩大評論方向，恰好是嚴羽在《滄浪詩話‧詩評》中論述的主要路徑。

綜上所述，吾人可以發現，《詩人玉屑》除了將《詩經》以及宋代詩人納入評論範疇外，其餘主張與《滄浪詩話》評詩立場並無太大的不同。甚至《滄浪詩話‧詩評》的評論內容較之《詩人玉屑》其他六則意見，要來得更爲明確、具體。據此可進一步推論，魏慶之在「詩評」章的編排，基本上是立足於嚴羽〈詩評〉再進一步修正、補充。這也是《詩人玉屑》對嚴羽詩論容受的一個重要面向。

2. 詩　體

在《詩人玉屑》「詩體」篇，分爲上、下兩部分。「詩體上」以「滄浪編諸名家詩體」爲題，全篇收錄《滄浪詩話‧詩體》一文。「詩體下」則從形式入手，以「對偶」、「用韻」、「平仄」、「句法」等原則細分爲二十七則。﹝註29﹞

在《滄浪詩話‧詩體》中，嚴羽「有全篇雙聲疊韻」、「有全篇字皆仄聲者」、「進退韻者」、「有扇對」、「迴文」、「離合」、「字謎、人名、卦名、數名、藥名、州名之詩」……之說，分別與《詩人玉屑》「詩

上海社會科學院出版社，2003 年 1 月），頁 435。
﹝註29﹞此據《宋詩話全編》本計算。

體下」所錄「雙聲韻」、「八句仄入格」、「進退格」、「隔句體」、「扇對法」、「回文體」、「離合體」、「藥名」、「人名」相符應。

　　但《滄浪詩話‧詩體》大多僅錄詩體之名，或是在詩體名下加上幾句簡單的附註說明。相較之下，《詩人玉屑》「詩體下」不僅設有「總論」提領全文，更在引錄的各條資料下，都列有該體的義界說明，並且列舉前人詩作爲例，作法遠較嚴羽來得詳細。

　　另外，在分體方法上，《滄浪詩話‧詩體》大抵是採以人而論、以時而論作爲兩大分體主軸。如「曹劉體、陶體、謝體、徐庾體……」即屬前者；而「建安體、黃初體、正始體、太康體……」則屬後者。其餘則就形式、體裁、技巧等方面作細部的補充。如「十字對、十字句、十四字對、扇對……」等即以形式爲分體原則；「歌行、樂府、楚辭、琴操……」則以體裁作分類；「迴文、反覆、離合……」則係以技巧區分。其分體原則，取徑十分多元。

　　但是在《詩人玉屑》「詩體下」，則別去嚴羽雜蕪的分體概念，統一規格以「技巧」作爲甄別的原則。從《夢溪筆談》、《天廚禁臠》、《苕溪漁隱叢話》、《藝苑雌黃》……等書選輯、組成二十七條詩體明範。較之《滄浪詩話》其去取標準更爲清晰明確。

　　此一現象，或許與嚴羽、魏慶之二人「詩體」概念的差異有關。首先，嚴羽對「詩體」的認識，是以一個廣闊的角度，從詩體的歷史沿革、詩歌風格、外在形式、腔調、技巧等範圍，全面涵括討論。但對此郭紹虞也曾批評嚴羽的詩體分類有「混淆不清」的弊病。郭氏以爲嚴羽此篇係根據時人舊說而彙輯完成，並沒有細加分析，在缺乏採錄標準的情況下，也就顯得雜蕪了。〔註30〕

　　反觀魏慶之「詩體」篇，重視的是在近體詩歌格律發展下，語言形式技巧的新變。魏慶之在「總論」處引用沈括《夢溪筆談》云：
　　古人文章，自應律度，未嘗以音韻爲主。自沈約增崇韻學，

〔註30〕參見氏著：《滄浪詩話校釋》（臺北：里仁書局，1987 年 4 月），頁100。

其論文則曰：「欲使宮羽相變，低昂殊節；若前有浮聲，則後須切響。一簡之內，音韻盡殊；兩句之中，輕重悉異。妙達此旨，始可言文。」自後浮巧之語，體製漸多，如傍犯、蹉對、假對、雙聲、疊韻之類。詩又有正格、偏格，類例極多。故有三十四格、十九圖，四聲、八病之類。（《詩人玉屑・詩體下・總論》）

可以窺見六朝之後文人在詩歌聲韻上的著意、鑽研。諸如雙聲、疊韻，四聲、八病等等，就成了後世文人在詩歌形式上的用功之處。所以，如何從中歸納、分析出各種詩體的特出之處，就成了《詩人玉屑》的首要之務。

　　職是，魏慶之在具體詩體技巧的鑽研上，投注甚多心力。由當時著名的詩論名著中，搜羅二十餘條的詩體例示，舉凡定義、詩例，不一而足。其目的在於，希望藉由各類詩體的選介，提供學詩者創作時具體實踐的法則。所以，在此明確的原則規範（形式、格律）下，使得魏氏的詩體分類標準，更具一致性。

　　相對於魏慶之對「詩體」問題的關注與用心，嚴羽在《滄浪詩話・詩體》中顯然缺乏深入鑽研的熱情。從〈詩體〉篇的文字看來，嚴羽在各體之間並沒有好惡、評價的判斷。如〈詩辨〉中批判甚熾的晚唐、蘇黃，在〈詩體〉中也都自成一格，未加貶抑。而且在詩體認定上，也常有糾纏不清的情況產生，如「齊梁體」、「南北朝體」根本的差異何在？也無法從其文字述敘中具體得知。所以，《滄浪詩話・詩體》的編纂目的，毋寧只在「存目」，是希望透過薈萃諸類詩體，方便後學辨識古今異體。據此，存目以求其完備，就成了〈詩體〉最鮮明的特色了。

　　綜上所述，可以得知，魏慶之在詩體分類上，有受嚴羽影響之處，但其選錄標準卻遠較嚴氏明確。因此，在《詩人玉屑》對《滄浪詩話》的接受過程中，本卷展現出較濃厚的修正色彩。

（三）卷十一

　　《詩人玉屑》卷十一，分有「詩病」、「礙理」、「考證」三大部分。

其中「詩病」、「礙理」兩篇，一就外在形式、一就內在邏輯，分別討論詩歌創作時的迴忌、弊病。〔註31〕而「考證」一目，則載錄三十餘條論詩意見，悉數引自現行通行本的《滄浪詩話·考證》篇。〔註32〕內容係就古今詩人或詩作的種種公案，進行澄清與考證的工作。而此一安排，恰好作為《詩人玉屑》著重理論開展的上半部的收束之處。

其實在宋代，考證工作一直是時人所著意用心的。尤其是「論詩及事」一類的詩話作品，在記錄詩歌本事、詩人軼事之外，考證往往也占了極大的篇幅比例。但在《詩人玉屑》「考證」一節中，魏慶之對於他家考證論述竟然隻字未提，現象頗為奇特。

其原因當然可能如前註大陸學者張健所推論一般，以為此段文字的歸屬權並不在嚴羽身上，所以此問題即無討論的必要。但在現行最古的元代刊本《滄浪嚴先生詩卷》中，已錄有〈詩證〉一篇，除非有更為明確的證據為佐，否則任何驟然推翻古本的假設，都帶有一定的危險性。職此，我們仍應嚴肅看待「考證」一節不錄他家說法的可能原因。

依筆者推測，這或許與魏慶之對嚴羽詩歌辨體能力的推許有關。前述魏氏論詩特重識見的培養，而「識」就是辨別體製的能力。張利群曾說：

〔註31〕「詩病」中如：平頭、上尾、蜂腰、鶴膝……等，皆屬外在形式上弊病。「礙理」則側重文字內容，如：「句好理不通」或文字內容過於誇大……等，皆是由詩句的內在邏輯進行審視。

〔註32〕「考證」或作「詩證」，元刊本《滄浪嚴先生吟卷》篇名即以「詩證」標之。但為求行文體例一致，本文從郭紹虞校釋本，作「考證」。

大陸學者張健在〈魏慶之及《詩人玉屑》考〉中曾對〈考證〉一章的著作權歸屬提出質疑。張氏以為《詩人玉屑》中採錄嚴羽論詩話語均標明「滄浪謂當學古人之詩」、「滄浪詩法」、「滄浪編諸名家詩體」、「滄浪論楚詞」等等，卻唯獨〈考證〉一門三十餘條意見不標出處？張氏並提出，從嚴羽論詩的手稿寫定，到元刊本《滄浪嚴先生吟卷》所附《滄浪詩話》版本，上距嚴羽活動年代已逾百年，故〈考證〉一門的著作權，是否應歸於嚴羽？仍有待文獻資料再作進一步的確定。參見氏著：〈魏慶之及《詩人玉屑》考〉，《人文中國學報》（第十期，2004年5月），頁156。

> 中國古代批評有一個重要的特徵就是「辨」，在開始「批」
> 與「評」的之前首先要「辨」，辨字、辨音、辨僞、辨格、
> 辨味、辨意、辨體等等，辨體批評必須對作品的文體、文
> 體特徵、文體風格進行分辨、辨析。〔註33〕

而在宋代以前詩評家中，嚴羽大概是最爲強調詩歌「辨體」能力的一
個。嚴羽曾經充滿自信地說：

> 僕於作詩不敢自負，至識則自謂有一日之長，於古今體製
> 若辨蒼素，甚者望而知之。（〈答出繼叔臨安吳景仙書〉）

極可能在服膺嚴氏理論的前提下，魏慶之對嚴氏在詩史公案上的判
斷、考證，也就全然接受其看法。但更爲核心的因素，恐怕與《詩人
玉屑》側重「論詩及辭」的詩學取向有關。《詩人玉屑》一書側重於
理論開展，所以考證一類較爲枝節、瑣碎的工作，並非魏氏關注的重
心所在。書中如若收錄過多的考證資料，容易產生焦點模糊的問題。

　　據此，《詩人玉屑》「考證」篇獨錄《滄浪詩話‧考證》資料，而
不載他家說法，目的應在於魏慶之有意以嚴羽辨詩、考證的實例作爲
典範，希望起著鼓勵後學重視識見培養，有著示範、導引的作用。於
此，吾人更可了解魏氏對嚴羽詩論的推重。

（四）卷十三

　　《詩人玉屑》卷十三處，共分爲「三百篇」、「楚詞」、「兩漢」、「建
安」、「六代」、「靖節」六目，討論唐代以前重要的作品、時代、詩人。
如前所述《詩人玉屑》從卷十二開始，即以品藻古今詩人詩作爲首要
之務，直至卷二十一都可視爲對《滄浪詩話》〈詩體〉、〈詩評〉的落
實與擴充。

　　另外，從章目的安排，可看出魏慶之對嚴羽詩論的修正。如「三
百篇」未見於滄浪〈詩體〉的討論，《詩人玉屑》不但以《詩經》爲
詩史源頭，還載錄朱熹、黃徹、呂本中等人論四始、六義、詩無邪等

〔註33〕參見氏著：〈中國古代辨體批評論〉，《湛江師範學院學報（哲學社會
科學版）》（第19卷第4期，1998年12月），頁74。

意見，補充了嚴羽有意迴避的歷史缺口。「兩漢」一目，收錄前人對於古詩十九首、蘇李、賈誼、班婕妤、蔡琰等人的評論，以「兩漢」之名總之，避免了嚴羽〈詩體〉分散討論的支離。「建安」一目則調整了滄浪〈詩體〉分列建安、黃初二體，以「建安」爲名統括，避免在斷代以詩人時代歸屬上的牽扯。「六代」則是將正始、太康、三謝、郭璞等著名詩人納入討論，也避免嚴羽在「南北朝體」與「元嘉」、「永明」、「齊梁」諸體之間的重疊問題。最後易「陶體」爲「靖節」，並收錄二十二則有關陶淵明的論詩意見，也反映出宋人對陶淵明詩作的推崇與重視。

在六目之中，與《滄浪詩話》直接相關的是「楚詞」一項。魏慶之在此卷中別立「楚詞」一目，並配合「晦庵論楚詞」的意見，將《滄浪詩話·詩評》論及《楚辭》的五條意見移至此處安置。此安排調動，優點在於綱舉目張，避免出現《滄浪詩話》雜《楚辭》論述於古今詩評中的淆混情況。

周興陸、黃霖以及韓國學人朴英順等人，曾針對滄浪論「楚詞」的條目更動，作以下表示：

> 魏慶之是把《滄浪詩話》各部分的次序作了調整。這是爲
> 了適應《詩人玉屑》從辨詩之本到論詩之法，再到評論詩
> 歌作品、辨析詩歌體製、論述詩歌句法字法，最後到評論
> 歷代作家的編排體例。特別是將「滄浪論楚詞」幾則抽調
> 他處，很清楚地看出了《詩人玉屑》的排列次序已非《滄
> 浪詩話》編排的原貌。〔註34〕

於此證明，《詩人玉屑》在整體架構上，雖有借鑒《滄浪詩話》之處，卻保有自成一說的獨特性。所以在資料的選用、章目的安排，都是以有機組合的方式，重新調整。而在「楚詞」部分的安排，其原則似乎較嚴羽來得周延、縝密。

〔註34〕參見氏著：〈還《滄浪詩話》以本來面目——《滄浪詩話校釋》據「玉屑本」校訂獻疑〉，《文學遺產》（2001年第3期），頁86。

（五）卷十九

在《詩人玉屑》卷十九中，錄有「葉水心論唐詩與嚴滄浪異」條，明確指出葉適與嚴羽在歸納唐詩特色時，看法不同。全文如下：

> 葉水心誌徐山民墓云：山民有詩數百，琢思尤奇，皆橫絕歘起，冰懸雪跨，使讀者變踔慄慄，肯首吟嘆不自已。然無異語，皆人所知也，人不能道爾。蓋魏晉名家，多發興高遠之言，少驗物切近之實，及沈約、謝朓永明體出，士爭效之，初猶甚艱，或僅得一偶句，使已名世矣。夫束字十餘，五色彰施，而律呂相應，豈易工哉！善為是者，取成於心，寄妍於物，融會一法，含受萬象：狶苓桔梗，時而為帝，無不按節赴之；君尊臣卑，賓順主穆，如丸投區，矢破的，此唐人之精也。然厭之者謂其纖碎而害道，淫肆而亂雅，至於庭設九奏，廣袖大舞，而反以浮響疑宮商，布縷謬組繡，則失其所以為詩矣。然則發今人未悟之機，回百年已廢之學，使後之言唐詩者自君始，不亦詞人墨卿之一快也！今按水心所謂「驗物切近」四字，於唐詩無遺論矣。然與嚴滄浪之說相反，故錄於此，與詩流商略之。《玉林》〔註35〕

魏慶之於文末附錄「玉林」二字乃註明此說係轉引自黃昇（字玉林）之語，黃昇曾舉葉適〈徐山民墓誌〉一文來說明唐詩「驗物切近」的特色，有別於魏晉名家「發興高遠」之言。葉適以為善於「驗物」者能夠「取成於心，寄妍於物」，將事物美好的樣態，貼切、如實的展現出來。在「五色彰施」、「律呂相應」的增色之下，增添了詩歌的美感與藝術價值，而這就是葉適心目中唐詩精美的關鍵之處。然而引文中也指出對於葉氏所謂的唐人「精處」卻也有人持負面的看法，厭之者對於片面專注於詩歌音律或一味追求文采雕飾的表象工夫甚有微詞，以為失卻了詩之所以為詩的生命與精神。魏氏此處徵引葉適「驗

〔註35〕（宋）魏慶之：《詩人玉屑》卷十九，收入吳文治主編《宋詩話全編》（南京：江蘇古籍出版社，1998年12月），頁9242～9243。

物切近」之說，喻其「於唐詩無遺論矣」，可見其葉氏說法的推崇與肯定，其深層意識自與其推崇唐詩的主張暗合。但魏氏接著附註「與嚴滄浪之說相反」，其目的在於「與詩流商略之」，此舉除可看出《詩人玉屑》兼容並蓄的編纂態度以及實事求是的科學精神外，在對勘、比較的動作背後，卻也透顯出魏慶之對於嚴羽詩說的推重。

　　嚴羽「揚唐抑宋」的主張是其詩史觀中鮮明的特色，但其所看重的並不是「驗物切近」的細致體貼，追求的反而是「羚羊掛角，無迹可求」、水月鏡花的朦朧美感。同是推崇唐音，但這一切實、一虛縹的主張，的確相去甚遠。葉適是南宋永嘉學派的重要學者，在南宋中期執文壇牛耳，於詩喜愛晚唐清新、精巧的風格，著名的「永嘉四靈」即是受其推重進而享譽一時。而嚴羽崇唐，主要以盛唐為標誌，李、杜「金鳷擘海、香象渡河」的沉鬱風格，才是其心中「入神」之作，所以在詩史典範的擇選上有所出入，進而影響二人對於唐詩風格特色的概括。

　　透過此條引文，吾人可以發現，嚴羽僅以一介布衣之姿，其言說在魏慶之心中卻有足與文壇盟主葉適相抗衡的份量，在魏氏「存而不論」的舉措中，自可想見嚴羽詩論在當時詩壇應具有一定的影響力。因為在進行比較、對勘時，被對舉的兩人在立足點上必須具備一定的高度，否則程度相去太多就失去比較的意義，甚至會遭致「不倫不類」、胡亂比擬的譏評。所以，透過此條文獻記載可以推斷，嚴羽詩論在當時已有相當程度的流傳，始可成為「詩流商略」的對象。

三、小　結

　　總結《詩人玉屑》在嚴羽詩論接受史上的價值，大抵有以下幾點：

　　首先，在現存與嚴羽詩論相關的文獻資料中，《詩人玉屑》是時代最古老的一本。郭紹虞曾以之作為編撰《滄浪詩話校釋》時重要的校勘版本，〔註36〕其文獻史價值不容輕忽。

〔註36〕郭紹虞曾說：「魏慶之《詩人玉屑》於《滄浪詩話》一書，幾乎全部

　　其次，在詩學理論的接受上，《詩人玉屑》也表現出對《滄浪詩話》的融通與揚棄。

　　德國接受美學家堯斯，在〈文學史作爲向文學理論的挑戰〉一文中曾提出「第一讀者」的概念。

> 文學與讀者的關係有美學的、也有歷史的内涵。美學蘊涵存在於這一事實之中：一部作品被讀者首次接受，包括同已經閱讀過的作品進行比較，比較中就包含著對作品審美價值的一種檢驗。其中明顯的歷史蘊涵是：第一個讀者的理解將在一代又一代的接受之鏈上被充實和豐富，一部作品的歷史意義就是在這個過程中得以確定，它的審美價值也是在這過程中得以證實。〔註37〕

也許從嚴格的定義看來，魏慶之缺乏對《滄浪詩話》具體評價、論斷，所以還稱不上是嚴羽詩學「合格」的「第一讀者」。但《詩人玉屑》以「選本」的姿態，解構《滄浪詩話》原貌，也可謂是對嚴羽詩學的再創造。透過資料的重構組合、更動調整，可以發現《詩人玉屑》對《滄浪詩話》沿襲、超越的痕跡。所以在討論《滄浪詩話》的接受歷程時，是書具有特殊的歷史意義。

　　再者，在《詩人玉屑》卷十九「葉水心論唐詩與嚴滄浪異」條是考索嚴羽詩學接受的重要資料。從魏氏將嚴羽與葉適對舉的動作看來，嚴羽詩論在是時應該已有一定的傳布基礎，才可能在未加註解、說明的情況下，達成與「詩流商略」的目的。

　　最後要補充說明的是，《詩人玉屑》所收錄的資料以閩人爲多，早在方回《桐江集》卷七〈詩人玉屑考〉中即曾批評：「閩人有非大家數者，亦特書之，似有鄉曲之見。」〔註38〕是吾人必須具備的背景

　　　　收入，僅少〈答吳景仙書〉，所以最有校勘價值。」參見氏著：《滄浪詩話校釋・校釋説明》（臺北：里仁書局，1987 年 4 月），頁 1。
〔註37〕　參見氏著〈文學史作爲向文學理論的挑戰〉，收入周寧、金元浦譯：《接受美學與接受理論》（瀋陽：遼寧人民出版社，1987 年 9 月），頁 24～25。
〔註38〕　〔元〕方回：〈詩人玉屑考〉，收入吳文治主編《遼金元詩話全編》（南

認識。但就魏慶之全文載錄嚴羽詩論的情況看來，其對嚴羽詩論主張的推重，應不只是「鄉曲之見」而已。也因爲魏氏正視到嚴羽詩論的價值，使得《詩人玉屑》一書在《滄浪詩話》文獻史、接受史上都具有不可忽略的意義。

第二節　范晞文對嚴羽詩論的接受

一、范晞文其人與其《對牀夜語》

（一）范晞文生平

范晞文（約 1269 年前後在世），字景文，號藥莊，南宋錢塘（今浙江杭州）人。關於其生平，史籍記載不多，只知范氏是理宗景定年間的太學生，在度宗咸淳二年（1266）時，曾因上書彈劾賈似道而被貶瓊州。入元以後，因程鉅夫舉薦而授江浙儒學提舉，但未赴任，後來流寓無錫以終。〔註39〕其重要著作有《藥莊廢稿》、《對牀夜語》等書。

就現有史料查考，范晞文與嚴羽之間並無直接往來，甚至間接交誼的相關資料也付諸闕如。但嚴羽於理宗端平元年（1234）夏天曾離開邵武漫遊吳越，據黃景進推測，嚴羽曾在臨安長住兩年左右，一直到了端平三年秋天才由衢州返閩。〔註40〕據陳伯海的推論，嚴羽的詩歌理論基本上形成於紹定三年（1231）避地江楚之前，〔註41〕故其漫遊吳、楚之時，已有明確、完整的詩學主張。所以極有可能在嚴羽滯留臨安期間，透過與詩友論談、書信等形式，進一步將其理論傳播於江、浙一帶。當然也不能排除在當時嚴羽詩集、詩話，已有刊本流行

京：鳳凰出版社，2006 年 6 月），頁 994。
〔註39〕〔清〕斐大中等修、秦緗業等纂：《無錫金匱縣志》卷二九，（臺北：成文出版社，1970 年），頁 508。
〔註40〕參見氏著：《嚴羽及其詩論之研究》（臺北：文史哲出版社，1986 年2 月），頁 10。
〔註41〕參見氏著：《嚴羽和滄浪詩話》（臺北：萬卷樓圖書有限公司，1993年 4 月），頁 43。

至兩江一帶的可能性。

不過，從現存文獻只能確定范晞文與嚴羽活動時期有重疊，至於二人是否曾有往來、交誼？則無從證明。

（二）《對牀夜語》的編纂緣起及體例

《對牀夜語》成於宋理宗景定三年（1262）。書名意謂友人夜間對床共語、秉燭長談，給人一種同知音論談的親切感受。《四庫全書總目提要》嘗評論曰：「其（范晞文）所見實在江湖諸人之上，故沿波討源，頗能推衍漢魏六朝唐人舊法，於詩學有所發明。」〔註42〕在宋代詩學史上占有一定的地位、價值。

《對牀夜語》五卷，共有詩論一百三十七則。內容以評論、詩法為主，兼及考釋、標句。

在宋代，《對牀夜語》是極少數直接徵引嚴羽論詩主張的詩學典籍。透過《對牀夜語》對《滄浪詩話》的引錄、討論，也可約略勾勒嚴羽詩論在宋末流傳、接受的部分輪廓。

二、《對牀夜語》對《滄浪詩話》的接受

（一）本體論

在本體論述上，范氏抄錄嚴羽〈詩辨〉「別才」、「別趣」的言論說：

> 嚴滄浪又云：詩有別才，非關書也。詩有別趣，非關理也。而古人未嘗不讀書，不窮理，所謂不涉理路，不落言筌者，上也。詩者，吟詠情性也。盛唐詩人，惟在興趣，羚羊挂角，無迹可尋。故其妙處，瑩徹玲瓏，不可湊泊，如空中之音，相中之色，水中之月，鏡中之影，言有盡而意無窮。近代諸公作奇特解會，以文字爲詩，以議論爲詩，以才學爲詩。以是爲詩，夫豈不工，終非古人之詩也。蓋於一唱三歎之音，有所欠焉。然則近代之詩無取乎？曰：有之。

〔註42〕〔清〕紀昀：《四庫全書總目提要‧對床夜語》（臺北：臺灣商務印書館，1983～1986 年），頁 1481～854。

吾取其合於古人者而已。〔註43〕

此段文字，除了細部字詞使用與現行《滄浪詩話》稍有出入外，基本意旨皆與嚴羽無異。於此可以發現，范氏服膺嚴羽主張，以爲詩歌應以「吟詠情性」爲本體，且以「別才」、「別趣」作爲規範、特色。追求的是「瑩徹玲瓏」、「不可湊泊」、「言有盡而意無窮」的境界。對於古今詩作的價值認定，范氏也接受嚴羽對唐、宋詩的評價影響，以爲宋詩在「一唱三歎」的含蓄、意蘊上有所不足。在衡鑒今人詩作的標準上，范氏也同嚴羽一般主張「向上一路」，以合於「古人」詩作與否，作爲探鑒的基本原則。

另外，嚴羽在〈詩評〉中曾說：「唐人好詩，多是征戍、遷謫、行旅、離別之作，往往能感動激發人意。」〔註44〕特別強調情意與經歷的眞實性，而受此興發激動人心之「意」，就是詩歌的本體所在。

而范晞文對於作詩的內、外工夫也頗爲重視。其論王粲、劉楨〈公讌〉詩作時，曾推崇曰：「直寫其事，今人雖畢力竭思，不能到也」，〔註45〕論蔡琰〈胡笳十八拍〉時曰：「時身歷其苦，詞宣乎心，怨而怒，哀而思，千載如新。」〔註46〕都是立足於情「眞」、事「眞」的角度給予肯定。而對於後人擬作，則因缺乏眞實的情感、體驗，落得了范氏「終不似」的評語。

由此觀之，對於詩歌本體的認識，范氏主張與嚴羽頗爲相近。

（二）創作論

在創作論方面，范晞文特重「妙悟」。《對牀夜語》卷二云：

嚴滄浪羽云：禪道惟在妙悟，詩道亦在妙悟。惟悟乃爲當行，乃爲本色。然悟有淺深，有分限之悟，有透徹之悟，

〔註43〕〔宋〕范晞文：《對牀夜語》卷二，收入吳文治主編《宋詩話全編》（南京：江蘇古籍出版社，1998年12月），頁9287。

〔註44〕〔宋〕嚴羽：《滄浪詩話・詩評》四十五。

〔註45〕〔宋〕范晞文：《對牀夜語》卷一，收入吳文治主編《宋詩話全編》（南京：江蘇古籍出版社，1998年12月），頁9281。

〔註46〕同上註卷一，頁9282。

有但得一知半解之悟。漢魏尚矣，不假悟也。陶謝至盛唐
諸公，透徹之悟也。他雖有悟者，皆非第一義也。姜白石
夔亦有云：文以文而工，不以文而妙，然舍文無妙，聖處
要自悟。蓋文章之高下，隨其悟之深淺，若看破此理，一
味妙悟，則徑超直造，四無窒礙，古人即我，我即古人也。
〔註47〕

此處徵引嚴羽、姜夔二人詩論，凸顯「妙悟」的重要性。滄浪以「悟」
為詩之當行本色，白石以「悟」為詩之聖處。二人不約而同地推重「悟」
在詩歌創作中的重要地位。更有意思的是，姜、嚴二人，均以為「悟」
有淺深高下層次之別，所以植根於第一義詩作的學習進程，是首要且必
須的。唯有多方參究、博觀慎取、真積力久，才有直超聖境的可能。

　　再者，范晞文也很重視對於前人詩法、句法的借鑒與學習。如：
分析左思、鮑照、江淹三人的〈詠史〉之作，在徵錄原詩之後，作出「三
詩一軌」〔註48〕的判斷。以為三人在「詠史」為題的詩作上，在作法、
詩思、詩材的運用上，都有相似之處。另外，范氏也以為謝靈運〈會吟
行〉乃襲自陸機〈吳趨行〉而來，並以「盡踵其步驟」〔註49〕評論之。

　　由此可知范氏論詩頗重古今詩作間的聯繫、比較，在思維模式

〔註47〕同上註卷二，頁9287。

〔註48〕左太沖〈詠史〉詩云：「濟濟京城內，赫赫王侯居。冠蓋蔭四術，朱輪
　　　　竟長衢。朝集金張館，暮宿許史廬。南鄰擊鐘磬，北裏吹笙竽。寂寂
　　　　揚子宅，門無卿相輿。」鮑明遠〈詠史〉云：「京城十二衢，飛甍各鱗
　　　　次。仕子彯華纓，遊客竦輕轡。明星晨未稀，軒蓋已雲至。賓御紛颯
　　　　沓，鞍馬光照地。君平獨寂寞，身世兩相棄。」江文通〈詠史〉亦云：
　　　　「金張服貂冕，許史乘華軒。王侯貴片議，公卿重一言。太平多歡娛，
　　　　飛蓋東都門。顧念張仲蔚，蓬蒿滿中園。」三詩一軌也。
　　　　參見〔宋〕范晞文：《對牀夜語》卷一，收入吳文治主編《宋詩話全
　　　　編》（南京：江蘇古籍出版社，1998年12月），頁9284。

〔註49〕陸士衡〈吳趨行〉云：「楚妃且勿歎，齊娥且莫謳。四坐並清聽，聽
　　　　我歌〈吳趨〉。〈吳趨〉自有始，請從閶門起。」謝靈運〈會吟行〉
　　　　云：「六引緩清唱，三調竚繁音。列筵皆靜寂，咸共聆〈會吟〉。〈會
　　　　吟〉自有初，請從文命敷。」盡踵其步驟。參見〔宋〕范晞文：《對
　　　　牀夜語》卷一，收入吳文治主編《宋詩話全編》（南京：江蘇古籍出
　　　　版社，1998年12月），頁9286。

上，與嚴羽提倡的「尚古」意識有關。他們都主張從前人詩作中借鑒，所以對於前代詩歌遺產的重視，落實在具體實踐時，自然會重視古今作品間材料、詩思的同異、比勘。而其判斷的識見，正是植基於廣泛的參、讀之上。於此也可以看出范氏對漢魏六朝詩作參、究的功力。

　　如前所述，范晞文論詩頗重古今詩作之間的溯源、聯繫，往往喜歡透過摘句批評的方式，指出前人詩作的淵源所自，比較優劣、定其得失：

> 詩人發興造語，往往不約而合。如「雨中山果落，燈下草蟲鳴」，王維也。「樹初黃葉日，人欲白頭時」，樂天也。司空曙有云：「雨中黃葉樹，燈下白頭人。」句法王而意參白，然詩家不以爲襲也。〔註50〕

若就詩興的產生看來，人同此心、心同此理，不論詩歌的內容或句式技巧往往會有不約而同的情況產生。然而如何擺脫抄襲前人詩作的譏評，范氏以爲若能化用得宜，就能避免。其重點即在不露痕跡，將前人優秀作品自然融爲創作的養份，就能創造出成功的詩歌。

　　另外，在討論讀書、作詩的關係時，范晞文曾引用蕭德藻之語作爲「別才」、「別趣」說的補充。

> 蕭千嚴德藻云：「詩不讀書不可爲，然以書爲詩，不可也。
> 老杜云：『讀書破萬卷，下筆如有神。』讀書而至破萬卷，
> 則抑揚上下，何施不可，非謂以萬卷之書爲詩也。」〔註51〕

蕭德藻以爲讀書是作詩的基礎，但不能執著於書本之上、「以書爲詩」，重要的是融會貫通。植根於眞情實感與豐富的學養之上，超越書本，進而入神，才是自成一家的關鍵所在。這也說明了范氏對讀書與使事用典的態度。

　　在《對牀夜語》中，除了對嚴羽詩論的容受外，范晞文也借鑒了其他詩論家的觀點，〔註52〕重新融鑄成具有個人色彩的主張。在這些

〔註50〕同上註卷四，頁9303。
〔註51〕同上註卷二，頁9288。
〔註52〕除嚴羽外蕭千藻、劉克莊、周弼等人之論詩意見，范氏皆曾於書中

評論家中，周弼是范氏極爲推重的詩評家之一。

　　周弼最著名的代表作品是《三體唐詩》，其中以「虛實」、「情景」等範疇，就詩之形式、元素的安排進行細膩的討論。范晞文曾評論《三體唐詩》曰：

> 周伯弜選唐人家法，以四實爲第一格，四虛次之，虛實相半又次之。其說「四實」，謂中四句皆景物而實也。於華麗典重之間有雍容寬厚之態，此其妙也。昧者爲之，則堆積窒塞，而寡於意味矣。是編一出，不爲無補後學，有識高見卓不爲時習薰染者，往往於此解悟。間有過於實而句未飛健者，得以起或者窒塞之譏。然刻鵠不成尚類鶩，豈不勝於空疏輕薄之爲，使稍加探討，何患不古人之我同也。〔註53〕

范晞文推重周弼《三體唐詩》爲「識高見卓」之作，以爲有補於後學，可以啓人解悟。至於范氏讚譽是書的著眼點，即在周氏對唐人詩作「格」、「法」的分析、討論上。

　　周弼與嚴羽論詩皆主唐音，但取徑有所不同。相對而言，嚴羽論詩重悟，周弼論詩主法。所以，范晞文吸取了周弼的論詩主張，故能在嚴羽尚「悟」的原則外，揭櫫「法」的重要性。進而能在抽象的「悟入」之外，還注意到具體「詩法」的學習。因爲有例可循的格、法，至少能使學詩者不會悖離詩歌的軌則，而且對於前人詩作格、法的體會，其實也是嚴羽辨家數如辨蒼白、「悟入」的重要關鍵，只是嚴羽在《滄浪詩話》中著墨不深。所以范氏對於《三體唐詩》的借鑒，更能完整其詩論體系。

　　細究范晞文對於詩法的論述與江西詩派「尚法」的主張，實則相去不遠，只是范氏立場較近於楊萬里、陸游等人，由江西詩派入而後自闢蹊徑，期待臻於「活法」甚至於「無法」的化境，免於落入死板摹擬的窠臼。所以范晞文說：

　　直接稱引。

〔註53〕〔宋〕范晞文：《對牀夜語》卷二，收入吳文治主編《宋詩話全編》（南京：江蘇古籍出版社，1998 年 12 月），頁 9292。

> 五言律詩，固要貼妥，然貼妥太過，必流於衰。苟時能出
> 奇，於第三字中下一拗字，則貼妥中隱然有峻直之風。……
> 其他變態不一，卻在臨時斡旋之何如耳。苟執以爲例，則
> 盡成死法矣。〔註54〕

五言律詩雖有法可循，卻不可執著。若過於拘執則一切法，盡成死法，
反而成爲創作的牢寵，阻礙了原應活潑多元的詩思。所以，如何出奇
致勝，是超邁前人的關鍵所在。

另外，在具體字法、句法上，范氏曾就虛字的死、活作如下表示：

> 虛活字極難下，虛死字尤不易，蓋雖是死字，欲使之活，
> 此所以爲難。〔註55〕

如何在有例可循的字法中，跳脫陳規，透顯生氣，是詩人應該用功之
處。

當然，這種重視詩法、句法的傾向，與范氏活動時期的最爲鼎盛
的江湖詩風也有密切的關係。江湖詩人著重苦吟，好於一字一句上見
工拙，時風所及，范氏當然不可能自外於其影響。即便是《滄浪詩話》
也設有〈詩法〉章，也有「下字貴響，造語貴圓」的主張。所以對於
「詩法」的相關討論，在《對牀夜語》中也佔有一定的比例。

另外，在情、景關係、詩境的討論上，范晞文說：

> 老杜詩：「天高雲去盡，江迥月來遲。衰謝多扶病，招邀屢
> 有期。」上聯景，下聯情。「身無卻少壯，跡有但羈棲。江
> 水流城郭，春風入鼓鼙。」上聯情，下聯景。「水流心不競，
> 雲在意俱遲。」景中之情也。「捲簾唯白水，隱几亦青山。」
> 情中之景也。「感時花濺淚，恨別鳥驚心。」情景相觸而莫
> 分也。「白首多年疾，秋天昨夜涼。」「高風下木葉，永夜
> 攬貂裘。」一句情一句景也。固知景無情不發，情無景不
> 生，或者便謂首首當如此作，則失之甚矣。〔註56〕

〔註54〕同上註卷二，頁 9289～9290。
〔註55〕同上註卷二，頁 9290。
〔註56〕同上註卷二，頁 9289。

此處就情、景關係的不同，分爲各個不同的類別，俾使學詩者有跡可循。但在歸納出「情無景不生、景無情不發」的原則後，范氏不忘提醒學詩者，千萬不能泥於此法，而將具有方便義的詩法，當成僵化信仰的教條，否則亦步亦趨的結果，反而會失卻了詩歌的多元活力。

（三）批評論

在具體評論上，范晞文也將上述的詩學主張實踐其中。如其評論白居易、王建詩時，即以詩歌尚含蓄、重婉曲的風格特色，作爲評判的標準：

> 白樂天「想得家中夜深坐，還應說著遠行人」，語頗直，不如王建「家中見月望我歸，正是道上思家時」有曲折之意。〔註57〕

范氏以爲白居易的詩作過於直露，無甚曲折之意，讀來殊乏韻致，缺少上述「一唱三歎」的餘韻效果。由此價值判準看來，在詩歌「理」、「趣」的天平上，范氏顯然承繼嚴羽的詩觀，強調尚情趣、重餘味的詩歌本色。

范氏接著又引劉克莊著名的「文人之詩」與「詩人之詩」的論斷，批評宋人多有「尚理致」、「負才力」、「逞辨博」的弊病，反將詩歌寫成「文之有韻者」，少了詩之爲詩的本色情韻。

在處理「四靈」詩派的態度上，范晞文也與嚴羽一般多所批判：

> 四靈，倡唐詩者也，就而求其工者，趙紫芝也。然具眼猶以爲未盡者，蓋惜其立志未高而止於姚、賈也。學者闖其閫奧，辟而廣之，猶懼其失。乃尖纖淺易，相煽成風，萬喙一聲，牢不可破，曰此「四靈體」也。其植根固，其流波漫，日就衰壞，不復振起。吁！宗之者反所以累之也！〔註58〕

如前所述，在范晞文心中唐詩顯然較宋詩更具詩人之詩的特色。而永嘉四靈其實也洞察到宋詩在情性上的不足之處，故在追求典範上以唐

〔註57〕同上註卷三，頁9301。
〔註58〕同上註卷二，頁9289。

人爲宗。但在學唐門徑上，四靈走上姚、賈門派的偏鋒，以至於立志不高，走向詩道日衰的窘境。范氏對於時風的「尖纖淺易」深感憂慮，與嚴羽對當時當壇的觀察頗爲相近。

　　另外，范晞文還特別推崇「行旅聚散」之作，以爲此類詩篇，多能表現出情融神會、宛在目前的感人效果：

> 「馬上相逢久，人中欲認難。」、「問姓驚初見，稱名憶舊
> 容。」、「乍見翻疑夢，相悲各問年。」皆唐人會故人之詩
> 也。久別倏逢之意，宛然在目，想而味之，情融神會，殆
> 如直述。前輩謂唐人行旅聚散之作，最能感動人意，信非
> 盧語。〔註59〕

范氏以爲這類詩歌雖宛然在目，給人殆如直述的感覺，但讀來卻饒富情味。因爲此類詩歌在感發人心的效果上，反而更具影響力。至於「前輩」云云，所指即是嚴羽，嚴氏〈詩評〉曾說：「唐人好詩，多是征戍遷謫行旅離別之作，往往能感動激發人意」。〔註60〕透過范晞文的舉例補充，更能使讀者了解其間深意。

　　在鑒賞方法上，范晞文也主張應咀嚼再三，方能識得箇中三昧：

> 劉長卿「片雲生斷壁，萬壑遍疏鐘」，其體與前同，然初無
> 所覺，咀嚼既久，乃得其意。〔註61〕

這種咀嚼、涵泳的工夫，與嚴羽評論《楚辭》「讀〈騷〉之久，方識眞味：須歌之抑揚，涕洟滿襟，然後爲識〈離騷〉。」頗爲相似。當然，這種強調熟讀、熟參的詩學主張，與宋明理學強調浸淫、涵泳的工夫進程也有著深厚的內在聯繫。〔註62〕

　　除此之外，范晞文在品評詩歌時，也有以「氣象」論詩的傾向。

> 張祐〈公子〉詩云：「紅粉美人擎酒勸，錦衣年少臂鷹隨。」

〔註59〕同上註卷四，頁9314。

〔註60〕〔宋〕嚴羽：《滄浪詩話‧詩評》四十五。

〔註61〕〔宋〕范晞文：《對牀夜語》卷三，收入吳文治主編《宋詩話全編》
　　　　（南京：江蘇古籍出版社，1998年12月），頁9299。

〔註62〕可參看李春青：《宋學與宋代文學觀念》（北京：北京師範大學出版
　　　　社，2001年10月）第四章。

公子之富貴可知已。顧況云：「雙鐙懸金縷鶻飛，長衫刺雪生犀束。」不過形容其車馬衣服之盛耳。然末句云：「入門不肯自升堂，美人扶踏金階月。」氣象不侔矣。〔註63〕

范氏以爲顧況〈公子行〉的末二句與詩中人物應有的氣象不相襯，在文字與句意間，存在某種程度的隔閡，所以不如張祜詩作要來得成功。這種重視整體詩作所營構出來的氛圍，與嚴羽重體製、氣象的進路也頗爲類似。

在唐代詩僧的評價上，《對牀夜語》卷四曾說：

唐僧詩，除皎然、靈徹三兩輩外，餘者率皆衰敗不可救，蓋氣宇不宏而見聞不廣也。〔註64〕

范晞文除肯定皎然詩歌在唐代僧人中的地位，還進一步指出皎然詩歌在氣象上異於其他僧人之處：以其豐富的見聞、宏闊的氣象，特出於他人之上。這與嚴羽〈詩評〉：「釋皎然之詩在唐諸僧之上，唐詩僧有法震、法照、無可、護國靈一清江無本、齊己、貫休也。」特別凸出皎然在詩僧中的地位，也頗爲一致。

不過在具體詩家批評方面，范晞文仍有與嚴羽相左之處。如杜甫是范晞文最爲推崇的詩人，《對牀夜語》中每每以杜詩爲例，用來作爲詩法解說的典範。據筆者粗略的統計，是書之中直接稱引杜甫凡三十三見，爲所有詩人之冠。而有關李白的論述，僅見於卷三：

李太白〈北上行〉，即古之〈苦寒行〉也。〈苦寒行〉首句云「北上太行山，艱哉何巍巍」，因以名之也。太白詞有云：「礛道盤且峻，巉叢凌穹蒼。馬足蹶側石，車輪摧高岡。」又：「殺氣毒劍戟，嚴風裂衣裳。」此正古詞「羊腸阪詰屈，車輪爲之摧。樹木何蕭瑟，北風聲正悲。」太白又有「奔鯨夾黃河，鑿齒屯洛陽。猛虎又掉尾，磨牙皓秋霜」，亦古詞「熊羆對我蹲，虎豹夾路啼。」又：「汲水澗谷阻，采薪

〔註63〕〔宋〕范晞文：《對牀夜語》卷四，收入吳文治主編《宋詩話全編》（南京：江蘇古籍出版社，1998 年 12 月），頁 9313。
〔註64〕同上註卷四，頁 9315。

隴阪長。草木不可餐，饑飲零露漿。」是亦古詞「行行日
已遠，人馬同時饑。擔囊行取薪，斧冰持作糜」，特詞語小
異耳。陸士衡、謝靈運諸作，亦不出此轍。若老杜則不然，
曰：「漢時長安一丈雪，牛馬毛寒縮如蝟。」又：「凍埋蛟
龍南浦縮，寒刮肌膚北風利。」一空故習矣。〔註65〕

范晞文以為李白樂府詩作中，常有對古詩句意、句法的襲用，作法上
往往同轍而出，僅在詞語上稍作調整罷。而杜甫則能一空故習、別出
新裁，就新變的氣魄、才氣看來，迥然有別。若配合書中二人稱引次
數的比較，可以發現范氏心中對李、杜地位的評價顯然有所區別，而
這樣的觀點與嚴羽主張李、杜「不當優劣」的態度截然不同。當然在
宋代詩學的風尚中，揚杜抑李是當時的主流。也許范氏囿於時風所
見，而有所偏重；又或者范氏對杜詩的鑽研別有會心，特別推崇。總
之在李、杜優劣論中，范晞文的主張與嚴羽並不相同。

　　另外，范晞文雖對四靈所效姚、賈一路的詩風多所批評，卻對另
一位晚唐詩人許渾讚譽有加：

七言律詩極不易，唐人以詩名家者，集中十僅一二，且未
見其可傳。蓋語長氣短者易流於卑，而事實意虛者又幾乎
塞。用物而不為物所贅，寫情而不為情所牽，李杜之後，
當學者許渾而已。周伯弜以唐詩自鳴，亦惟以許集諄諄誨
人。〔註66〕

此處明白點出周弼在《三體唐詩》中常以許渾詩為範例，用來說明句
式、句意的特色，指示後人學詩門徑。范晞文於此顯然深受周氏影響，
對許渾詩歌投以較多關注，甚至推崇許渾為李、杜之後的代表詩人。

　　《對牀夜語》中另有多處論及許渾：

其（許渾）起結尤非中唐人可及。〔註67〕

趙嘏、劉滄七言，間類許渾，但不得其全耳。〔註68〕

〔註65〕同上註卷三，頁9294～9295。
〔註66〕同上註卷二，頁9293。
〔註67〕同上註卷二，頁9293。

人知許渾七言，不知許五言亦自成一家。知劉長卿五言，
不知劉七言亦高。……措思削詞皆可法。餘則珠聯玉映，
尤未易徧述也。〔註69〕

許渾絕句亦佳，但句法與律詩相似，是其所短耳。〔註70〕
無論是對許渾句法起結的推許，甚或以許氏為七言詩歌的範準去賞鑒
趙嘏、劉滄的作品，都可看出范晞文對許渾的推重、認可。較為特殊
的是，唐宋時人對於許渾詩作，多半側重其七律創作。但范氏卻以為
許渾詩歌不僅七律，舉凡五律、絕句都足以「自成一家」。范氏以為
許渾詩作，雖然偶有律、絕二體句法分野不夠明確的現象，但在措詞
用意上，卻具有「珠聯玉映」的精工效果。相較《滄浪詩話》完全未
論及許渾的態度，范晞文對許渾的認識與評價顯與嚴羽迥別。

另外，對於中晚唐詩人賈島的評價，嚴羽〈詩評〉曾有「蟲吟草
間」的譏諷。就四靈效姚、賈之詩，嚴羽〈詩辨〉也喻其落入「聲聞
辟支」之果，非正法眼藏。但在《對牀夜語》中，范晞文雖承襲嚴羽
主張對四靈詩作多所批評，對其學姚、賈一派詩風也有「立志未高」
的批判。但范氏對於賈島詩作卻非一味批貶，也有正面肯定的評價：

「兩句三年得，一吟雙淚流。知音如不賞，歸臥故山秋。」
島之詩未必盡高，此心亦良苦矣。信乎非言之難，其聽而
識之者難遇也。雖然，馬非伯樂而不鳴，琴非子期而不調，
果不吾遇也，則困鹽車焦爨下，吾寧樂之，後世復有揚子
雲，必好之矣。〔註71〕

范氏以為，賈島詩作或許不見得篇篇高妙，但其創作時的「用心良
苦」，卻是讀者必須深入體貼之處。文中范晞文對賈島有感於知音難
尋的喟歎，甚有共鳴，也頗為同情。由此可以發覺，在看待姚賈一派
苦吟詩人的態度，以及風格的取徑上，范氏顯然較嚴羽要來得包容、

〔註68〕同上註卷二，頁9294。
〔註69〕同上註卷三，頁9299。
〔註70〕同上註卷三，頁9300。
〔註71〕同上註卷二，頁9289。

寬鬆些。

　　若擴大範圍觀察，《對牀夜語》論及的詩人仍以唐代爲多，除稱引杜甫三十三次外，劉長卿稱引七次、白居易八次、韓愈十六次、李商隱十四次……由此可見，范氏的詩史觀，雖然存在唐、宋畛域的優劣判斷，對中晚唐詩的評價也不若以李、杜鳴世的盛唐詩，但在對唐詩總體認識，卻未爲嚴羽每況愈下、遞爲跌宕的唐詩史觀所囿，反有不少持平、深刻的見解。

三、小　結

　　總結《對牀夜語》對嚴羽詩論的接受，吾人可以發現，范晞文一方面承繼嚴羽詩論路數，講「韻味」、重「妙悟」；另一方面則保留江西詩派尚「詩法」、論「字眼」的傳統，期盼在「法」與「悟」之間尋求縮合無間的穩定平衡。而其詩論的最終歸宿，主要是由周弼《三體唐詩》延伸而來，以情景結合、虛實相生的美學境界爲目標、極致。然而在形構其詩學體系時，參考了嚴羽詩論部分核心概念，如「妙悟」、「材趣」、「吟咏情性」諸說，加以損益，形成范氏自己的詩學主張。

　　其次，在具體的批評論中，范晞文對嚴羽的主張也是有所接受、有所揚棄，但大致上仍舊在嚴羽的批評框架中進行調整。舉凡經典作家的推舉、揚唐抑宋的詩史觀念，都受嚴羽詩論影響。不過，范晞文也受周弼論詩好以晚唐詩爲論例所影響，對晚唐詩人的態度又較嚴羽來得寬容，尤其是對賈島、許渾的認識與評價，與嚴羽詩論產生較大的分歧。這或許也與范氏與江湖詩人之間存在較密切的聯繫有所關聯。

　　不過，總的看來，范晞文主情性、尚妙悟、重涵詠的詩歌主張，與嚴羽詩論有著相當密切的關係。

第三節　其他詩評家與嚴羽詩論的聯繫

　　除上述《詩人玉屑》、《對牀夜語》中存有較明確的接受痕跡外，在宋末部分詩評家身上，也看得到與嚴羽相近似的理論主張。附於此

處論之,可以作爲吾人了解南宋中後期詩壇旂向的參考。

一、俞文豹

　　南宋末年,浪跡江湖的詩人俞文豹(約 1250 年前後在世),浙江
括蒼人。其於《吹劍錄》中曾就時風、詩體表示如下意見:

> 詩不可無體,亦不可拘於體。蓋詩非一家,其體各異。隨
> 時遣興,即事寫情,意到語工則爲之,豈能一切拘於體格
> 哉!近世詩人好爲晚唐體,不知唐祚至此,氣脈浸微,士
> 生斯時,無他事業,精神伎倆,悉見於詩。局促於一題,
> 拘攣於律切,風容色澤,輕淺纖微,無復渾涵氣象。……
> 故體成而唐祚亦盡,蓋文章之正氣竭矣。今人不爲中唐全
> 盛之體,而爲晚唐哀思之音,豈習矣而不察邪?〔註72〕

俞文豹論詩與嚴羽重體製、家數類似,主張詩應有「體」,且各有家
數。但是,詩人在創作時,心中應有「體格」的概念,卻不應受其桎
梏,應「隨時遣興」、「即事寫情」,以眞實情意抒發爲主軸。俞氏接
著就時人學習唐詩的風氣有所針砭,受〈詩大序〉的文學觀影響,他
主張詩歌乃是時代現狀的反映。所以,「晚唐」在有唐一代乃是「氣
脈浸微」的衰世,時運不濟反映在詩人身上,連帶的詩歌的精神、氣
象、風容色澤,都顯得「輕淺纖微」。但當時文人,偏好晚唐風格,
流連哀思之音,俞氏對此可謂深以爲憾。俞氏又說:

> 近世詩人,攻晚唐體,句語輕清,而意趣深遠,則謂之作
> 家詩:餖飣故事,語澀而指近,則謂之秀才詩。〔註73〕

俞文豹以爲近世詩人專攻「晚唐體」詩,其中有「作家詩」、「晚唐詩」
二種分別。前者「句語輕清」、後者「語澀指近」,正如同部份學者批
評晚唐詩風「輕佻淺切」、「餖飣故事」、「氣局狹隘」一般,時人之詩
多半只在小情、小景上用工,而失卻了詩作應有的生命力與醇厚度。

〔註72〕〔宋〕俞文豹:《吹劍錄》,收入吳文治主編《宋詩話全編》(南京:
　　　　江蘇古籍出版社,1998 年 12 月),頁 8831。
〔註73〕同上註:《吹劍三錄》,頁 8836。

由此可知，在對於晚唐詩風的批評，俞氏與嚴羽的立場頗爲相近。二者相左之處，在於他是以中唐的「全盛」之體與晚唐的「哀思」之音對舉，這與嚴羽揚盛唐、抑晚唐的態度有所不同。

二、方　嶽

　　方嶽（約 1252 年前後在世），浙江寧海人。方氏論詩主性情、推晉唐。其於詩歌本體論上曾表示：

> 詩無不本於性情。自詩之體代變更，由是性情或隱或見，
> 若存若亡。深者過之，淺者不及也。……漢魏晉何嘗舍去
> 性情，別出意見，而高遠之言哉？當其代殊體變，性與情
> 之隱見、存亡、淺深，雖其一時之名能詩者，亦不能自必
> 其所至之然也。唐風旣昌，一聯一句，滿聽清圓，流液雋
> 永，首肯變踔，性情信在是矣。〔註74〕

在方嶽的認知裡，詩歌是詩人「性情」的展現，所以捨卻「性情」，詩歌也就失去了生命。在詩歌歷史的傳衍發展中，雖然代殊體變，詩中的性情也有隱見、存亡、淺深的變化，但在漢、魏、晉、唐諸代優秀的詩篇中，皆係出於「性情」的之作，故能流布於今。其中唐人之詩以其「滿聽清圓」、「流液雋永」的風格卓然自立，其根本之處，也是立於「性情」的展現上。當然，從方嶽對於魏晉詩歌的推重，也承認其爲具有「性情」之作，可以看出方氏對於「性情」的理解不是全然自漢儒詩教立場作定義。如前節所述，漢儒所謂的「情性」較多是由社會、群體的立場出發；而魏晉時人所認知的「情性」，則以個體才性、性靈爲主，二者存在極大的差異。而方氏此處強調漢、魏、晉、唐自然、清圓的詩歌風格，就表現出其在主體論述上與嚴羽相近之處。

　　承續方嶽在詩歌本體的基礎上，進一步檢視其對唐、宋詩風的討論：

〔註74〕〔宋〕方嶽：《深雪偶談》，收入吳文治主編《宋詩話全編》（南京：
　　　　江蘇古籍出版社，1998 年 12 月），頁 8890～8891。

　　本朝諸公喜爲論議，往往不深諭唐人主於性情，使雋永有
　　味，然後爲勝。牧之處唐人中，本是好爲論議，大概出奇
　　立異。如〈四皓廟〉：「南軍不袒左邊袖，四皓安劉是滅劉。」
　　如〈烏江亭〉：「勝敗兵家未可期，包羞忍恥是男兒。江東
　　子弟多才俊，卷土重來未可知。」要之，「東風借便」與「春
　　深」數箇字，含蓄深窈，則與後二詩遼絕矣。〔註75〕

與嚴羽、劉克莊對唐、宋詩的認識相近，方嶽將「議論」與「性情」
對舉，分別作爲宋人與唐人詩風的特色。方氏以爲詩作中喜發「議論」
的風氣，已見於唐人之中，如杜牧就有出奇立異、好爲議論的傾向。
其詠史詩作喜歡縮結古今勝衰成敗，對歷史人物、事件別立新說。在
這些詩篇裡，在在顯露杜牧不同於流俗的特出識見。但杜牧在議論之
外，仍舊寄寓「性情」於內，使其詩歌讀來雋永有味。故與宋人流於
枯索、單純論理的風格有所不同。

　　另外，在具體詩人批評上，方氏還說：

　　范石湖田園雜詩，驗物切近，但句律太憑力氣，於唐人之
　　藩，尚窘步焉。〔註76〕

方嶽批評范成大詩歌太見工力，好於句律上見工巧，缺乏詩歌自然天
成的興味。所以相較於唐人詩作，雖有體物切近的特色，但在整體詩
境的經營上，氣象窘迫，難以跨越唐人籓籬。

　　方嶽還曾就以「梅花」爲主題的詩歌作評比：

　　梅花，單題難工，尚矣。至以「梅花」二字置之五七言中，
　　隨其景趣，足而成律，尤爲難工。不爾，不謂之得句。唐
　　人凡數百家，本朝江西社中，不翅數十公，亦孰不竆蒃斯
　　花，附爲不朽，卒之無所容力，傳不傳可以概見矣。近代
　　杜小山子野：「尋常一夜窗前月，纔有梅花便不同」，殊爽
　　人意。律之唐人，似非本色。天樂趙公：「放了吏人無一事，
　　坐看山鳥喫梅花」，端是秀語。然不過絕詩，非有琢對之艱

────────────

〔註75〕同上註，頁8886～8887。
〔註76〕同上註，頁8885。

也。秋壑賈公〈送朝客〉頸聯云：「梅花見處多留句，諫草藏來定得名」，圓妥優游。〔註77〕

方氏在創作上，強調「隨其景趣」、「足而成律」的境界，而非縛於句律，而捉襟見肘。在古今詩人詠梅詩作不下數百家中，如何能使詩作不朽，端視詩人功力深淺。方氏舉杜耒、趙紫芝、賈似道等人作品，分別以「殊爽人意」、「端是秀語」、「圓妥優游」評之。此處值得注意的是方氏對於杜耒「律之唐人，似非本色」的這段敘述。方嶽以爲杜耒是詩，雖然直白爽利，但若以「唐人」詩作爲標準，則非「本色」。

　　對於「本色」這個詩學術語，龔鵬程說：
　　　本色說的提出，可以讓作者、讀者擁有一個衡量的指標與預期的方向。其次，本色說的提出，正式建立了「文學是存在於其成規之中」的觀念。〔註78〕
由此可知，方嶽心目中的唐詩具有詩史正典的地位，故論及宋人詩作時（如論范成大、杜耒），仍舊好以「唐人」作爲標準。〔註79〕

　　行筆至此，吾人可以發現，方嶽的詩史觀、本體論與嚴羽都頗爲相似，在實際批評時，也選用「本色」作爲詩體批評的術語。

三、姚　勉

　　姚勉（約1264年前後在世），江西高安人。也有近於嚴羽詩論主張的意見存世：
　　　詩材無限思無窮，欲在唐人四句中。參透此關猶細事，作詩知道始爲工。〔註80〕

〔註77〕同上註，頁8888。
〔註78〕參見氏著：《詩史本色與妙悟》（臺北：臺灣學生書局，1986年4月），頁108。
〔註79〕其他如論薛泳〈新堤小泛〉、〈早秋歸興〉、〈鎮江逢尹惟曉〉等詩時，曾謂薛詩「皆去唐人思致不遠」。可見其論詩本於唐人的態度。參見〔宋〕方嶽《深雪偶談》，收入吳文治主編《宋詩話全編》（南京：江蘇古籍出版社，1998年12月），頁8891。
〔註80〕〔宋〕姚勉：〈題雲窗〉，收入吳文治主編《宋詩話全編》（南京：江蘇古籍出版社，1998年12月），頁8902。

主張由無限、無窮的事物中「參透」細微的道理，並把言電光石火的瞬間體會歛入四句詩句中，才是人間的好文章。這種強調取材的多元、強調參究的工夫，與嚴羽都有著內在的聯繫。姚氏還有關於詩、禪關係的討論文字：

> 詩亦如禪要飽參，未須容易向人談。陣無活法徒奔北，車死迷途在指南。悟後欲知新句長，讀時須見舊時憨。江湖浪定祇何益，歸看秋空月印潭。〔註81〕

姚勉以為詩與禪都具有靈心默會的特質，只能在廣博的涵養過程中參究。必須跳脫呆板、凝滯的作詩手法，掌握大的原則、方向，努力參悟，終有悟入的一天。這些主張，與江西詩派及嚴羽詩論都有神似之處，但在境界的形容上，「歸看秋空月印潭」的氣象，與嚴羽詩論主張「妙悟」之後透徹自在的心境更貼近一些。

四、小　結

上述三人雖然在文獻資料上並無與嚴羽詩論有直接聯繫的證據，但其主張卻都與嚴羽有近似之處。這些詩人身處南宋末年，恰為總結唐、宋詩發展的適切時期。諸如界分唐宋、揚唐抑宋的詩史觀，即是對宋詩發展興衰的總結。他們站在總括唐、宋詩史的高度，提出整體評價。

另外，以「情性」作為詩之本體的主張，可謂是對江西詩學、理學詩派重法、尚理觀念的反撥。他們主張在才學、道心之外，必須擁有真實的情意，並以之作為詩歌的本源。這樣的觀念提出，正是詩人對宋詩發展走向偏鋒的糾舉與匡正。在擺脫道德倫理、實用功利的約束後，對「情性」重要性的發現，以及對審美境界的追尋，就成了當時部分文人的救贖之徑。其他或有參酌禪宗修養工夫，或結合道學家涵養心性、格物致知的門徑，形成了最具宋學特色的詩學主張。而這些觀點，與嚴羽有著若出一轍的相似取徑。

〔註81〕 同上註：〈再提俊上人詩集〉，頁 8905。

第四節　結　語

　　經過前章的討論，已可以大致勾勒出嚴羽詩學在宋代流布、接受的情況。在宋末福建、江浙一帶，嚴羽詩學頗具影響力，從遊者吸收、傳播其學說主張，形成一股不可小覷的勢力。然而隨著宋、元易代之際，文獻散佚的情況十分嚴重，故嚴羽的論詩文獻也難以倖免。入元之後，在邑人李南叔、黃公紹等人的輯佚、整理、付梓之後，才得以較具系統的傳播。

　　在宋末對於嚴羽詩論主張的具體接受，較爲明確的有魏慶之、范晞文兩家，他們與嚴羽詩論之間，有著徵於文獻的明確聯繫。如魏慶之《詩人玉屑》收錄嚴羽《滄浪詩話》全文，是書的編排方式，也與今本《滄浪詩話》有著內在的聯繫。其他如詩體、詩法的討論，魏氏大抵以嚴羽詩論爲根柢，作些微的修正、調整。諸如詩史觀上的折衷唐、宋，創作論上的匯通法、悟……等，都是魏慶之在接受滄浪詩學之後的反應。而范晞文在《對牀夜語》中，收錄《滄浪詩話‧詩辨》中數則重要意見。舉凡吟詠情性的本體論述，或對詩歌材、趣的認識，甚至妙悟、飽參的創作工夫，都係借鑒嚴羽詩論而來的論述。

　　另外，在人際網絡上，魏慶之與嚴羽還存在交誼、聯繫的可能。可惜關於二人的史料文獻太過貧乏，致使其實際的交遊情形難以了解。

　　最後，還有一些與嚴羽無明確關聯的詩人，如：俞文豹、方嶽、姚勉等人的詩學主張，也存在著與嚴羽相近的思考脈絡。舉凡：揚唐抑宋的詩史觀念，對詩歌本體「性情」的再次確立，甚至詩、禪交流的創作主張，以及對詩歌「本色」的要求，也與嚴羽有著極爲類似的看法。只是在缺乏直接證據的情況下，不能冒然謂爲受嚴羽的影響。但這些相似之處，卻也有附帶討論的參考價值。

　　經過本章的論述，可以發現詩學史上備受推崇的嚴羽，在宋末所受的重視遠不及後人的關注。以至於在生平資料、著作流傳上都難以還原其概況。只能透過少數徵引資料，略加勾勒。「寂寞身後事」成

爲嚴羽一生，最蕭瑟的注腳。不過審諸文學史卻發現，不少偉大的作家也都經歷過相當時間的沉寂與忽視。諸如陶淵明在蘇軾筆下，才重新被賦予新的價值與意義；或如杜甫在宋人感時憂國的時代氛圍之下，才被重新認識與評價。於此可以證明具有不凡價值的經典作品，在時光之流的淘洗、過濾之後，仍舊會綻放耀眼的光采。

　　站在總結唐、宋詩歌發展的特殊時點，嚴羽以其時代高度，重新審視詩史的發展軌跡，並針對唐、宋詩歌的優劣、成敗，提出看法，作爲學詩者參考。其指引明徑的用心，在其卓越的識見下，起著一定的作用與影響。只可惜在其終身未仕，以及生平行跡範圍的限制下，使其著作的傳播頗有難度，在一番沉寂、蕭索的氣氛中，被時代所隱沒。但其詩學主張，在《詩人玉屑》、《對牀夜語》等作品的保存、引註下，留下供後人發掘、認識的契機。尤其是以詩話總集形式問世的《詩人玉屑》，在文獻上存錄了《滄浪詩話》全文，尤需在嚴羽詩論接受史上大書一筆。因其存錄文獻、資料的性質，讓嚴羽詩論有廣爲流布的可能。

　　所以，在嚴羽播下《滄浪詩話》接受的種子之後，季宋數十年間，可謂是嚴羽詩論接受史的「萌芽期」，少數的詩評家已注意到嚴羽詩學的理論價值，並給予一定的重視。至於後續對嚴羽詩論的挖掘、認識，只能留待後世學者的慧眼，予以應有的注目與肯定。

第四章　發展期：元代前期《滄浪詩話》之接受

　　本文論述的元代文學史，以元世祖至元十三年（1276）元兵攻陷南宋首都臨安，終結宋代三百餘年國祚爲起點；〔註1〕終於元順帝至正二十八年（1368），明軍攻克大都，創建明朝爲下限。其中以元仁宗延祐年間開科設考爲界，分爲前、後兩期。

　　仁宗延祐元年（1314）下詔重開科舉，代表著在「漢法」與蒙元「舊制」的衝突，正式轉入以漢家文化爲主的時代。元朝廷此一措施，促使大批文人進入政治舞臺，文壇也呈現出一片嶄新的氣象。以延祐二年爲例，當年錄取文人就有楊載、馬祖常、許有壬、歐陽玄、黃溍……等人，後來皆爲元代文壇的中堅份子。此後更有諸多名家，如虞集、范梈、揭傒斯、薩都剌、楊維禎、張翥……等人相繼步踵文壇，開啓了與前期截然不同的文化風景。

　　另外，在詩歌的體貌上，此後風尙也多有新變。如古樂府、竹枝詞等民間色彩濃厚的詩體，重新獲得重視，被納入時人創作範疇之

〔註1〕多數學者論及元代文學史的起迄時間，多以蒙古滅金（1234年）爲開端。但考量嚴羽詩學的流布實況，本文的時代斷限擬以元兵滅宋爲起點。因爲在此之前，北方文壇並無確切資料顯示嚴羽詩學曾在中原一帶起過影響。所以，在時代斷限上以元兵滅宋爲起始點較爲適宜。

中，一種多元創作的嘗試精神於焉成形。在詩歌創作上，後期詩作風格更趨多元。與前期文人相較，後期詩人在題材選擇上也更為豐富，如歌詠愛情、描寫艷情等類詩作，皆是前期較少涉及的主題。故延祐開科對於元代文學發展，實具重要的關鍵意義。

王忠閣〈延祐、天曆間雅正詩風及其形成〉一文，曾針對延祐復科對當時詩壇所帶來的影響有如下分析：〔註2〕

1. 延祐科舉之制帶來的社會風氣的變化，對延祐、天曆間雅正詩風的形成具有重大的影響。……延祐科考給知識份子帶來走上仕途的希望，也促使了知識分子奔競科考，尊崇理學，餐淳茹和，吟咏太平的風氣。

2. 延祐科詔提出以程朱理學家的注疏作為準繩，這就使興於宋代的理學在元代第一次被抬高到至尊的地位。

3. 延祐科舉，促進了詩壇復古風氣的發展。……當時文人士子，多以師古為訓。……學術復古風氣，無疑會對詩壇復古之風的發展起到推波助瀾的作用。

王氏以為科舉復詔讓當時的知識份子有了仕宦的進路；以程朱理學為考試範圍，則重新提振了傳統儒家學術的地位；至於師古為訓的風氣移轉至詩壇，也形成了一種復古之風。

在此之前，詩壇旂向還在宗唐、宗宋兩派之間游移。如蔡正孫《詩林廣記》即帶有濃厚的宋學色彩，從其論詩尚理、尚法的傾向即可推知，其間雖也兼及悟門之說，卻是循江西詩派路數而來。另外元初詩學名家——方回以江西詩學殿軍自居，力揭宗宋大纛，挽狂瀾於既倒。其《瀛奎律髓》一書，借選本形式附以評注，宣揚其詩論主張。其理論體大思精頗為周延，足與宗唐一派分庭抗禮。另有從江西詩派分化出來的文人，他們反對模擬、蹈襲，強調個人才性的抒發，重視情性之真，諸如趙文、吳澄、劉將孫為其中堅。而推尊唐詩風雅者，則以戴表元、袁桷為代表，「宗唐得古」之說影響元代詩壇甚深，然

〔註2〕 王忠閣：〈延祐、天曆間雅正詩風及其形成〉，《文學評論》（2006年第6期），頁115～116。

其詩學主張多散見於文集、書札、序跋之中。所以，宗唐派的具體專著，要以辛文房的《唐才子傳》爲代表。辛氏以傳贊結合詩文評的書寫方式，爲元初宗唐詩學樹立了一只豐碑。

　　然而，不論祧唐還是祖宋，抑或折衷於二者之間，此時期的文人對於嚴羽詩論皆作出一定的回應。從接受史的角度看來，「承繼」是接受的一種面向，「折衷」、「批判」、「改造」也是接受的可能途徑。因此，本章的討論範圍，第一、二、三節將以蔡正孫、方回、辛文房作爲論述主軸，在他們的論著中或直接引錄嚴羽評詩意見、或對嚴羽詩學主張作出評斷、或化用嚴羽理論主張於其詩學論著之中。總而言之，與嚴羽有著稽於文獻可考的關係。至於第四節則論述元代前期部分詩評家之詩論見解，探索其與嚴羽詩論可能存在的接受關係。最後於第五節總結、歸納本章討論的重點。

第一節　蔡正孫對嚴羽詩論的接受

一、蔡正孫及其《詩林廣記》

　　蔡正孫（1239？～？，約 1278 年前後在世），字粹然，號蒙齋野逸，又號方寸翁，人稱蒙齋先生，福建建安人。蔡氏嘗師事宋末遺民詩人謝枋得，是宋末元初一位重要詩評家，曾編注《精刊補注東坡和陶詩話》，另外編有《詩林廣記》、《唐宋千家聯珠詩格》等書。

　　關於蔡正孫的生平，史料記載並不豐富。就其詩歌創作，或可約略勾勒其交遊情形，進而了解其行跡。在《唐宋千家聯珠詩格》中，曾錄有蔡正孫作〈寄訊魏梅墅〉一詩，該詩題下注云：「故友魏梅墅天應，菊莊之子，一鄉之快士，與余爲四十年交遊，忘於醉鄉吟社中，眞一時樂事，今亡矣夫，惜哉。」〔註3〕文中菊莊即魏慶之，梅墅即魏慶之子魏天應。故可知其年序，略晚於魏慶之，而與魏天應有故。

〔註3〕　〔元〕蔡正孫：〈寄訊魏梅墅〉，《精選唐宋千家聯珠詩格校證》卷三，（南京：鳳凰出版社，2007 年 12 月），頁 91。

就目前的文獻史料看來，南宋末年直接援引嚴羽論詩資料的著作並不多，巧合的是魏慶之、蔡正孫都有直接引用的情形。對於嚴羽詩論的容受，魏、蔡二人是否存有關係、聯繫？頗耐人尋味。

　　蔡正孫《詩林廣記》成書於 1289 年，距宋亡已屆十年，是宋元之際一部重要的詩學文獻。是書分前、後集，各十卷。前集選陶淵明及唐代詩人共三十人，後集選北宋詩人二十九人，共選詩、附詩六百七十一首，引錄詩話等資料約一百七十餘種。除取材廣博之外，許多前人寶貴的詩學意見還賴此書方得以保存，故甚具文獻史料的價值。蔡氏把經典詩篇和詩話品題融爲一體，是此選本最大的特色。

　　關於是書編選緣起，蔡氏在《詩林廣記‧序》說：

> 正孫自變亂焦灼之後，棄去舉子習，因得以肆意於諸家之詩。暇日採晉、宋以來數大名家及其餘膾炙人口者，凡幾百篇，抄之以課兒姪，併集前賢評話及有所援據摹擬者，冥搜旁引，而麗於各篇之次。凡出於諸老之所品題者，必在此選。正孫固不敢以言詩自任，然亦自知詩之難言，有不可以一毫私意揣摩而臆度之也。〔註4〕

可以知道是書編撰於宋、元易代之際，書中採集晉、宋以來名家詩作數百篇，編撰目的在揭示後學（如兒姪之輩）學詩的門徑。在形式結構上，是書採取引錄詩作，詩後抄錄前人論詩評斷，偶而添加作者按語作補充說明，結合了選詩、論詩兩種批評模式。所以在這本書中，蔡氏雖未直接揭櫫其詩學觀點，但透過所選作品以及所附前人詩話，間接體現其詩學主張。

二、《詩林廣記》對《滄浪詩話》的接受

　　在《詩林廣記》中，蔡正孫曾多次摘錄《滄浪詩話》，作爲詩人簡介的補充說明。如論柳宗元：

> 蘇東坡云：「李、杜之後，詩人繼出，雖有遠韻，而才不逮意。

〔註4〕〔元〕蔡正孫：《詩林廣記‧序》，收入吳文治主編《宋詩話全編》（南京：江蘇古籍出版社，1998 年 12 月），頁 9565～9566。

獨韋應物、柳子厚發穠纖於簡古，寄至味於澹泊，非餘子所
及也。」劉後村云：「子厚才高，他文惟韓可對壘。古律詩精
妙，韓不及也。」〈詩辨〉云：「子厚深得騷體。」〔註5〕

蔡氏引蘇軾對韋、柳詩風的評論，凸顯二人簡古、澹泊的風格特色。
又以劉克莊論韓、柳文學成就，以爲韓、柳二人文可並稱，但在詩歌
方面，柳當勝出。最後引嚴羽〈詩辨〉，補充溯源柳詩本自楚騷的詩
學根柢。

　　另外，對於梅堯臣詩風的討論，《詩林廣記・後集》卷之七云：
矓翁〈詩評〉云：「梅聖俞詩，如關河放溜，瞬息無聲。」……
《滄浪・詩辨》云：「國初詩，尚沿襲唐人，梅聖俞是學唐
人平澹處。」朱文公云：「聖俞詩是枯槁，不是平澹。」……
胡苕溪云：「聖俞詩，工於平澹，自成一家。」〔註6〕

矓翁敖陶孫以爲梅聖俞詩歌如舟船順流自行，平切暢達。嚴羽則明確
指出梅詩學習唐詩人平澹的風格。然而朱熹以爲，梅堯臣詩風應是枯
槁而非平澹，大抵是著眼其心態，梅詩略染苦吟之風，若依理學家的
觀點，在心性涵養處恐怕稱不上恬然無挂，故其詩風若深入咀嚼，在
內蘊上應以枯槁比之較爲適當。但胡仔也以「平澹」一詞評價梅堯臣，
故蔡正孫此處意在羅列名家討論梅詩的意見，留與讀者「細味」，以
見其「用意」。

　　《詩林廣記・後集》卷之八論陳與義云：
胡苕溪云：「陳去非詩，如『疏疏一簾雨，淡淡滿枝花』，『官
裏簿書何日了，樓頭風雨見秋來』，『客子光陰詩卷裏，杏
花消息雨聲中』，皆平淡而有工。」劉後村云：「元祐後，
詩人迭起：一種波瀾富而句律疏，一種則鍛鍊精而情性遠。
要之不出蘇、黃二體而已。及簡齋出，始以老杜爲師，第
其品格，當在諸家之上。」《滄浪・詩體》云：「簡齋自是

〔註5〕〔元〕蔡正孫撰：《詩林廣記・前集・柳子厚》卷之五（臺北：廣文
　　　書局，1973年9月），頁175。
〔註6〕同上註：〈梅聖俞〉卷之七，頁630～631。

一體，亦本江西之派而小異耳。」〔註7〕

此處蔡正孫徵引嚴羽〈詩體〉對簡齋體的論述，指出陳與義與江西詩派間的聯繫。審之《滄浪詩話》，嚴羽對於陳與義的評論僅此一見，並無深刻的分析說明。而蔡氏選錄此條意見，基本上也只是作為胡仔論簡齋詩歌風格、劉克莊論其師承品格後的補充說明。

另外，《詩林廣記・後集》卷之九論王禹偁：

> 黃州名禹偁，字元之。《西清詩話》云：「元之父本磨家。畢文簡士安為州從事，元之代其父輸麵，至公宇，立庭下。文簡方命諸子屬句，云：『鸚鵡能言寧似鳳。』元之抗聲曰：『蜘蛛雖巧不如蠶。』文簡曰：『子精神滿腹，將且名世。』後與公接武朝廷。」《滄浪・詩辯》云：「國初之詩，尚沿襲唐人，王黃州學白樂天。」〔註8〕

蔡正孫論及王禹偁時，引錄《西清詩話》、《後村詩話》、《彥周詩話》及《滄浪詩話》等書。其中《西清詩話》、《後村詩話》的資料著重於王氏生平的簡介；《滄浪詩話・詩辯》則指出王禹偁師學白居易，沿襲白氏的詩歌風格；《彥周詩話》則評白詩「語迫切而意雍容」。〔註9〕故徵引嚴羽此條意見仍舊在點明詩人的師學淵源。

另外，論楊億：

> 公名億，字大年。宋自天聖以來，縉紳間為詩者少，惟丞相晏公殊、錢公惟演、翰林楊公億、劉公筠數人而已。然皆未離崑體也。《滄浪・詩辯》：「國初詩尚沿襲唐人。楊文公學李商隱。」〔註10〕

蔡正孫在詩人小傳中指出楊億與晏殊、錢惟演、劉筠等皆衍西崑餘緒而來，接著引〈詩辯〉強調楊億沿襲、學習李商隱間的關係。

三、小　結

〔註7〕同上註：〈陳簡齋〉卷之八，頁689。
〔註8〕同上註：〈王黃州〉卷之九，頁737。
〔註9〕同上註：〈王黃州〉卷之九，頁738。
〔註10〕同上註：〈楊文公〉卷之九，頁751。

　　總結《詩林廣記》對於《滄浪詩話》的接受情形，吾人可以發現，《詩林廣記》在資料選取上，僅徵引《滄浪詩話》〈詩辨〉、〈詩體〉兩部分。而其引錄目的，大抵是點明詩人承襲淵源，並未關注到《滄浪詩話》的核心論題。但在「柳子厚」下，蔡氏引有《潛溪詩眼》「識文章者，當如禪家有悟門。夫法門百千差別，直須先悟得一處，乃可通其他妙處。」，〔註11〕強調「識」的重要性。在「蘇東坡」下，引胡仔：「東坡自嶺外歸，〈次韻江晦叔〉詩云：『浮雲時事改，孤月此心明。』語意高妙，如參禪悟道之人吐露胸襟，無一毫窒礙也。」〔註12〕推崇其詩境似禪之妙。於此可知，蔡正孫接受詩禪關係的聯繫，故於《詩林廣記》中也使用「悟門」、「詩識」等觀念、語詞。但在詩學主張的承襲上，顯然是由宋代主流詩學江西詩派而來。嚴羽詩論在一般評價中，可謂集宋代詩禪理論大成，但蔡正孫在至少見過嚴羽〈詩辨〉、〈詩體〉兩篇論詩專文的情況下，卻隻字不提嚴羽詩禪主張，反而援引惠洪、蘇東坡等人的詩禪理論。於此可知，其對嚴羽詩論有條件援引的態度。

　　此外，蔡正孫受江西詩學影響，強調「語意精致」、「雅麗精絕」的詩歌風格，在字法、句法上的理論摘釋，也頗為詳細。大陸學者張健在〈蔡正孫考論──以《唐宋千家聯珠詩格》為中心〉中指出蔡正孫論詩重視「意趣」以及對景物的描寫工夫，〔註13〕顯示其詩學旆向與嚴羽取徑有別，故其引用時，只側重嚴羽在詩格傳承的討論，而未及於理論核心。

　　另外，就整體詩論傾向看來，蔡氏論詩還頗重理學家之言，尤其對朱熹詩學主張最為推許，多所引用。故其於《滄浪詩話》的接受，僅屬於一般資料性質的援引，無甚深刻的接受。

〔註11〕同上註：〈柳子厚〉卷之五，頁179。
〔註12〕同上註：〈蘇東坡〉卷之三，頁467。
〔註13〕張健：〈蔡正孫考論──以《唐宋千家聯珠詩格》為中心〉，《北京大學學報》（哲學社會科學版，2004年3月），頁65。

但透過《詩林廣記》的摘錄，可了解在宋、元之際《滄浪詩話》
在福建一帶的文人圈，仍有一定的流布與影響。

第二節　方回對嚴羽詩論的接受

一、方回及其《瀛奎律髓》

方回，字萬里，號虛谷，徽州歙縣（今安徽歙縣）人。生於南宋
寶慶三年（1227），卒於元大德十一年（1307）。宋景定年間曾知嚴州，
入元之後授建德路總管，不久罷官。工於詩文。有《桐江集》、《桐江
續集》、《續古今考》、《文選顏鮑謝詩評》等書傳世。

方回的《瀛奎律髓》專選唐、宋五、七言律詩，共取詩人三百八
十五家，詩三千零一十四首（扣除重出二十二首，實二千九百九十二
首），取材十分豐富。全書按作品題材分為四十九類，每類依時代先
後編卷，共分為四十九卷。

《瀛奎律髓》選詩側重於宋代，書中共選宋詩一千七百六十五
首，二百二十一家，比重超過唐代。其中江西詩派詩人入選為多，這
也展現了其「江西詩學」殿軍的特色。

至於《瀛奎律髓》的編纂緣起，方回〈序〉云：

「瀛」者何？十八學士登瀛洲也。「奎」者何？五星聚奎也。
「律」者何？五、七言之近體也。「髓」者何？非得皮得骨
之謂也。斯登也，斯聚也，而後八代、五季之文弊革也。
文之精者為詩，詩之精者為律。所選，詩格也。所注，詩
話也。學者求之，髓由是可得也。〔註14〕

文中除了介紹書名的由來，取十八學士登瀛洲、五星聚奎之意外，還
說明是書「非得皮得骨」，直探律詩精髓的自信。至於編纂方式，係採
融合選本、詩評的方式呈現。而詩評部分結合評點與詩話的形式，也

〔註14〕〔元〕方回：《瀛奎律髓·序》（上海：上海古籍出版社，2005 年 4
月），頁 1。

是方回首創。

　　附帶說明的是，本文的撰寫，除了《瀛奎律髓》之外，《桐江集》、續集、《文選顏鮑謝詩評》中也有方回詩學批評的意見，本文也將斟酌採用，以期能完整地呈現方回詩觀與嚴羽間的接受關係。

二、方回對《滄浪詩話》的接受

　　方回在〈詩人玉屑考〉中曾有段論及嚴羽詩論的文字：

> 嚴滄浪、姜白石評詩雖辨，所自為詩不甚佳。凡為詩不甚佳而好評詩者，率是非相半。晚學不可不知也。〔註15〕

文中對嚴羽的詩評作品，方回給予「評詩雖辨」的正面評價，但對嚴羽詩作卻給予「為詩不甚佳」的評斷。方氏接著將創作與批評扣上關係，提出「凡為詩不甚佳者，率是非相半」的看法，亦即作得好詩，才能有精確的識見，作出正確的判斷。當然，以詩人成就的高下斷言其詩論手眼的高低，就今日觀點看來是大有問題的，但在宋元易代之際，這種「詩——評」之間的聯繫或許是時人普遍的認識。

　　審之元代前期與嚴羽相關的詩學文獻資料，除《詩林廣記》之外，具體出現嚴羽名氏者，僅此一處，其身後寥落之情自可想見。而方回提出此一論斷，恰可用以解釋嚴羽詩學論著在當時不受重視的可能原因。尤其方回以詩壇盟主之姿，對嚴羽詩學論著作此評價，其影響力不容小覷。

　　然而換個角度看待方回的評價，卻彰示著某種重要意義：嚴羽詩作及其論述在當時應已流傳於文人群體之中，否則方回不會於此提及嚴羽名號。所以，透過此段文字吾人可以得知，在元代初期，至少於江南一帶，嚴羽詩論、詩作的專著，應該不是難求的本子，故方氏才會以簡述一般尋常人等的口吻草草帶過，而未多作介紹。而且不論方氏對嚴羽、姜夔二人評價高低，此處的引錄都喻示著嚴、姜二氏的詩

〔註15〕〔元〕方回：〈詩人玉屑考〉，收入吳文治主編《遼金元詩話全編》（南京：鳳凰出版社，2006年12月），頁994。

作、詩論，具有可資評斷的價值。更值得注意的是，嚴羽的詩學主張或是透過《詩人玉屑》的載錄，始經方氏手眼。但嚴羽詩作並不見錄於《詩人玉屑》之中，所以嚴羽詩作於是時定有別集流傳於坊間。至於其版本是否為今國家圖書館藏之元刊本，還不得而知，但透過方回的引註至少可以補充吾人對於嚴羽著作於宋時流布情況的想像。

另外，關於「接受」的途徑，有正面、反面等不同的方式。接受者或為超越前人而標新立異，或受前人引領而有所啓發，或經過對前人省思而提出與前人不同的觀點……種種可能，不一而足。所以即便是批評、貶抑、不認同的意見，也值得吾人重視。所以，在嚴羽詩論接受史中，方回即是一位頗堪玩味的人物，他對嚴羽的詩學主張雖然多有不表贊同之處，但仔細紬繹，卻又可看出其理論與嚴羽詩論的關聯處。諸如其創作論、詩史觀、批評論……等等，都有值得吾人細究之處。

最後，對於「批評」一事的態度，方回曾表示：

> 愛而知其惡，憎而知其善。君子於待人宜然，予之評詩亦皆然也。〔註16〕

這裡方回明確提出無論愛憎與否，能知其善惡之處，才是待人、評詩的根本原則，這是方回對於批評的準則。故而聯繫〈詩人玉屑考〉中對嚴羽詩學的批評，可以想見方回對於嚴羽詩學應有相當程度的認識。

如前所述，「承繼」是接受的一種途徑，「批評」、「超越」也是接受的結果之一。所以，在方回對於嚴羽詩論應有深刻理解的前提下，對於方回詩學思想的析理、研究，或可勾勒出嚴羽詩論在元代前期最重要的詩選、詩評家之間究竟存在著何種關係？

（一）創作論

方回在論及詩之創作時，曾說：

> 詩之存於世者三百五篇，聖人刪定垂世，為六藝之一，使人觀之，而有所感發懲創，初不計其言語之工拙，與夫學

〔註16〕〔元〕方回：《瀛奎律髓‧評許渾〈早發天台中巖寺度關嶺次天姥岑〉》卷之十四（上海：上海古籍出版社，2005年4月），頁520。

> 問之淺深也。後世論詩，必以言語工拙論，而又必推其人
> 學問淺深爲何如。然言論工者，未必學問深；而深於學問
> 者，或拙於言語；此詩之所以難言也。〔註17〕

此段文字討論的是詩與學問、技法的關係。方回以爲《詩經》一類的
典範作品，之所以作爲儒家傳藝的學門之一，並不在於言語工拙之
上，也無關乎學問的深淺，而是著眼其對讀者的感發、影響力，也就
是「興」的作用。但後人作詩、論詩，卻轉至以學問淺深、言語工拙
之上評判其價值，忽略了詩歌興感的力量。方回進一步指出，工於言
語者，學問未必深厚；而深於學問者，卻也許拙於言語。所以言語、
學問之間，並不存在必然對應的關係。而詩歌如何在言語的工拙、學
問與感發人心之間取得平衡，正是其所以深奧難言的原因。

對於學問、技法與詩歌的關係，嚴羽也有「夫詩有別材，非關書
也；詩有別趣，非關理也。然非多讀書、多窮理，則不能極其至」之說。
一邊肯定讀書、窮理的重要，一邊又說詩有別材、別趣，異於其他文學
體式。所以創作詩歌時，積累知識是必須的，但學識卻不必然保證能讓
作者寫出好詩。此一矛盾，亦爲方回所謂「詩，難言也」的原因之一。

同樣的，對於詩歌究竟應工於「學問」還是要追求「自然」？方
回說道：

> 古之人，雖閭巷子女風謠之作，亦出於天眞之自然，而今
> 之人反是，惟恐夫詩之不深於學問也，則以道德、性命、
> 仁義、禮智之說，排比而成詩；惟恐夫詩之不工於言語也，
> 則以風雲、月露、草木、禽魚之狀，補湊而成詩，以譁世
> 取寵；以矜己耀能。愈欲深而愈淺，愈欲工而愈拙。……
> 是故詩也者，不可以勇力取，不可以智巧致；學問淺深、
> 言語工拙，皆非所以論詩。〔註18〕

同前引文的論述模式，方回又先區別古、今。他歸納古人的風謠之作，
多出於天眞自然；而今人的篇什，卻務向學問。結果詩歌被編綴成道

〔註17〕同上註：〈趙賓暘詩集序〉，頁 944。
〔註18〕同上註。

德、性命、仁義、禮智的載體，成了譁眾取寵、矜己耀能的工具。在學問與工巧的過分經營下，反而收到適得其反的效果。這種反對詩歌成爲誇耀才學的工具的看法，嚴羽在《滄浪詩話》中也曾表示：

> 近代諸公乃作奇特，解會遂以文字爲詩，以才學爲詩，以議論爲詩，夫豈不工？終非古人之詩也。蓋於一唱三歎之音有所歉焉。且其作多務使事不問興致，用字必有來歷，押韻必有出處，讀之反覆終篇，不知著到何在？（〈詩辨〉五）

對於以「文字爲詩」、「以才學爲詩」、「以議論爲詩」等弊病，嚴氏是深惡痛絕的。缺乏「興致」、不具「一唱三歎」效果的詩篇，其實早已淪喪爲押韻之文，失卻了詩之爲詩的特質。

由此可知，對於詩歌創作原則的把握嚴、方二氏的理解頗爲相近。不論其根柢是嚴氏所謂的「情性」或方氏所謂的「天眞之自然」，但在創作時二人都反對宋人好以「道德、性命、仁義、禮智」等與詩無必然關係的內容，生硬地介入詩歌創作之中。由此可知，方回論詩雖主張學習宋人之作，但對於近世詩作不良風氣的認識，卻也有著與嚴羽相近的深刻體會。

另外，方回在〈桐江集序〉中曾談到一段與友論文的經歷，討論到作詩有無法度可依的問題。〈序〉云：

> 客或過予廬，見予之無一時不讀書，無一日不作詩也，則問之曰：「讀書、作詩，亦各有法乎？」予應之曰：「讀書有法，作詩無法。」……客猶疑予之作詩不無法也，則詰之曰：「子之詩，初學張宛邱，次學蘇滄浪、梅都官，而出入於楊誠齋、陸放翁，後乃悔其腴而不癯也，惡其弱而不勁也，束之以黃、陳之深嚴，而參之以簡齋之開宏。古體詩其始慕韓昌黎而懼乎博之過，慕柳柳州而懼乎褊之過，慕元道州而懼乎短澀之過，慕韋蘇州而懼乎譚瞻之過，既而亦於子朱子有得，追謝尾陶，擬康樂，和淵明，亦頗近矣，而謂作詩無法，是欺我也。」予凝思久之，而復其說曰：「此皆予少年之狂論，中年之癖習也。去歲適六十一矣，

> 始悟平生六十年之非，所作詩滯礙排比，有模臨法帖之病，
> 翻然棄舊從新，信筆肆口，得則書之，不得亦不苦思而力
> 索也，然後自信作詩不容有法。」〔註19〕

引文中方回記載了一次與友人論詩的對話內容，文中友人細數方回於前賢詩作的借鑑：或學習蘇、梅，或師法誠齋、放翁，或以黃、陳爲典範；古詩則踵步韓、柳，追慕元、韋，甚至追謝尾陶。所以友人質疑方氏「作詩無法」之說是欺瞞之語。而方回答道自己年過六十，才於詩學有所參悟，始知昔日如模臨法帖的追步前人，是錯誤的途徑。方回晚年主張詩歌的創作應是「信筆肆口」、「不容有法」，才不會有滯礙、模擬之病。

在創作論上，嚴羽也主張博觀約取。嚴氏曾說：

> 試取漢魏之詩而熟參之，次取晉宋之詩而熟參之，次取南北
> 朝之詩而熟參之，次取沈宋王楊盧駱陳拾遺之詩而熟參之，
> 次取開元天寶諸家之詩而熟參之，次獨取李杜二公之詩而熟
> 參之，又盡取晚唐諸家之詩而熟參之，又取本朝蘇黃以下諸
> 家之詩而熟參之，其眞是非自有不能隱者。(《詩辨》四)

不過在諸多採鑑之後，學詩者期待的仍是一種質的飛越，也就是嚴羽所謂的「妙悟」契機的來臨。由此看來，方回的創作體悟，與嚴羽主張從前人詩作熟讀、熟參，而後期待「妙悟」，實有內在相似之處。在有法至於無法的立場上，雖然談法有所不同，但其實質意義卻是頗爲相近的。不論是詩法、典範，都應在個體涵養、參與之後而有所超越，是故「作詩不容有法」，乃是「悟」後之語。

不過，方氏並非主張要人束書不觀、揚棄讀書的重要性。其〈論詩類序〉云：

> 詩人世豈少哉？而傳於世者常少，由立志不高也，用心不
> 苦也，讀書不多也，從師不眞也。喜爲詩而終不傳，其傳
> 不傳，蓋亦有幸不幸，而其必傳者，必出乎前所云之四事。

〔註19〕〔元〕方回：〈桐江續集序〉，收入曾永義編輯：《元代文學批評資料彙編（上）》（臺北：成文出版社，1978 年 12 月），頁 198。

　　今取唐、宋詩人所論著列於此，與學者共之。〔註20〕
「立志」的高低，「用心」與否，「讀書」的多寡，「從師」的明昧，
是決定詩人成就的重要關鍵。所以方氏並無偏廢書本知識之意，只是
提醒創作者，除卻這些因素，存詩與否還得考慮「幸」或「不幸」的
機緣問題。所以，詩人的用心、用力，並不保證詩作必然可期於傳世。

　　至於具體的學詩進程，方回曾說：

　　古詩以漢、魏、晉爲宗而祖《三百五篇》、《離騷》，律詩以
　　唐人爲宗而祖老杜。〔註21〕

所以面對不同的詩體，方回皆有各自不同的學習典範之作。大抵古詩
以漢魏爲宗，律詩以唐人爲宗，特別是要取徑杜甫之作。方回在〈送
俞唯道序〉中對於如何學習作詩有更清楚的表示：

　　大概律詩當專師老杜、黃、陳簡齋，稍寬則梅聖俞，又寬
　　則張文潛，此皆詩之正派也。五言古陶淵明爲根柢，三謝
　　尚不滿人意，韋、柳善學陶者也。七言古須守太白、退之、
　　東坡規模。絕句唐人後惟一荊公，實不易之論。但不當學
　　姚合、許渾，格卑語陋，恢拓不前。唐二孟，近世呂居仁，
　　尤、蕭、楊、陸，但可爲助，飽讀勤作，苦思屢改，則日
　　益而月不同矣。〔註22〕

在律詩創作方面，方回以爲杜甫、黃庭堅、陳與義最爲可法，而此三
人皆列名「一祖三宗」之內。五古則以陶淵明爲主；七古則須具李白、
韓愈、蘇軾等人規模。絕句則專主唐人，宋人唯一可法者僅王安石。
在近體詩方面，方回取鑑對象橫跨唐宋，尤其律詩，除杜甫可法之外，
更完全側重宋人。故可知取法唐、宋詩人時的比重了。

　　至於細部的創作原則，方回討論頗爲詳盡。其評李白〈贈昇州王
使君忠臣〉詩云：

〔註20〕〔元〕方回：《瀛奎律髓‧論詩類序》卷之三十六（上海：上海古籍
　　　　出版社，2005 年 4 月），頁 1434。
〔註21〕〔元〕方回：〈汪斗山識悔吟稿序〉，收入吳文治主編《遼金元詩話
　　　　全編》（南京：鳳凰出版社，2006 年 12 月），頁 952。
〔註22〕同上註：〈送俞唯道序〉，頁 957。

> 盛唐人詩氣魄廣大，晚唐人詩工夫纖細，善學者能兩用之，
> 一出一入，則不可及也。〔註23〕

此處除讚美盛唐人宏大的氣魄之外，對於晚唐人纖細的工夫卻也兼而
取之。方氏以為詩歌要能注意整體氣象的營構，卻不能偏廢細瑣詩
法、工夫的鑽研，唯有兩者兼得、能出能入，方為作手。

其評姚合〈游春〉詩又云：

> 予謂詩家有大判斷，有小結裹。姚之詩專在小結裹，故「四
> 靈」學之，五言八句皆得其趣，七言律及古體，則衰落不
> 振。又所用料，不過花、竹、鶴、僧、琴、藥、茶、酒，
> 於此幾物，一步不可離，而氣象小矣。是故學詩者必以老
> 杜為祖，乃無偏僻之云。〔註24〕

如前所述，「大判斷」指的是宏觀的氣象，而「小結裹」則是在詩律、
平仄、用字之上工巧。而方回以為四靈之詩在詩歌材料上，僅侷限於
日常身邊的瑣碎之，予人滯黏、窘迫之感，以致於氣象小矣。而這個
「小結裹」處，即是前述須要讀者兼取用之的工夫所在。

除此之外，方回詩論在技巧論方面受江西詩學影響，故特別注重
「響字」、「活句」、「拗字」和「變體」等法則。茲以方氏評黃庭堅〈十
二月十九日夜中發鄂渚曉泊漢陽親舊載酒追送聊為短句〉為例：

> 試通前詩論之，「直知難共語，不是故相違」即老杜詩「直知
> 騎馬滑，故作泛舟回」也。凡為詩，非五字、七字皆實之為
> 難，全不必實，而虛字有力之為難。「紅入桃花嫩，青歸柳葉
> 新。」以「入」字、「歸」字為眼。「凍泉依細石，晴雪落長
> 松」。以「依」字、「落」字為眼，「櫸柳枝枝弱，枇杷樹樹香」，
> 以「弱」字、「香」字為眼。凡唐人皆如此，賈島尤精，所謂
> 「敲門」、「推門」，爭精微一字之間是也。然詩法但止於是乎？
> 惟晚唐詩家不悟。蓋有八句皆景，每句中下一工字，以為至
> 矣，而詩全無味。所以詩家不專用實句、實字，而或以虛為

〔註23〕方回：《瀛奎律髓·評李白〈贈昇州王使君忠臣〉》卷之四十二（上
　　　海：上海古籍出版社，2005年4月），頁1485。

〔註24〕同上註：《瀛奎律髓·評姚合〈游春〉》卷之十，頁340。

　　句，句之中以虛字爲工，天下之至難也。〔註25〕
此處對於詩之「字」、「句」的細部經營論之甚詳。有所謂詩眼、字眼，
有所謂實字、實句、虛字、虛句。要皆自得變化，在一字、一句之間
仔細精微，其高者自能饒富新味，卓然出眾。引文中各以杜詩、賈島
詩爲例，用以說明黃庭堅詩法之工巧，由此可知，在這個「小結裹」
處，卻是溝通晚唐、江西之處，只是晚唐詩家爲其法所拘，而無法超
脫而出。

　　具體而言，「響字」指的是聲音響亮宏大的字詞，多半是詩中具
有提醒效果的關鍵字詞，故又稱爲「詩眼」。而「響字」之說，除了
意義上的要求之外，還融合了詩文聲律美讀的概念，強調利用音聲的
陰陽清濁，以抑揚頓挫的節奏，形成一種跌宕起伏的聲韻之美。

　　另外，方回詩論也講「活法」，在實際操作上大抵是指以虛字入
詩的技巧，而所謂「虛字」，則不外乎名詞、代詞之外的其他詞彙，
若能靈活用之，將可改變詩歌過於質實、指陳板滯的弊病，予人一種
透脫、自由的活絡感受。

　　其他諸如「拗字」、「變體」等，或在字詞的平仄上用工，或於句
式的布置上用力，如何巧妙營造字與字間、句與句間意義、結構上的
矛盾、統一關係，使詩歌作品更富有變化。

　　文師華曾說：

　　　　「響字」、「活句」、「拗字」、「變體」之法，對於創作具有
　　　　蒼勁瘦硬風格的律詩確實是重要的藝術手段，方回把它們
　　　　作爲江西派詩法的重點進行深入的研究和總結，改變了該
　　　　派原先以「奪胎換骨」、「點鐵成金」的主張爲核心的做法，
　　　　這對江西派詩律學體系是一個改造與提高。〔註26〕

所以除了對於前人經典詩作的參究之外，詩法的經營也是方回關注的

〔註25〕　同上註：《瀛奎律髓‧評黃庭堅〈十二月十九日夜中發鄂渚曉泊漢陽
　　　　　親舊載酒追送聊爲短句〉》卷之四十三，頁1547。
〔註26〕　參見氏著：〈元代詩學理論發展的軌跡〉，《南昌大學學報（人社版）》
　　　　　（第32卷第1期，2001年1月），頁73。

焦點。而其從江西詩學入，在詩法的精細度、細密度上皆有所提升，不論具觀、宏觀，都能有所關照，可謂在嚴羽以悟論詩對江西詩法提出質疑後的積極回應。故其於創作論上，頗有可觀之處。

綜上所述，方回的創作論，在大方向上，主張詩之創作一如讀書，入門要正，取法欲高；在小技巧上，又頗重詩律、法度等細部的琢煉。不過詩歌技巧，還必須升華至無法的境界，有法至於無法正是其孜孜矻矻鑽營、用心之所在。

（二）詩史論

方回以江西後學自居，對於宋詩多所肯定，由《瀛奎律髓》的編選，更可窺知其回護宋詩的鮮明立場。但在四靈、江湖以及嚴羽一系的宗唐詩說浪潮的挑戰下，方回將如何自處？又如何從中尋找宋詩活路？在此兩歧的詩歌取徑中，又會擦出什麼樣的火花呢？

其實，從《瀛奎律髓》將唐、宋二代律詩匯集成冊、整以論之的態度，就暗示著方回在處理宗唐詩派衝擊所選擇的應對之道。方氏選輯的目的，即在律詩詩體上尋找出一條明確的因革、發展關係。朱易安、王劍以為：

> 正是這種承認唐宋詩之間有因革關係，認為宋詩是對唐詩的繼承與發展，它們的孰優孰劣無法用時代來簡單分界的唐宋詩因革論，讓方回在評選宋詩時表現出了時人少有的平等心態。〔註27〕

因此宋詩有了比肩唐詩的地位，足以為詩家學者細心考繹。而方回在對於唐、宋因革關係的討論中有何嶄新的見解、不同的發現？茲於下文中討論。

1. 唐詩史觀

對於唐代詩風的分期探究，是宋人關懷的詩史熱點之一。其發展

〔註27〕參見氏著：〈論方回的唐宋詩學史觀〉，《古典詩學會探——復旦大學中文系教授榮休紀念文叢：陳允吉卷》（上海：復旦大學出版社，2006年4月），頁470。

之初，「盛唐」、「晚唐」的分野是較早被提出而且確立的。一直到了嚴羽，五唐分期之說才被正式提出，從此「唐初」、「大曆」、「元和」的特殊時代風貌才開始進入文人論評的範疇之中。而方回的唐詩史觀，就是在嚴羽的成就基礎上，有了更進一步的發展。

首先，在初唐的觀念上，嚴羽〈詩體〉在「唐初體」下註：「猶襲陳隋之體」，將初唐的風格設定在承襲六朝餘緒之上。

而方回評陳子昂〈白帝懷古〉詩云：

> 律詩自徐陵、庾信以來，疊疊尚工，然猶時拗平仄。唐太宗時，多見《初學記》中，漸成近體，亦未脫陳、隋間氣習。至沈佺期、宋之問而律詩整整矣。〔註28〕

對於近體的成形，方氏以為係於唐太宗時，沈、宋律詩之出而於格律上更為嚴整，但在習氣上，仍舊未脫陳、隋之氣。此評值得注意的是方回將唐初律詩的發展分成「未脫陳隋間氣習」和「律詩整整」兩個階段，與嚴羽「猶襲陳隋之體」作比較，方氏注意到「律詩」格律完成於唐初的歷史意義。

另外，在評唐明皇〈早渡蒲關〉詩時，方回提到：

> 開元天寶盛時，當陳、宋、杜、沈律詩，王、楊、盧、駱諸文人之後，有王摩詰、孟浩然、李太白、杜子美及岑參、高適之徒，並鳴於時。韋應物、劉長卿、嚴維、秦系亦並世，而不見與李、杜倡和。詩人至此，可謂盛矣！為之君如明皇者，高才能詩，亦不下其臣，豈非盛之又盛哉？〔註29〕

這裡主要是勾勒開天之際詩壇盛況，有王摩詰、孟浩然、李太白、岑參、高適等人以詩見重當時。而韋應物、劉長卿、嚴維、秦系略晚其後，雖不見與李、杜倡和之作，但諸多詩家以其高才開創了詩史上的盛世。當然方回仍將此一文學現象歸功於唐代君王，以為在唐玄宗雅好詩章的影響下，以其盛世之風，啓迪了諸多文人。其實在這段引文

〔註28〕〔元〕方回：《瀛奎律髓・評陳子昂〈白帝懷古〉》卷之三，（上海：上海古籍出版社，2005年4月），頁78。
〔註29〕同上註：《瀛奎律髓・評唐明皇〈早渡蒲關〉》卷之十四，頁500～501。

中值得注意是「當陳、宋、杜、沈律詩，王、楊、盧、駱諸文人之後」
一句，也就是在方回的「盛唐」詩人前，還存在一個世次的詩人群體，
他們是先於李、杜、王、孟而出，在今天唐詩分期中，恰好就隸屬於
「初唐」時人。這些人分別是：陳子昂、宋之問、杜審言、沈佺期、
王勃、楊炯、盧照鄰、駱賓王。

　　所以，審諸方回的著作，集中雖無「初唐」之名。但其對於盛唐
以前的詩風卻有較嚴羽詩論更爲縝密的概括，該期詩人不再只是六朝
餘緒的承繼，而有沈、宋、陳子昂、四傑等詩人列名其中，從風格與
氣骨等處一洗綺靡之氣。因此，雖然在嚴格的術語使用上方氏仍未提
出「初唐」之名，於其書中或僅以「唐律詩初盛」稱之，但在實質內
涵上，方回對於初唐詩風的認識卻較嚴羽又前進了一步。

　　其次，在「盛唐」的認知上，方回明確地聯繫世運發展評論之。
方氏以爲，「盛唐」之所以稱爲「盛唐」不僅僅在於是時詩人的創作
表現，還在於英明君主的推波助瀾、獎掖文臣之上，如上文「明皇高
才能詩」之謂。而在實際操作上，方回的「盛唐」之說基本上是以與
「晚唐」對立的姿態呈現。如其評陳子昂〈晚次樂鄉縣〉詩時云：

　　盛唐律，詩體渾大，格高語壯。晚唐下細工夫，作小結裹，
　　　所以異也。學者詳之。〔註30〕

所以「詩體渾大」、「格高語壯」係爲「盛唐」詩最爲鮮明的風格特色，
而有別於專務於形式、技巧作文章的「晚唐」詩作。在詩歌審美氣象
的表現上，二者有著明顯的區別。

　　再如評陳子昂〈送魏大從軍〉詩，方回以爲：

　　唐之方盛，律詩皆務雄渾。〔註31〕

在律詩一體上，盛唐詩歌展現的仍是「雄渾」豪邁之氣，與其世運迭
相配合。另外，方回評陳子昂〈和陸明甫贈將軍重出塞〉詩又說：

　　盛唐詩渾成，「曉風吹畫角」，猶「池塘生春草」，自然詩句，

〔註30〕同上註：《瀛奎律髓・評陳子昂〈晚次樂鄉縣〉》卷之十五，頁529。
〔註31〕同上註：《瀛奎律髓・評陳子昂〈送魏大從軍〉》卷之二十四，頁1019。

　　　　亦是別用一意。〔註32〕

與「池塘生春草」同是自然詩句，但「曉風吹畫角」一句，卻饒富渾成的興象。其於評沈佺期〈遊少林寺〉詩又云：

　　　　唐律詩初盛，少變梁、陳，而富麗之中稍加勁健。〔註33〕

文中指出唐初律詩漸漸發展成形，已有走出梁、陳詩風的傾向，在富麗之中重新找回「勁健」的力量，而這就是唐詩變化六朝的根本關鍵。

　　行文至此，或已可勾勒出方回心中的盛唐圖像，但眼尖的讀者或也發現，筆者所引之文句，多集中的陳子昂、沈佺期等初唐詩人身上。其實在方回的詩史觀中，後人細分之自有初、盛之別，但在其主觀認識上，卻往往混初、盛而談。其評陳子昂〈度荊門望楚〉詩即云：

　　　　陳拾遺子昂，唐之詩祖也。不但感遇詩三十八首爲古體之
　　　　祖，其律詩亦近體之祖也。……陳子昂、杜審言、宋之問、
　　　　沈佺期，俱同時而皆精於律詩。孟浩然、李白、王維、賈
　　　　至、高適、岑參與杜甫同時而律詩不出則已，出則亦足與
　　　　杜甫相上下。唐詩一時之盛，有如此十一人，偉哉！〔註34〕

這裡方回混陳子昂、杜審言、宋之問、沈佺期與王、孟、李、杜等詩人並爲「唐詩一時之盛」，似乎並無明確的分野。但黃奕珍對此解釋道：

　　　　表面上看來其分期之細密度不如嚴氏，但事實上，他以律
　　　　詩的發展爲考量，認爲陳、杜、沈、宋等人貴爲律詩之祖，
　　　　成就亦復不凡，不當被排拒於「盛唐」之外，因而合嚴氏
　　　　所謂的「初唐」入之。〔註35〕

故方氏混二期爲一談的原因在此。所以在「盛唐」一期的認識，方回並無重大意義的發揮，其於唐詩分期最大的貢獻實在於「中唐」一期。

　　方回評許渾〈春日題韋曲野老邸舍〉詩時云：

〔註32〕同上註：《瀛奎律髓・評陳子昂〈和陸明甫贈將軍重出塞〉》卷之三十，頁1303。

〔註33〕同上註：《瀛奎律髓・評沈佺期〈遊少林寺〉》卷之四十七，頁1625。

〔註34〕同上註：《瀛奎律髓・評陳子昂〈度荊門望楚〉》卷之一，頁1～2。

〔註35〕參見氏著：《宋代詩學中的晚唐觀》（臺北：文津出版社，1998 年 4月），頁346。

予選詩以老杜爲主。老杜同時人皆盛唐之作，亦皆取之。
中唐則大曆以後、元和以前，亦多取之。晚唐諸人，賈島
開一別派，姚合繼之。沿而下，亦非無作者，亦不容不取
之。〔註36〕

方氏以與老杜同時詩人定位於盛唐，是時風雲際會名家鑫出，故其擇
錄詩作爲多。對於「中唐」時期的詩歌，則以「大曆」以後、「元和」
以前的詩作爲採擇重點。至於賈島、姚合以下的晚唐諸人，詩作質量
雖然不高，但仍有部分詩作是不容不取的。這段文字除了說明其採詩
的標準外，還勾勒出方回明確的唐詩分期觀。在具體時間上，方回以
杜甫活動時期爲「盛唐」；「中唐」則含括「大曆」、「元和」兩個主要
年代；「晚唐」則以賈島、姚合爲斷限，迄於唐末。此一分期觀，可
謂爲嚴羽「五唐說」的進一步發展。自此而後，盛、中、晚三唐分期
之名，就成爲方回論詩的習用套語。

　　如方回〈仇近仁百詩序〉云：
降及西都蘇李，東都建安七子，晉宋陶謝，律體繼興，自
盛唐、中唐、晚唐而及宋代，有作者雖未盡合宮商鐘呂之
音，不專主怨刺諷譏之事，而詩號爲能言者，往往相與筆
傳口授，於世而不朽。〔註37〕

方氏簡述了蘇、李古詩以降的詩歌發展歷程，而後以「律體繼興」開
創了新世代的來臨。其中有唐一代，方氏明確的以「盛唐」、「中唐」、
「晚唐」區分之，配合繼起的宋代。雖然詩歌作不專主「怨刺諷譏之
事」、不盡合「宮商鐘呂之音」，但在多元的發展之下，仍舊出現不少
優秀的詩人挺立詩壇。

　　　關於「盛」、「中」、「晚」唐的分期，不斷出現於方回的論評之中。
如其論陸游時云：

〔註36〕〔元〕方回：《瀛奎律髓‧評許渾〈春日題韋曲野老邨舍〉》卷之十，
　　　　（上海：上海古籍出版社，2005 年 4 月），頁 338。
〔註37〕〔元〕方回：〈仇近仁百詩序〉，收入吳文治主編《遼金元詩話全編》
　　　　（南京：鳳凰出版社，2006 年 12 月），頁 1010。

> 放翁詩出於曾茶山，而不專用「江西」格，間出一二耳，
> 有晚唐、有中唐、亦有盛唐。〔註38〕

文中指出陸游詩歌雖從江西入卻不受江西詩風所囿，故兼蓄「盛」、「中」、「晚」唐的多元風格，成了陸游詩歌的特色之一。

其評曾幾時云：

> 讀茶山詩如冠冕佩玉，有司馬立朝之意。用「江西」格，
> 參老杜法，而未嘗粗做大賣。陸放翁出其門，而其詩自在
> 中唐、晚唐之間。〔註39〕

對於曾幾詩歌的評價，方氏以「冠冕佩玉」推許之，可謂為極品中的極品。而對於曾氏詩作，方回以為其乃使用江西格、參老杜法，故而細致有工。而後方氏接著指出曾幾與陸游的師承關係，並給予「詩在中唐、晚唐之間」的評價。值得注意的現象是，在方回的詩論中「中唐」之名屢屢出現，而且不斷被應用在實際的批評當中。所以「中唐」一詞已經被賦予明確的意義，並被方回有意識地廣泛使用。至於「中唐」一詞所指稱的時期究竟為何？吾人可由方回評點張祜〈金山寺〉詩推知：

> 大曆十才子以前詩格壯麗悲感，元和以後漸尚細潤，愈出
> 愈新。而至晚唐，以老杜為祖，而又參此細潤者，時出用
> 之，則詩之法盡矣。〔註40〕

在時代斷限上，前述方回評許渾〈春日題韋曲野老邸舍〉詩時以「老杜同時人」為盛唐，以賈島、姚合為晚唐別派之一。故所謂的「中唐」，應係指此二區塊中間的時段。此處方氏所謂大曆十才子以前詩歌，係以「壯麗悲感」為主要特色，無論在年代及詩風上都與「盛唐」特色相符。而「元和以後漸尚細潤」則指中唐元和年間已開始了一種追求

〔註38〕〔元〕方回：《瀛奎律髓·評陸放翁〈頃歲從戎南鄭屢往來興鳳間暇日追憶舊游有賦〉》卷之四（上海：上海古籍出版社，2005 年 4 月），頁 181。

〔註39〕同上註：《瀛奎律髓·評曾茶山〈長至日述懷兼寄十七兄〉》卷之十六，頁 604。

〔註40〕同上註：《瀛奎律髓·評張祜〈金山寺〉》卷之一，頁 14。

尖新、細潤的審美傾向。而此一「新」、「細」的風格，又下開「晚唐」
詩風走上更形工巧的道路上。在此，方回頗具洞見的將對杜甫的學習
也納入「晚唐」詩風的成因之一，對於作詩方法看重，「精巧尖細」
就成了「晚唐」詩歌最凸出的特色。至於介於盛、晚唐之中的即是所
謂的「中唐」，而「中唐」的詩風爲何？此段文字卻未詳加論述。對
照嚴羽對於「大曆」、「元和」時期近乎存而不論的態度，方氏恐怕也
只是將之視爲盛、晚唐對舉時的過渡時期，目的在於塡補盛、晚唐間
的空白，所以並未對「中唐」作更深刻的定義與辨析。

　　至於晚唐時期，前揭評許渾〈春日題韋曲野老邨舍〉時已云：
　　　晚唐諸人，賈島開一別派。姚合繼之。〔註41〕
所以「晚唐」係以賈島、姚合爲主要詩人。此時期具體的特色，如前所
述，專務於「小結裏」處用工。方回評陳後山〈寄外舅郭大夫〉詩云：
　　　晚唐人非風、花、雪、月、禽、鳥、蟲、魚、竹、樹，則
　　　一字不能作。「九僧」者流，爲人所禁，詩不能成，曷不觀
　　　此作乎？〔註42〕
這裡提及晚唐人的詩風特色，在於流連光景之上，其弊處在於逼狹，
故氣象難以宏大。如宋人九僧學晚唐詩作，在禁字詩創作時，即窘於
才力而無從表現。所以，在唐詩分期的優劣意識上，方回與嚴羽相同，
也不喜晚唐詩風。

　　其〈送俞唯道序〉云：
　　　但不當學姚合、許渾，格卑語陋，恢拓不前。〔註43〕
在示人詩學明徑時，方氏直截指出不可以姚、許等人詩作爲師，否則
將落至「恢拓不前」、「格卑語陋」的窘迫境界。

〔註41〕同上註：《瀛奎律髓・評許渾〈春日題韋曲野老邨舍〉》卷之十，頁
　　　338。
〔註42〕同上註：《瀛奎律髓・評陳後山〈寄外舅郭大夫〉》卷之四十二，頁
　　　1500。
〔註43〕〔元〕方回：〈送俞唯道序〉，收入吳文治主編《遼金元詩話全編》（南
　　　京：鳳凰出版社，2006年12月），頁957。

另外，在評杜甫〈早起〉詩時，方回說到：

> 起句平入，晚唐也。三四著上「帖」、「防」、「開」、「出」
> 字爲眼，則不特晚也。五六意足，不必拘對而有味，則不
> 止晚唐矣。尾句別用一意，亦晚唐所必然也。〔註44〕

文中對於晚唐詩歌的形式特色頗有深究：如「起句平入」、「尾句別用
一意」以及對偶上的限制要求，都是晚唐詩家好用的手法。而方回以
爲杜甫詩中，雖蘊有晚唐路數，卻又不止於晚唐，不爲細瑣格法所囿。

又如前揭引文，評黃庭堅〈十二月十九日夜中發鄂渚曉泊漢陽親
舊載酒追送聊爲短句〉詩所云：

> 凡唐人皆如此，賈島尤精，所謂「敲門」、「推門」，爭精
> 微於一字間是也。然詩法但止於是乎？惟晚唐詩家不悟。
> 〔註45〕

對於繁瑣詩法的斟酌自是必須，但更重要的是能入能出，若只執泥於
法度，自然爲法所拘而失卻詩歌應有的活力。

總括而言，晚唐詩人對於詩歌形式、法度的用功頗值後人學習，
但其不知變通，而使詩歌流於形式主義，殊乏韻致的弊病，自爲後人
所批判。至於著重在景物的描摹，而失卻吟詠主體的特殊情感，則又
是晚唐詩歌的一大短處。

由此觀之，揚盛抑晚不僅是嚴羽唐詩論述的核心觀點，恰好也是
方回唐詩觀的中心論述。不過在目的上，嚴羽是彰揚盛唐氣象，以矯
江西、四靈、江湖、理學等詩派的弊端，指示向上一路。而方回則是
因推尊杜甫，故於唐詩之中高舉盛唐，而其主要的目的在於配合其「一
祖三宗」之說，建立以黃、陳詩學遠紹杜詩的詩統論述。此舉也爲江
湖、四靈而發，直指其師法根柢之處的缺失，進而擒賊擒王。方氏所
謂「江湖間無人能爲古選體，而盛唐之風遂衰、聚奎之跡亦晚矣。」

〔註44〕〔元〕方回：《瀛奎律髓・評杜甫〈早起〉》卷之十四（上海：上海
　　　　古籍出版社，2005年4月），頁503～504。
〔註45〕同上註：《瀛奎律髓・評黃庭堅〈十二月十九日夜中發鄂渚曉泊漢陽
　　　　親舊載酒追送聊爲短句〉》卷之四十三，頁1547。

〔註46〕即是此意的具體展現。

黃奕珍曾說：

> 他（方回）構建了比嚴羽更為龐大的詩論系統，並在這個
> 系統裡有計劃地削弱了晚唐的力量，使原本與晚唐對立、
> 也與盛唐對立的江西詩派與當時由嚴羽提倡的盛唐重疊起
> 來，聯手對抗晚唐。〔註47〕

所以方回對於嚴羽唐詩史觀的借鑑、發展，是為了勾勒出其唐、宋因
革相承的譜系。在師法對象上，嚴羽論詩也主杜甫，故而與方回有著
同樣的祖述對象；在批判對象上，二者皆以江湖、四靈為歧途，故直
截打擊其師法對象——晚唐詩，而使二者有著較為相近的唐詩史觀。

在「揚唐抑宋」詩史觀念的奠基上，由張戒等南北宋之交的詩評
家首倡先聲，漸次發展及嚴羽以「盛唐」詩為典範，而後於方回手中
完成。方回對於江湖詩風的指斥，讓盛唐與季宋詩歌的價值分野更為
確立。此後，「盛唐詩」成為唐詩精華，被置於典範地位，成了詩史
發展中的高峰。此外在唐詩史分期上，方回雖無「初唐」之名的提出，
但對此期詩風的認識卻較嚴羽來得深刻。另外，以「中唐」一名概括
杜甫以後、姚賈之前的時期（約略即是嚴羽所謂的大曆、元和年間），
對於後世四唐說的完成，更具有詩史發展的意義。

2. 宋詩史觀

如前所述，方回對於盛唐詩歌的推尊其目的在於完成其「一祖三
宗」的詩統建構，其目的在於藉盛唐的詩歌高度，進而拉抬直承杜甫
而來江西詩派。但其中卻隱含著一種深切的憂慮，清人蔣士銓〈辯詩〉
曾說：「宋人生唐後，開闢真難為」，這種影響的焦慮自始至終都籠罩
著宋人眼目。面對此一陰影，連帶影響宋人對於本朝詩歌走向的價值
判斷。

〔註46〕〔元〕方回：〈孫後近詩跋〉，收入吳文治主編《遼金元詩話全編》（南
　　　京：鳳凰出版社，2006 年 12 月），頁 974。

〔註47〕參見氏著：《宋代詩學中的晚唐觀》（臺北：文津出版社，1998 年 4
　　　月），頁 430。

　　黃奕珍在《宋代詩學中的晚唐觀》中，曾就時代的風尚來解釋方回看待唐、宋詩時的矛盾心理：

> 宋人從一開始，便對自己的創作分爲追蹤唐人之作以及屬於自身之創造者，宋代詩歌從來不以自身存在，而是在形成發展之時即以此一標準加以判定檢別的，更重要的是，合於唐詩者往往被認爲是較高的品級。這種態度在方回的論述中獲得更進一步的發展，方回尊崇以黃庭堅爲首的江西詩，但卻不敢直稱江西的優勝出自獨創，而必須將其置於盛唐嫡傳的架構中予以肯定。〔註48〕

從方回欲表彰江西詩風卻仍需輾轉自杜甫身上取得「正統性」，可以看出「宋人生唐後」的尷尬處境。其〈跋昭武黃瀠文卷〉云：

> 宋有天下三百餘年，能言之士飆雜麟襲，文有西漢風，詩如唐之盛時，則其人有數。〔註49〕

方回以「西漢風」作爲文之典範，以「盛唐時」作爲詩之極盛，但宋人在屋下架屋的情況下，終究矮人一截。而這種以「唐詩」作爲評量標準的論述，在方回詩評話語中層出不窮。

　　在宋詩史觀上，嚴羽〈詩辨〉曾有如下的概括：

> 國初之詩尚沿襲唐人，王黃州學白樂天，楊文公、劉中山學李商隱，盛文肅學韋蘇州，歐陽公學韓退之古詩，梅聖俞學唐人平澹處，至東坡、山谷始自出己意以爲詩，唐人之風變矣。山谷用工尤爲深刻，其後法席盛行海內，稱爲江西宗派。近世趙紫芝、翁靈舒輩獨喜賈島、姚合之詩，稍稍復就清苦之風，江湖詩人多效其體，一時自謂之唐宗，不知止入聲聞辟支之果，豈盛唐諸公大乘正法眼者哉。(〈詩辨〉五)

嚴氏對於宋詩的分期大抵畫分爲「國初之詩」、「東坡山谷」、「江西詩派」、「四靈派」及「江湖詩派」五個時期。而配合〈詩體〉中言論可

〔註48〕 同上註，頁434。

〔註49〕 〔元〕方回：〈跋昭武黃瀠文卷〉，收入吳文治主編《遼金元詩話全編》（南京：鳳凰出版社，2006年12月），頁966。

知：

> 本朝體（通前後而言之，元祐體蘇黃陳諸公），江西宗派體
> （山谷爲之宗）。（〈詩體〉二）

「東坡山谷」定義與「本朝體」有些重合，而「江西宗派」則專指以
黃庭堅爲學習典範的後代詩人。不過由於嚴羽全面貶斥宋詩，故並無
對宋詩各期有明確的價值評騭。

　　相對而言，方回對宋詩的發展認識就更爲完整。其〈孫後近詩跋〉
云：

> 近世之詩莫盛於慶曆、元祐，南渡猶有乾、淳。永嘉水心
> 葉氏忽取四靈、晚唐體，五言以姚合爲宗，七言以許渾爲
> 宗，江湖間無人能爲古選體，而盛唐之風遂衰、聚奎之跡
> 亦晚矣。〔註50〕

方氏以慶曆、元祐爲宋詩的盛時，而南宋盛世則在乾道、淳熙年間。
接著提到葉適對於四靈詩的推重，使得時風趨向晚唐，爾後江湖詩人
才力衰薄，以致盛唐風度盡衰。其中除了對南、北宋各有盛時的價值
判斷外，其對宋詩的重要流派的掌握，立場與嚴羽頗爲相近。

　　另外，方回在評翁續古〈道上人房老梅〉詩時云：

> 乾、淳以來，尤、楊、范、陸爲四大詩家，自是始降而爲
> 「江湖」之詩。葉水心適以文爲一時宗，自不工詩。而「永
> 嘉四靈」從其說，改學晚唐，詩宗賈島、姚合。凡島、合
> 同時漸染者，皆陰撏取摘用，驟名於時，而學之者不能有
> 所加，日益下矣。名曰厭傍「江西」籬落，而盛唐一步不
> 能少進。天下皆知「四靈」之爲晚唐，而鉅公亦或學之。
> 趙昌父、韓仲止、趙蹈中、趙南塘兄弟，此四人不爲晚唐，
> 而詩未嘗不佳。劉潛夫初亦學「四靈」，後乃稍變，務爲放
> 翁體，用近人事，組織太巧，亦傷太冗。同時有趙庚仲白，
> 亦可出入「四靈」小器。此近人詩之源流本末如此。〔註51〕

〔註50〕同上註：〈孫後近詩跋〉，頁974。

〔註51〕〔元〕方回：《瀛奎律髓・評翁續古〈道上人房老梅〉》卷之二十（上
　　　　海：上海古籍出版社，2005年4月），頁771。

對於南宋詩的概括亦甚爲精要，他以爲南宋四大家以下，起而代之的
是「江湖」詩派。而是派之所以成爲主流詩學，原因在於葉適對於永
嘉四靈的披助開始。四靈以姚、賈詩風一變江西，在方回眼裡，是盛
唐風度轉向晚唐衰頹之氣的關鍵。而後的江湖詩派，也係由晚唐路
數，故而格局不大。這段文字對於南宋詩壇幾個重要流派、詩人的特
色提點，可看出方回的宋詩史觀。

在〈送羅壽可詩序〉中，方回有更爲精細的宋詩分體認識。其文
曰：

> 詩學晚唐，不自四靈始。宋劃五代舊習，詩有白體、崑體、
> 晚唐體。白體如李文正、徐常侍昆仲、王元之、王漢謀。
> 崑體則有楊、劉《西崑集》傳世：二宋、張乖崖、錢僖公、
> 丁崖州皆是。晚唐體則九僧最逼眞，寇萊公、魯三交、林
> 和靖、魏仲先父子、潘逍遙、趙清獻之父，凡數十家，深
> 涵茂育，氣極勢盛。歐陽公出焉，一變爲李太白、韓昌黎
> 之詩，蘇子美二難相爲頡頏，梅聖俞則唐體之出類者也。
> 晚唐於是退舍。蘇長公踵歐陽公而起，王半山備衆體，精
> 絕句，古五言或三謝。獨黃雙井專尚少陵，秦晁莫窺其藩。
> 張文潛自然有唐風，別成一宗。惟呂居仁克肖。陳後山棄
> 所學，學雙井。黃致廣大，陳極精微，天下詩人北面矣。
> 立爲江西派之說者，詮取或不盡。然胡致堂詆之，乃後陳
> 簡齋、曾文清爲渡江之巨擘；乾淳以來，尤范楊陸蕭其尤
> 也；道學宗師，於書無所不通，於文無所不能，詩其事，
> 而高古清勁盡掃餘子，又有一朱文公。嘉定而降，稍厭江
> 西，永嘉四靈復爲九僧舊晚唐體，非始於此四人也，後生
> 晚進不知顛末，靡然宗之，涉其波而不究其源，日淺日下，
> 然尚有餘杭二趙、上饒二泉，典刑未泯，今學詩者不於三
> 千年間上泝下沿，窮探邃索，而徒追逐近世六七十年間之
> 所偏，非區區所知也。〔註52〕

〔註52〕〔元〕方回：〈送羅壽可詩序〉，《遼金元詩話全編》（南京：鳳凰出
版社，2006 年 12 月），頁 1009。

由上述評論看來，所有宋代著名詩家其風格皆是變唐而來。如：宋初
詩人以晚唐爲法，自歐陽脩學李白、韓愈，後蘇、梅二人師法唐體而
晚唐之風始退。爾後黃庭堅學杜甫，張耒有唐人之風，江西詩派則以
黃庭堅爲楷模，但其本仍是杜甫。之後的四靈詩派又復歸晚唐。所以
推而論之，宋人的成就幾乎都是建立在對唐人的襲擬之上。所以方回
在主觀上，雖然亟欲提振江西詩派的正統地位，但終究落入「唐優宋
劣」的框架，而欲振乏力。

　　不過相對於嚴羽對於江西詩派的全面否定，方回對於宋詩的肯定
與其主張相去甚遠。諸如評陳與義〈與大同登封州小閣〉詩云：

　　老杜詩爲唐詩之冠，黃陳詩爲宋詩之冠。黃陳學老杜者也。
　　嗣黃陳而恢張悲壯者，陳簡齋也。流動圓活者，呂居仁也。
　　清勁潔雅者，曾茶山也。七言律，他人皆不敢望此六公矣。
　　若五言律詩，則唐人之工者無數；宋人當以梅聖俞爲第一，
　　平淡而豐腴；捨是，則又有陳後山耳。此余選詩之條例，
　　所謂正法眼藏。〔註53〕

將杜甫、黃庭堅、陳師道等人拉上承繼的關係，分別以「唐詩之冠」、
「宋詩之冠」表彰其地位。而黃、陳之後則以陳與義、呂本中、曾幾
等人爲繼，至此勾勒出此六大詩人的詩統承繼關係。其間言及「恢張
悲壯」、「流動圓活」、「清巧潔雅」，在在流露出對於宋代詩家的仰慕之
情。其他論五律時以梅堯臣爲第一，好其平淡而豐腴的特色，後又以
陳師道爲取法對象。方回以「正法眼藏」喻之，表現出其對宋代詩人
的追步、肯定。這樣的評斷，在方回詩論中層出不窮，茲不一一列舉。

　　故而在宋詩史觀上，基於方回主張「一祖三宗」之說的緣故，仍
舊存在著與嚴羽相近「優唐劣宋」的看法。但嚴羽主張是外顯的、方
回則是隱伏於其詩論之中，在想要高揚宋詩地位之時，反而不自覺落
入此一框架之中。不過，身爲江西詩派的殿軍，方回對於江西派所代

〔註53〕〔元〕方回：《瀛奎律髓·評陳與義〈與大同登封州小閣〉》卷之二
　　　　（上海：上海古籍出版社，2005年4月），頁42。

表的宋詩所投注的熱情，以及對於宋詩的研究與發現，與嚴羽一味的貶抑、批評，自然是有所區隔。

（三）批評論

如前所述，對於宋詩的關注與投入，是方回與嚴羽詩觀的歧異之處。反映在批評論上，就表現出方氏對宋詩的認識與推重。其評陳簡齋〈清明詩〉云：

> 嗚呼！古今詩人當以老杜、山谷、後山、簡齋爲一祖三宗，餘可預配饗者有數焉！〔註54〕

將杜甫、黃庭堅、陳師道、陳與義，奉爲江西詩派的一祖三宗，而其餘古今詩人只可「配饗」。另外在，評陳簡齋〈道中寒食二首〉云：

> 予平生持所見：以老杜爲主，老杜同時諸人皆可伯仲。宋以後山谷一也，后山二也，簡齋爲三，呂居仁爲四，曾茶山爲五，其他與茶山伯仲亦有之。此詩之正派也。餘皆傍支別流，得斯文之一體者也。〔註55〕

除上述四人外，還加上呂本中、曾幾，宋詩的重要代表作家。所以對宋代詩人的成就是多所肯定的。相較於嚴羽除了以「議論」、「才學」、「文字」爲詩批評宋詩外，幾乎未對宋人作品有太多的評騭，所以對於宋詩的肯定，除了是方回詩史觀的展現外，也是其與嚴羽在具體評論時最大的差異之處。

不過，方回在具體批評上也有與嚴羽相近之處。首先表現在對詩僧的好尚上。嚴羽〈詩評〉曾云：

> 釋皎然之詩在唐諸僧之上，唐詩僧有法震、法照、無可、護國、靈一、清江、無本、齊己、貫休也。（〈詩評〉三十七）

對於詩僧作品嚴羽多所關心，並推崇釋皎然作品成就在唐代諸僧人之上。而方回集中，也有〈名僧詩話序〉一文，曾略爲敘述唐、宋文人與僧侶交遊雅事，表現出其對詩學、佛學溝通的看法。

〔註54〕同上註：《瀛奎律髓・評陳簡齋〈清明詩〉》卷之十六，頁591。
〔註55〕同上註：《瀛奎律髓・評陳簡齋〈道中寒食二首〉》卷之十六，頁591。

三代無佛，兩漢無佛，魏晉以來無，禪盛而至于唐，南北
宗分。北宗以樹以鏡譬心，而曰「時時勤佛拭，不使惹塵
埃。」南宗謂「本來無一物，自不惹塵埃。」高矣。後之
善爲詩者，皆祖此意，謂之翻案法。李杜、韓柳、歐王、
蘇黃，排佛好佛不同，而所與交遊，多名僧，尤多詩僧，
則同。許元度於支遁，陶淵明於惠遠，韋蘇州於皎然，劉
禹錫於靈澈，石曼卿於山東演，梅聖俞於達觀穎，張無盡
於甘露滅，張無垢於妙善果，極一時斤堊磁鐵之契，流風
至今。而朱文公道學宗師，亦於杏雨柳風之句，寓賞心焉。
此予名僧詩話之所以作也。〔註56〕

文中方回對禪宗的發展沿革，以及其所帶給文壇的影響，略有說明。
而後又指出禪門好用的幾種思惟方式在詩學領域中對詩人的啓迪，如
翻案法的使用即是一例。接著方回還以古往今來諸多詩家與名僧之間
的交誼爲例，勾勒文人與僧侶之間長期的溝通、交流傳統。僧侶、文
人之間詩歌往返應和的雅趣，自有其迷人的風采。

　　另外，嚴羽詩話形容詩之「興趣」時，有「羚羊挂角」之喻。方
回在評僧盧中〈贈栖禪上人〉詩云：

僧家寂靜，欲得如羚羊挂角，更無氣息。蓋此物閉氣而眠，
虎狼不能知其爲羊也。此以譬心，而入定之迹乃餘事耳。
禪於石上，而鹿來嗅，不知石之上有僧，此乃佳句。〔註57〕

以「羚羊挂角，更無氣息」來形容入定、入禪的境界。這與嚴羽對禪
門宗語的使用，指涉略有不同，但在超脫形跡、得魚忘筌的境界上卻
有相類之處。

　　在《瀛奎律髓・釋梵類》序言中，方回提到：

釋氏之熾於中國久矣。士大夫靡然從之，適其居，友其徒，
或樂其說，且深好之而研其所謂學，此一流也。詩家者流，

〔註56〕〔元〕方回：〈名僧詩話序〉，收入吳文治主編《遼金元詩話全編》（南
　　　　京：鳳凰出版社，2006 年 12 月），頁 948。
〔註57〕〔元〕方回：《瀛奎律髓・評僧盧中〈贈棲禪上人〉》卷之四十七（上
　　　　海：上海古籍出版社，2005 年 4 月），頁 1697。

又能精述其趣味之奧，使人玩之而不能釋，亦豈可謂無補
於身心者哉？凡寺、院、菴、寮題詠皆附此。〔註58〕

文中提到佛教傳入中國之後，廣爲士大夫喜好，故而多有文人與佛徒
相交遊。尤有甚者更研析內典，進行更深入的探究交流。而後方回以
爲，詩歌之作若能述其趣味，具有反覆玩味的涵泳餘韻，對於「身心」
發展也有正面作用。所以釋門以及詩道，皆有值得吾人再三咀嚼之
處。吾人從《瀛奎律髓》特闢「釋梵」一類也可看出方回對於佛門僧
侶的敬重、友善。

三、小　結

方回《瀛奎律髓》的價值主要在於對宋詩發展過程的梳理上，不
過受到「一祖三宗」說以杜甫爲宗主的影響下，本來極欲扭轉「揚唐
抑宋」的風氣，反而又落入其邏輯的誤區之中。所以方回學唐的目的
是爲了變唐，爲了彰顯宋詩自身的價值，雖然有其歷史意義，但其自
身理論的矛盾，昭示著其無法挽宗唐狂瀾於既倒的命運。

透過上文的討論，可以發現方回在創作論上，受晚唐著意於字、
句經營的風氣以及江西詩學尚法意識的影響，所以在形式、技巧、句
法、字法之上皆討論得較爲繁複、細密。不過在宏觀的態度上，如看
待學問、詩法的關係時，方回也有與嚴羽有相近的見解。例如嚴、方
二人都認爲詩歌不僅是學力的堆砌，也都主張博觀約取、培養識見的
必要性，也都強調有法進而無法的高妙境界，而這些主張都與嚴羽詩
觀十分相近。

另外在詩史論上，可以發現方回對於嚴羽五唐說的補充。譬如對
於「初唐」特質的細緻分析，或是對「中唐」時期專名的提出，都在
唐詩研究史上有著極大的意義。當然對於宋詩價值的肯定，也使方回
對宋詩發展沿革有著更爲清晰的脈胳。

最後在批評論上，對宋代詩人的推崇，實爲方回對嚴羽「揚唐抑

〔註58〕同上註：《瀛奎律髓・釋梵類》卷之四十七，頁 1620。

宋」立場的修正與調整。而在評詩立場方面，嚴、方二人對於僧人詩作都投以相當的關注，態度亦頗爲友善。另外，在術語的使用上，兩人也都同有借鑑禪學之處。

　　除卻這些詩學主張的聯繫，方回〈詩人玉屑考〉謂嚴羽「爲詩不甚佳」一句在嚴羽詩論接受史上更是值得注意的關鍵。如前章所敘，嚴羽詩論之所以未獲宋末時人的重視，或與其終身未仕以及其生平活動範圍侷限於閩浙一帶有關。方回對於嚴氏的詩學理論的批評，可以從對嚴羽詩歌創作的評價看出，而此一論斷，或可作爲吾人了解嚴氏詩論不受時人重視的一個主要因素。

第三節　辛文房對嚴羽詩論的接受

一、辛文房及其《唐才子傳》

（一）辛文房生平

　　辛文房，字良史，元代前期西域人，生卒年不詳。關於其生平，元史無傳，其他史籍資料也無明確的記載，不過我們仍可從元明時人的詩詞、序跋、筆記，追繹其生平事蹟。

　　在元人陸友（約 1335 年前後在世）的《研北雜志》卷下，曾提及與辛文房同時並稱的幾位詩人：

> 王伯益，名執謙……同時有辛文房良史，西域人；楊載仲
> 宏，浦城人；盧垣彥威，大梁人，並稱能詩。〔註59〕

與辛氏並稱能詩者，有王伯益、楊載、盧垣等人，其中楊載最負詩名，列名元詩四大家之一。吾人若聯繫楊氏之生卒年，就可大體推估辛文房的生活年代。楊載生於至元八年（1271）卒於至治三年（1323），所以辛氏應屬於元代前期時人。

〔註59〕〔元〕陸友：《研北雜志》卷下，收入《唐才子傳校正·附錄》（臺北：文津出版社，1988 年 3 月），頁 333～334。

　　另外在《唐才子傳·引》中，辛氏曾自謂「異方之士，弱冠斐然，狃於見聞，豈所能盡」，說明他年輕時就頗有文采，且有志於著述。其中，「弱冠」一詞說明辛氏寫作此書時大約只有二十來歲。而〈引〉文中曾註明此書成於元成宗大德甲辰春，也就是西元1304年，所以回推辛氏「弱冠」之謂的二十年後，辛氏出生之年大抵在西元1284年。

　　至於辛文房一生是否曾任官職？元人張雨（1277～1348）在《句曲外史貞居先生詩集》卷四曾有〈元日霽早朝大明宮和辛良史省郎二十二韻〉〔註60〕一詩與辛文房唱和。由張氏詩題中出現「辛良史省郎」一詞，可知辛氏曾任省郎一職。在該詩之中有「歲開環甲紀」之句，吾人翻檢元代年表可以發現，泰定元年（1324）即為甲子年，配合上述辛氏生年的推算，文房在朝任「省郎」職時，年約四十歲。

　　另外元人貢奎（1269～1329）曾有〈送良史〉詩一首，詩下有注：「（文房）西域人，嘗學于江南，陈翰林編修，今省歸豫章。」〔註61〕由此可知辛氏曾於江南求學，而後曾任「翰林編修」一職。而從「今省歸豫章」一句，可知辛氏長上定居於江西，才會有「省親」一事。由此可知，辛氏一族於元代初期應已移居江南一帶，配合他求學、遊歷以及對唐詩研究的用心，更可推想其對中華文化的服膺及漢化之深。

　　在了解辛文房生平之後，其文學造詣也是值得吾人探詢的重點之一。與辛氏同期的詩人馬祖常（1279～1338），曾作〈辛良史披沙詩集〉詩一首。詩云：

　　　未可披沙揀，黃金抵自多。悠悠今古意，落落短長歌。秋塞鳴霜鎧，春房剪畫羅。吟邊變餘髮，蕭颯是陰何。〔註62〕

〔註60〕〔元〕張雨：〈元日霽早朝大明宮和辛良史省郎二十二韻〉，《句曲外史貞居先生詩集》卷四，收入《唐才子傳校正·附錄》（臺北：文津出版社，1988年3月），頁342。

〔註61〕〔元〕貢奎：《貢文靖公雲林詩集》卷一（北京：書目文獻出版社，北京圖書館古籍珍本叢刊本），頁14～15。

〔註62〕〔元〕馬祖常《石田先文集·辛良史披沙詩集》卷二：「才設中廷燎，俄看雪霰飄。歲開環甲紀，星動指寅杓。……」，收入《唐才子傳校正·附錄》（臺北：文津出版社，1988年3月），頁343。

可知辛文房曾有詩集，名曰《披沙集》。「披沙」一詞，典出鍾嶸《詩品》，鍾氏曾以「披沙揀金，往往見寶」評陸機詩作，辛氏以此爲詩集名，實有喻己詩作爲「沙」，期許能有少數作品能如「金」般綻放耀眼光釆而自勵，可知其自謙之甚。而配合馬祖常「未可披沙揀，黃金抵自多」的詩句，除可補充說明《披沙集》的命名的由來，還可看出馬氏對文房詩作的大力推崇，可惜今集已亡佚。不過從「悠悠今古意，落落短長歌」、「秋塞鳴霜鎧，春房剪畫羅」等句，可以推想辛氏詩集不僅有爽健豪邁之作，也有溫柔綺旎的篇章，風格頗爲多元。但從「蕭颯是陰何」一句，將辛氏比於南朝詩人陰鏗、何遜，其詩風應以清麗婉約見長。

　　辛文房今存詩兩首，收錄於蘇天爵《國朝文類》之中。〔註63〕

（二）《唐才子傳》的編纂緣起及體例

　　關於《唐才子傳》的創作緣起，吾人可從〈唐才子傳引〉中知其梗概。辛文房說：

> 唐興尚文，衣冠兼化，無慮不可勝計。擅美於詩，當復千
> 家。歲月苒苒，遷逝淪落，亦且多矣。況乃浮沉畏途，黽
> 勉卑宦，存沒相半，不亦難乎！崇事奕葉，苦思積年，心
> 神遊穹厚之倪，耳目及晏曠之際，幸成著述，更或凋零，
> 兵火相仍，名逮於此，談何容易哉！〔註64〕

辛氏以爲唐代文學風氣興盛，擅美於詩者，有千家之數。然而這些值得推重的名家前賢，或因沉淪下僚、未獲重視，或因兵燹之禍，導致作品湮沒，在時間的長流中紛紛遷逝淪落，甚至杳然無跡。面對時代、環境的興變，以至唐人詩集散佚、亡失的情形，辛氏深感喟嘆。不過也正因爲這股推許、嚮往唐風的歷史意識，成就了辛文房爲這些名氏

〔註63〕〔元〕辛文房：〈蘇小小歌〉、〈清明日游太傅林亭〉，收入《唐才子傳校正·附錄》（臺北：文津出版社，1988年3月），頁342。

〔註64〕〔元〕辛文房著，傅璇琮主編：《唐才子傳校箋·引》第一冊，卷第一（北京：中華書局，2000年2月），頁1。

尚存的唐人才子作傳的決心。〈引〉文接著寫道：

> 余邈想高情，身服斯道，究其梗概行藏，散見錯出，使覽於
> 述作，尚昧音容，洽彼姓名，未辨機軸，嘗切病之。〔註65〕

辛氏以「邈想高情」、「身服斯道」再次強調對唐人的響往，這股熱情
最終落實於對唐人才子的行藏考繹，促成了此書的創作。〈引〉文又
說：

> 頃以端居多暇，害事都捐，遊目簡編，宅心史集，或求詳
> 累帙，因備先傳，撰擬成篇，斑斑有據，以悉全時之盛，
> 用成一家之言，各冠以時，定爲先後，遠陪公議，誰得而
> 誣也。〔註66〕

此時辛氏年方二十，尚未入朝爲官，所以「端居多暇」。在這樣的背
景下，就有空「遊目簡編、宅心史集」的時間。爾後，在辛氏努力蒐
集資料，汰擇、考證之後，終於完成了「斑斑有據」、足以成「一家
之言」的《唐才子傳》。

至於是書立傳的對象，超越了一般傳記的編寫模式：

> 如方外高格，逃名散人，上漢仙侶，幽閨綺思，雖多微考
> 實，故別總論之。天下英奇，所見略似，人心相去，苦亦
> 不多。至若觸事興懷，隨附篇末。〔註67〕

不論是「方外高格」、「逃名散人」、「上漢仙侶」、「幽閨綺思」等，一
般所謂名不見經傳的詩人，辛氏也一併以「才子」目之，其視野之開
闊，前所未有。

而「觸事興懷，隨附篇末」，則是說明是書體例，在傳文之後附
有自己對該詩人評論的見解。所以說此書係以「傳」、「論」結合的方
式進行寫作，而這一體製，也是中國古典文學批評形式中的一種創舉。

最後辛文房自謙道：

> 異方之士，弱冠斐然，狃於見聞，豈所能盡。敢倡斯盟，

〔註65〕同上註，頁2。
〔註66〕同上註，頁2。
〔註67〕同上註，頁2。

尚賴同志相與廣焉。庶乎作九京於長夢，詠一代之清風。

後來奮飛可畏，相激百世之下，猶期賞音也。〔註68〕

文中頗有拋磚引玉之意，希望有志一同者能在唐代詩人傳記的領域繼續深耕，讓此一園地更爲完善、成果更爲茂實。使百世之後者，也能成爲唐詩賞音者，能「詠一代之清風」。

文末則交代是書的體例編制：

傳成凡二百七十八篇，因而附錄不泯者又一百二十家，釐爲十卷，名以《唐才子傳》云。〔註69〕

可知是書共十卷，立傳者二百七十八人，附見者一百二十人，總計評述初唐至五代詩家凡三百九十八人。是書的付梓，成爲宋代計有功《唐詩紀事》之後，最完備的唐詩傳記資料著作。

紀昀《四庫全書總目提要》評曰：

是書原本凡十卷，總三百九十有七人（實爲三百九十八人），下至妓女、女道士之類，亦皆載入。其見於新、舊《唐書》者，僅百人，餘皆從傳記說部各書採輯。其體例因詩繫人，故有唐名人非卓有詩名者不錄。即所載之人，亦多詳其逸事，及著作之傳否，而於功業行誼，則祇撮其梗概。蓋以論文爲主，不以記事爲主也。〔註70〕

提要以爲辛氏是書立傳對象廣泛是其特色之一。其次，在傳主資料的蒐羅、考釋上，係參考傳記說部各書而來，用功頗深。再者，提要以「因詩繫人」爲是書編纂的原則，此在說明此書入傳者，都是著眼於其文采、詩名。此一原則連帶影響到書中行文，不以功業行誼爲重點，而是側重於詩人的詩歌成就。可謂是「以論文爲主，不以記事爲主」。由此可知，《唐才子傳》的撰寫，在於因人品詩，重點在標其詩格，而不在考敘行跡。故其於詩學史上的價值，更是吾

〔註68〕同上註，頁2。

〔註69〕同上註，頁2。

〔註70〕〔清〕紀昀：《四庫全書總目提要‧史部七‧傳記類‧唐才子傳》收入《唐才子傳校正‧附錄》（臺北：文津出版社，1988年3月），頁334。

人需留心、考辨之處。

二、《唐才子傳》對《滄浪詩話》的接受

如前所述，「傳」、「論」結合係為《唐才子傳》的體例特色。在
「傳」的部分，辛文房係以正史為主，雜史、說部為輔，廣泛蒐集相
關史籍資料，以還原詩人行跡。在「論」的部分，則承繼前人主張，
鎔裁出屬於自己的詩學觀點。張紅在〈《唐才子傳》的唐詩觀念及其
美學思想〉一文中表示：

> 統觀全書（《唐才子傳》），辛文房吸取前賢之說，整理條
> 貫，加以融會貫通，並出以己見，成一家之言。其借鑒唐
> 宋史書、詩選、詩話、筆記的材料，對唐詩的發展、流變
> 和特點作了清晰的描述，形成自己的唐詩史觀；同時對唐
> 代詩人、詩派、詩風作了較細致的品評、分析，形成了自
> 己的詩學主張。其中借鑒、引用前人論述處頗多，看似缺
> 少創造性，但取捨、排比、綜合之間，自有手眼。〔註71〕

吾人若仔細紬繹《唐才子傳》中的詩論主張，可以發現辛文房的詩論
主張與前人有著緜密的承繼關係。如殷璠在《河嶽英靈集》中的論詩
評語，幾乎都為辛氏採納。而另一唐詩選本高仲武的《中興間氣集》，
其中有關唐代詩人的評論，《唐才子傳》也多有借鑑。所以，前人所
編的唐詩選本，可謂為辛文房編纂《唐才子傳》時的重要參考資料。
除此之外，正史中〈文藝（苑）〉傳的詩論主張，也是《唐才子傳》
借鑑的重要依據。當然，專以論詩的詩話、詩評，辛文房自然也不能
錯過，諸如歐陽修的《六一詩話》、敖陶孫的《臞翁詩評》、嚴羽的《滄
浪詩話》，都是辛文房甚為推重的批評論著。在《唐才子傳》中，都
可看到與之類似的詩學主張。所以，廣泛地吸收前人對唐詩的研究成
果，是《唐才子傳》的重要成就之一。

在諸多詩話作品之中，《滄浪詩話》對《唐才子傳》的影響最為

〔註71〕參見氏著：〈《唐才子傳》的唐詩觀念及其美學思想〉，《湖南大學學
報》社會科學版（第 18 卷 3 期，2004 年 5 月），頁 41。

可觀。就今日的詩學體系、方法分析，辛文房接受嚴羽詩論觀點處，大抵在本體論、創作論、批評論以及詩史論等方面。筆者將於下文分項討論。

（一）本體論

辛文房在《唐才子傳・引》中說道：

> 夫詩所以動天地，感鬼神，厚人倫，移風俗也。發乎其情，止乎禮義，非苟尚辭而已。

由此可知，「發乎其情」是《唐才子傳》詩論的本質認識，與嚴羽同以詩者「吟詠情性」爲本原。〈詩辨〉云：

> 詩者，吟詠情性也。盛唐諸人惟在興趣，羚羊掛角無跡可求。故其妙處透徹玲瓏不可湊泊，如空中之音、相中之色、水中之月、鏡中之象，言有盡而意無窮。（〈詩辨〉五）

不過，在「情性」的定義上，嚴羽強調的是「自然」、「本眞」之情，與個體才性氣質、情緒、情感較有關係。而且嚴羽隨後附上「興趣」的規範，意即詩歌所體現的應是一種妙處玲瓏、不可湊泊的空靈境界，具有言有盡而意無窮的審美韻味。

而在《唐才子傳》中，「情性」雖也是詩歌本質的主要元素，但辛氏基本上是祖述〈毛詩序〉以降的詩教傳統，從「人倫之廢」、「刑政之苛」所產生的社會的、群體的心態出發，以「發乎情」、「止乎禮義」作爲倫理規範。所以詩歌除了是抒發一己之情、表現自我情感的載體之外，還必須接受道德禮義的檢驗。由此可知，在詩道性情的本體論中，辛文房引入了儒家教化的觀念，作爲詩歌本質的依歸。所以詩歌雖然擁有「動天地」、「感鬼神」的感性力量，但更值得強調卻是落實於「厚人倫」、「移風俗」的教化作用。

嚴、辛二人對於詩歌的認識同在「情性」的根柢上，增益了不同的附加要件，這樣的歧異，與其所在的時代背景息息相關。嚴羽生於南宋中後期，在面對江西後學唯務模擬，與理學派詩歌以理入詩的風氣下，嚴氏不得不大聲疾呼，要求時人重視詩歌原應具備的情性與審美質

素。但嚴氏的主張在當時未獲重視，所以宋末主導詩壇的風尚，還是以四靈、江湖的纖弱詩風為主流。降及元代，蒙人馬上得天下，對於漢文化的重視不若前朝；加上種族歧視制度的推波助瀾，傳統儒家思想不復宋時昌熾。在亡國之後，文人顯然有更深層的憂慮，所以對於是時文人而言，振興傳統文化，就成了救亡圖存的當務之急。因此有元一代，追復儒家詩學傳統成了文壇的主要旋律。如前所述，辛氏雖籍屬西域，但對於漢文化的追慕可從其簡略的生平行跡中推敲而知。在時風的影響之下，辛氏重新回歸漢儒論詩的傳統，尋找立論的根基。

此外辛氏論詩也頗為重視詩歌中的文采，在《唐才子傳・引》中曾有「詩，文而音者也」〔註72〕之說。不過如同前揭引文所言，詩「非苟尚辭而已」，其在定義「文而成音」之時，仍舊以詩之內容、情性作為主要的觀察點，再適度的「文」采點染之下，成為值得賞讀且符合儒家教化思想價值的詩歌。

這樣的本體認識也具落實在辛文房的詩歌批評之上。辛氏曾讚許聶夷中：

> 古樂府尤得體，皆警省之辭，裨補政治，樂而不淫，哀而不傷，正國風之義也。〔註73〕

文中所謂「裨補政治」、「樂而不淫」、「哀而不傷」顯然才是辛氏關注的重點。由此看來，辛文房的詩歌本體論述，除了強調情感表現之外，更多是偏重於實用主義一端。同樣的觀點，在評論晚唐詩人唐備時也表露無遺。辛文房云：

> 工古詩，多極諷刺，頗干教化，非浮艷輕斐之作。〔註74〕

「頗干教化」、「非浮艷輕斐之作」等語都表明了在「文」、「質」兩端之間，對於詩之「質」，也就是內容上的教化要求要遠勝於詞藻。徒飾文藻之作、無關教化之作，可能都會面臨被辛氏指斥為「浮艷輕斐」

〔註72〕〔元〕辛文房著，傅璇琮主編：《唐才子傳校箋・引》第一冊，卷第一（北京：中華書局，2000年2月），頁1。

〔註73〕同上註：《唐才子傳校箋・聶夷中》第四冊，卷第九，頁12。

〔註74〕同上註：《唐才子傳校箋・唐備》第四冊，卷第九，頁248。

的命運。

　　若再聯繫辛氏對於劉叉的評論時，更可加強吾人對其詩歌本體觀的理解。辛文房評劉叉云：

　　　　工爲歌詩，酷好盧仝、孟郊之體，造語幽寒，議論多出於
　　　　正。〔註75〕

對於劉氏好尙盧仝、孟郊之體，給予「造語幽寒」的評價，並不特別肯定。但後面補上「多出於正」一句，就表現出辛文房對於劉叉詩作價值認定的重點所在。此一「正」字，代表的是儒家教化詩學的強大規範力量。無論辭藻、技巧如何的精巧、新變，倘若不出於「正」，其價值就不得肯定。所以劉叉詩作，在學習進路上雖以盧仝、孟郊幽寒詩風爲依歸，但他尙能掌握儒家正確識見的道德原則，故有值得後人效法之處。

　　值此，吾人再重新檢視《唐才子傳・引》，其中有：

　　　　魏帝著《論》，稱「文章經國之大業，不朽之盛事，年壽有
　　　　時而盡，未若文章之無窮」。〔註76〕

其中「經國之大業，不朽之盛事」云云，雖然是轉引自曹丕《典論・論文》而來，但辛氏以之作爲《唐才子傳》開宗明義的立論根基，其論述就不能不受其影響。而視文章爲「經國之大業」，實也限定了詩歌必須起著干預教化的實用功能。

　　以此觀之，嚴羽、辛文房二人雖皆認同「詩本性情」的觀點，但相較於嚴氏詩論側重個人情感、重視審美體驗的傾向，辛文房受到「裨補政治」、「移風易俗」的儒家詩學影響，顯然較嚴羽要來得多。

（二）創作論

　　在創作論的討論範疇中，嚴羽曾說：

　　　　大抵禪道惟在妙悟，詩道亦在妙悟，且孟襄陽學力下韓退
　　　　之遠甚、而其詩獨出退之之上者，一味妙悟而已。惟悟乃

〔註75〕同上註：《唐才子傳校箋・劉叉》第二冊，卷第五，頁278。
〔註76〕同上註：《唐才子傳校箋・引》第一冊，卷第一，頁1。

爲當行，乃爲本色。(〈詩辨〉四)

似乎有重「才」、重「悟」的傾向，而以「學力」勝的韓愈，反倒因「悟」性的貧乏而遠遜於孟浩然。〈詩辨〉中接著又說：

> 夫詩有別材，非關書也；詩有別趣，非關理也。然非多讀書、多窮理，則不能極其至。(〈詩辨〉五)

嚴氏此番非關「書」、「理」的主張，歷來頗受爭議，尤其在明、清兩代，甚至成爲時人爭論的話頭。尤其在有心人士的刻意曲解下，將「非關書也」置換爲「非關學也」，使之成爲尚「學」者攻擊的話柄。平心而論，嚴羽此言並非要學詩者不必讀書，而是要人不受書本知識所侷限、不爲文字所役，並以追求屬於詩歌自身的「別趣」爲目標。在「書」、「才」二維之間，嚴羽其實還是主張要多讀書、窮理，才能累積足夠的知識，並在熟讀、熟參的歷練過程中，等待靈光一閃的瞬間，創作出無跡可求的空靈詩作。此一「重才不輕學」的觀念，也出現在《唐才子傳》中。〈薛逢〉傳：

> 逢天資本高，學力亦贍，故不甚苦思，而自有豪逸之態，第長短皆率然而成，未免失淺露俗。蓋亦當時所尚，非離群絕俗之詣也。〔註77〕

辛文房以薛逢爲例，以爲薛氏雖有天資、學力，但還未經涵養、鍛煉，所以詩章「率然而成」未經斟酌，落得「失淺露俗」、蘊藉不足的評價。不過辛氏也指出，這個失淺露俗的情況，是受晚唐時風所囿，時代環境對於詩人的影響仍舊很大。

對於另一位晚唐詩人李賀，辛氏〈傳〉云：

> 賀天才俊拔，弱冠而有極名。天奪之速，豈吝也耶？若少假行年，涵養盛德，觀其才，不在古人之下矣。今茲惜哉！〔註78〕

「若少假行年」、「涵養盛德」，強調的仍是一種積累的工夫。辛氏以爲詩歌創作除了才學之外，還需要涵養之功，否則難以成其厚。所以，

〔註77〕同上註：《唐才子傳校箋·薛逢》第三冊，卷第七，頁295。
〔註78〕同上註：《唐才子傳校箋·李賀》第二冊，卷第五，頁294。

空有其才而未濟以學仍舊無法自成一家。從辛氏對於李賀的嘆惋，可以了解其對詩人內在德性學養的看重。

嚴羽論詩強調熟讀、熟參，於此又強調讀書、窮理，所欲揭示的是一條重視積累涵養的創作門徑。嚴氏以為在時間的淬礪之下，方能磨洗出詩人最耀眼的光澤。同樣的，辛文房論詩亦看重「涵養」工夫，不過其論述仍舊帶有儒家詩學的色彩，所謂「盛德」即與道德修養有關，辛氏以為唯有厚實的德性作基礎，才可能創造出文質兼備的詩篇。相對於嚴羽論詩並不將道德涵養納入討論，可以發現二人在創作論的主張上，雖皆主積累、尚涵養，但對內在情性的規範，辛氏則多了道德層面的關懷。

另外，在詩歌創作「立題」上，兩人也有相近的意見。嚴羽在〈詩評〉中曾說：

> 唐人命題言語亦自不同，雜古人之集而觀之，不必見詩，望其題引而知其為唐人今人矣。（〈詩評〉六）

嚴氏以為「命題」也是唐人超邁今之作者的重點之一，因為唐人在詩歌「命題」時，大多自具手眼。其立題之巧妙，使人不必親見全詩，單就題目就與他朝詩人有別。

而《唐才子傳・獨孤及》傳中也有討論到詩歌命題的文字：

> 逮元和以下，佳題尚罕，況於詩乎！立題乃詩家切要，貴在卓絕清新，言簡而意足，句之所到，題必盡之，中無失節，外無餘語。〔註79〕

是處辛文房也強調命題的重要性，故云：「立題乃詩家切要」。但辛氏除了與嚴羽一樣看重命題外，還給了「立題」較為明確的規範要求，如「貴在卓絕清新，言簡而意足」在說明命題要符合簡單、扼要，而且要達到用語清新等目標。而後所謂「句之所到，題必盡之」、「中無失節，外無餘語」則是強調詩名應具備概括性、簡單化、符合節度等要素。故辛文房在承繼嚴羽的立題概念後，又自覺地加以

〔註79〕同上註：《唐才子傳校箋・獨孤及》第一冊，卷第三，頁586。

敷衍補充。

（三）批評論

在批評論方面，辛文房對於嚴羽詩論的借鑑，首先在於批評術語的使用上。

1. 詩學術語

眾所周知，嚴羽論詩以「興趣」爲先，羚羊掛角、無跡可求、鏡花水月之喻深植後人心中。這種超於言象、不可湊泊的境界，予人一種獨特的審美感受和體驗。

辛文房論詩，亦重「興趣」。如卷第一〈張子容〉傳，謂子容詩：

> 興趣高遠，脫去凡近。當時哲匠，咸稱道焉。〔註80〕

卷第三〈張志和〉傳謂：

> 自撰漁歌，便復畫之。興趣高遠，人不能及。〔註81〕

卷第五〈姚系〉傳則謂：

> （姚系）與林棲谷隱之士往還酬酢，興趣超然。〔註82〕

最後在卷第八〈于武陵〉傳謂于詩：

> 詩多五言，興趣飄逸多感，每終篇一意，策名當時。〔註83〕

這些「興趣高遠」、「興趣超然」、「興趣飄逸」的評價，無論在觀念、術語的承繼，皆本之嚴羽。這足以窺見《滄浪詩話》對《唐才子傳》在批評論上的影響。

除此之外，在《唐才子傳》中辛文房甚爲廣泛地以「趣」品評詩人詩作，如「志趣」、「丘壑之趣」之謂，將作爲詩論審美範疇的「趣」，切實地運用到詩歌批評實踐之中。

另外，在論評詩作時，則又從「興趣」的生發著手，充分地表現出他對詩人志趣與詩作興味及意趣的認識與重視，並由此體現其對唐

〔註80〕同上註：《唐才子傳校箋‧張子容》第一冊，卷一，頁161。
〔註81〕同上註：《唐才子傳校箋‧張志和》第一冊，卷第三，頁695。
〔註82〕同上註：《唐才子傳校箋‧姚係》第二冊，卷第五，頁366。
〔註83〕同上註：《唐才子傳校箋‧于武陵》第三冊，卷第八，頁428。

人詩作的推尙。

　　不過相較而言，嚴羽使用「興趣」一詞，係專指「盛唐」時人的某種詩歌美感特質。但在辛文房手中，已不限時代，更廣泛的應用於唐代各期詩人的詩風評價之上。如姚系已入中唐，于武陵更是晚唐時人，故「興趣」一詞已成爲詩歌美感的一種質素，而非僅爲「盛唐」詩專有。

2. 批評方法

　　其次，在批評方法上，《唐才子傳》對《滄浪詩話》也有借鑑之處。

　　嚴羽曾說「論詩如論禪」，又說「以禪喻詩莫此親切」，其他如重「識」、尙「悟」，或者以禪門宗派的判教觀念，借爲談詩論藝的話頭。這也使得「以禪喻詩」成爲《滄浪詩話》最鮮明的論詩特色。

　　在《唐才子傳》中，也曾出現有關詩、禪問題的論述。卷第八〈周繇〉傳云：

> （周繇）家貧，生理索寞，只苦篇韻，俯有思，仰有詠，深造閫域，時號爲詩禪。〔註84〕

此處指出周繇在當時，曾有「詩禪」之譽。而〈傳〉後，辛文房給予周繇具體評價時曰：

> 嘗謂禪家者流，論有大小乘，有邪正法；要能具正法眼，方爲第一義，出有無間。若聲聞、辟支、四果，已非正也，況又墮野狐外道鬼窟中乎！言詩亦然。宗派或殊，風義必合。品則有神妙，體則有古今，才則有聖風，時則有取舍。〔註85〕

此段文字頗近於《滄浪詩話・詩辨》：

> 禪家者流，乘有小大，宗有南北，道有邪正。學者須從最上乘、具正法眼悟第一義，若小乘禪聲聞辟支果，皆非正也。論詩如論禪，漢魏晉與盛唐之詩則第一義也；大曆以還之詩則小乘禪也；已落第二義矣；晚唐之詩則聲聞辟支

〔註84〕同上註，頁 537。
〔註85〕同上註：《唐才子傳校箋・周繇》第三冊，卷第八，頁 538。

> 果也。學漢魏晉與盛唐詩者，臨濟下也；學大曆以還之詩
> 者，曹洞下也。（〈詩辨〉四）

兩相對勘可以發現，在術語使用上，諸如「正法眼」、「第一義」、「聲聞」、「辟支」、「野狐外道」〔註86〕之謂，皆見於《滄浪詩話》，而以禪門宗派品騭詩之高下，更是在批評方法上對嚴羽論評的借鑑。

〈周繇〉傳又云：

> 自魏晉以降，遞至盛唐，大曆、元和以下，逮晚年，考其
> 時變，商其格製，其邪正了然在目，不能隱也。經云：過
> 而不能改，是謂過矣。悟門洞開，慧燈深照，頓漸之境，
> 各天所賦。觀於時以詩禪許周繇，為不入於邪見，能致思
> 於妙品，固知其衣冠於裸人之國，昔謂學詩如學仙，此之
> 類歟。〔註87〕

其中「邪正了然在目」的觀念，亦與前引《滄浪詩話》同出一轍。這種強調對前人詩作的博學、廣參，所培養出的辨體「識」見，是嚴羽詩論的重要主張。從引文得知，辛文房顯然是服膺其說的。另外，引文中還出現「盛唐」、「大曆、元和」、「晚年」的三唐分期說，在世次的選定上也是受嚴羽啟發而來。至於「悟門洞開，慧燈深照」也是由嚴羽「大抵禪道惟在妙悟，詩道亦在妙悟」〔註88〕引申而來。其他如「考其時變，商其格製，其邪正了然在目，不能隱也。」也與嚴羽討論「熟參」、入「識」的工夫論相近：

> 試取漢魏之詩而熟參之，次取晉宋之詩而熟參之，次取南北
> 朝之詩而熟參之，次取沈宋王楊盧駱陳拾遺之詩而熟參之，
> 次取開元天寶諸家之詩而熟參之，次獨取李杜二公之詩而熟
> 參之，又盡取晚唐諸家之詩而熟參之，又取本朝蘇黃以下諸
> 家之詩而熟參之，其真是非自有不能隱者。（〈詩辨〉四）

〔註86〕〔宋〕嚴羽：《滄浪詩話‧詩評》七，也有「晚唐之下者亦隨野狐外道鬼窟中」之語。

〔註87〕〔元〕辛文房著，傅璇琮主編：《唐才子傳校箋‧周繇》第三冊，卷第八（北京：中華書局，2000年2月），頁538～539。

〔註88〕〔宋〕嚴羽：《滄浪詩話‧詩辨》四。

其之所以「自有不能隱」者，是築基於眞積力久的涵泳、參究工夫上，只是辛文房更強調詩的時變、體製罷。

　　所以嚴羽「以禪喻詩」的批評方法，借用禪家語彙和思維方式進行詩學觀念的說解，在辛文房身上也獲得承繼、發揚。不過，嚴羽以禪喻詩的觀念貫串全書體脈，而在《唐才子傳》提及此觀念處並不普遍，故其比重仍存有輕重之別。

3. 詩人批評

　　在具體的詩人批評上，辛文房對嚴羽的品評意見頗爲推服，故多所採納、化用。如《滄浪詩話‧詩評》曰：「高、岑之詩悲壯，讀之使人感慨」，〔註89〕在《唐才子傳》〈岑參〉傳中云：

> 博覽史籍，尤工綴文，屬詞清尚，用心良苦。詩調尤高，
> 唐興罕見此作。放情山水，故常懷逸念，奇造幽致，所得
> 往往超拔孤秀，度越常情，與高適風骨頗同，讀之令人慷
> 慨懷感，每篇絕筆人輒傳味。〔註90〕

辛氏所謂的「慷慨懷感」，顯然襲自「使人感慨」而來。當然，《唐才子傳》撰寫的目的在於勾勒詩人完整的行藏、並予以評價，故辛文房對於詩人的贊論，自然較嚴羽要完整得多。

　　其次，《滄浪詩話‧詩評》有「冷朝陽在大曆才子中爲最下」〔註91〕之評。辛氏《唐才子傳‧冷朝陽》傳也說：

> 朝陽工詩，在大曆諸才子，法度稍弱，字韻清越不減也。
> 〔註92〕

嚴羽對於冷朝陽是逕予「在大曆才子中爲最下」的評價，而未予說明。辛文房則是從「法度」、「字韻」兩個層次給予批評。辛氏雖也

〔註89〕同上註：《滄浪詩話‧詩評》三十。

〔註90〕〔元〕辛文房著，傅璇琮主編：《唐才子傳校箋‧高適》第一冊，卷
　　　　第三（北京：中華書局，2000年2月），頁443。

〔註91〕〔宋〕嚴羽：《滄浪詩話‧詩評》十八。

〔註92〕〔元〕辛文房著，傅璇琮主編：《唐才子傳校箋‧冷朝陽》第二冊，
　　　　卷第四（北京：中華書局，2000年2月），頁108。

批評冷氏在大曆才子中是法度較弱者，卻也肯定其詩字韻清越，故其詩仍有可觀之處。於此或可發現，表述詩評意見的態度上，辛文房不似嚴羽好以斬釘截鐵的口吻立說，而是以較為平和、寬容的態度看待這些前輩詩人。

再者，論及柳宗元時，辛文房說：

> 司空圖論之曰：「梅止於酸，鹽止於鹹，飲食不可無，而其美常在酸鹹之外。」可以一唱而三歎也。子厚詩在陶淵明下，韋應物上。退之豪放奇險則過之，而溫屬靖深不及也。〔註93〕

其中，「子厚詩在陶淵明下，韋應物上」，直取自嚴羽〈答出繼叔臨安吳景仙書〉：「若柳子厚五言古詩尙在韋蘇州之上」一句。而對於「一唱三歎」韻味的強調，也同於〈詩辨〉所謂「蓋於一唱三歎之音有所歉焉」。

另外，關於孟郊的評論，辛文房說：

> 工詩，大有理致，韓吏部極稱之。多傷不遇，年邁家空，思苦奇澀，讀之每令人不懌。〔註94〕

其中「令人不懌」之句，語出《滄浪詩話・詩評》：

> 孟郊之詩刻苦，讀之使人不歡。（〈詩評〉三十）

但對於孟詩之所以蹇澀、寒苦，辛氏從知人論世的立場，將其「多傷不遇」、「年邁家空」的因素納入考量。相對於嚴羽逕以定斷評論的方式，又有所發揮。

辛氏評孟郊又有：

> 其初登第，吟曰：「昔日齷齪不足嗟，今朝曠蕩恩無涯。春風得意馬蹄疾，一日看盡長安花。」當時議者亦見其氣度窘促，辛漂淪薄宦，詩讖信之有矣！〔註95〕

其中「氣度窘促」亦本自嚴羽〈詩評〉：「孟郊之詩憔悴枯槁，其氣局促

〔註93〕同上註：《唐才子傳校箋・柳宗元》第二冊，卷第五，頁471～472。

〔註94〕同上註，頁512。

〔註95〕同上註，頁514。

不伸，退之許之如此何耶？詩道本正大，孟郊自爲之艱阻耳。」〔註96〕
而來。不過辛文房直接徵引孟郊詩作，以爲論斷參考，較之嚴羽所言要
更有說服力。

再如，晚唐詩人王建，辛文房評曰：

> 又於征戍遷謫、行旅離別、幽居官況之作，俱能感動神思，
> 道人所不能道也。〔註97〕

其中「征戍遷謫、行旅離別」之句，亦襲錄自嚴羽〈詩評〉：「唐人好
詩，多是征戍遷謫行旅離別之作，往往能感動激發人意」〔註98〕而來。
但嚴羽是以此泛論唐人詩作，辛文房則是將之應用於具體個別詩人的
批評之上。

還有嚴羽〈詩辨〉中所謂的「鏡花水月」之喻，也在〈長孫佐輔〉
傳出現：

> 每見其擬古、樂府數篇，極怨慕傷感之心，如水中月，如
> 鏡中相，言可盡而理無窮也。〔註99〕

審之〈詩辨〉原文：「盛唐諸人惟在興趣，羚羊掛角無跡可求。故其
妙處透徹玲瓏不可湊泊，如空中之音、相中之色、水中之月、鏡中之
象，言有盡而意無窮。」〔註100〕其關係清晰可見。只是辛文房將之
移用至長孫氏的擬古、樂府作品上來談罷。不過在辛氏手中，將鏡花
水月、言盡而理無窮的境界，用在「怨慕傷感」之心的形容上，將嚴
羽所好尚的不可湊泊的境界，由空靈的境界拉回至人情所感之上。

另外，辛文房在〈馬戴〉傳中云：

> 戴詩壯麗，居晚唐諸公之上，優遊不迫，沉著痛快，兩不

〔註96〕〔宋〕嚴羽：《滄浪詩話・詩評》四十二。

〔註97〕〔元〕辛文房著，傅璇琮主編：《唐才子傳校箋・王建》第二冊，卷
　　　　第四（北京：中華書局，2000年2月），頁161。

〔註98〕〔宋〕嚴羽：《滄浪詩話・詩評》四十五。

〔註99〕〔元〕辛文房著，傅璇琮主編：《唐才子傳校箋・長孫佐輔》第二冊，
　　　　卷第五（北京：中華書局，2000年2月），頁594。

〔註100〕〔宋〕嚴羽：《滄浪詩話・詩辨》五。

　　　　相傷，佳作也。〔註101〕

其中「優遊不迫」、「沉著痛快」〔註102〕係出於嚴羽〈詩辨〉，但其本
用於說明詩之「大概」，泛指詩的兩種風格範疇。在《唐才子傳》中，
被落實到具體詩人批評之上，可視爲辛文房對嚴羽詩論的延伸、應
用。至於嚴羽〈詩評〉所謂：「馬戴在晚唐諸人之上」〔註103〕的論詩
意見，也爲辛文房所採納。故其在品評唐代詩人時，並不完全囿於時
代斷限，仍有升降、出入的可能。

　　至於詩人李頻，辛文房〈傳〉曰：

　　　頻詩雖出晚年，體製多與劉隨州相抗，騷嚴風謹，慘慘逼
　　　人。〔註104〕

而《滄浪詩話》也有「李頻不全是晚唐，間有似劉隨州處」，〔註105〕
足見辛文房繼承嚴羽詩評意見、化用《滄浪詩話》論詩語的痕跡。
再如，盛唐詩人戎昱，辛文房評曰：

　　　昱詩在盛唐，格氣稍劣，中間有絕似晚作，然風流綺麗不
　　　虧政化，當時賞音喧傳翰苑，固不誣矣。有集今傳。〔註106〕

而嚴羽〈詩評〉則有「戎昱在盛唐爲最下，已濫觴晚唐矣」〔註107〕
的評語。辛氏此語，與嚴羽〈詩評〉之說似乎存在著對話的關係。基
本上辛氏接受了嚴羽「濫觴晚唐」的看法，但卻又補充戎昱之詩「風
流綺麗」的評價，並且以「不虧政化」來說明其之所以能「喧傳翰苑」
的原因。所以辛氏對於戎昱詩作的綺麗風格是有深刻認識的，而且在
「政化」之外，他還保留了唯美詩風存在的可能性。這點意見恰可作

〔註101〕〔元〕辛文房著，傅璇琮主編：《唐才子傳校箋‧馬戴》第三冊，
　　　　卷第七（北京：中華書局，2000 年 2 月），頁 341。
〔註102〕〔宋〕嚴羽：《滄浪詩話‧詩辨》三。
〔註103〕同上註：《滄浪詩話‧詩評》十八。
〔註104〕〔元〕辛文房著，傅璇琮主編：《唐才子傳校箋‧李頻》第三冊，
　　　　卷第七（北京：中華書局，2000 年 2 月），頁 388。
〔註105〕〔宋〕嚴羽：《滄浪詩話‧詩評》十八。
〔註106〕〔元〕辛文房著，傅璇琮主編：《唐才子傳校箋‧戎昱》第一冊，
　　　　卷第三（北京：中華書局，2000 年 2 月），頁 671。
〔註107〕〔宋〕嚴羽：《滄浪詩話‧詩評》十六。

為吾人對於辛文房在儒家詩教觀外的補充理解。由此也可看出，辛文房對於嚴羽的詩評主張，有承繼之處、也有所修正。

　　另外，辛文房對薛逢的評語有：

　　　　逢天資本高，學力亦贍，故不甚苦思，而自有豪逸之態，第長短皆率然而成，未免失淺露俗。蓋亦當時所尚，非離群絕俗之詣也。〔註108〕

其中「豪逸之態」語出嚴羽〈詩評〉：「觀太白詩者要識真太白處，太白天才豪逸，語多率然而成者，學者于每篇中要識其安身立命處可也。」〔註109〕而「失淺露俗」則出自〈詩評〉「薛逢最淺俗」。〔註110〕所以在〈薛逢〉傳的贊語之中，可以明確看出辛氏對於《滄浪詩話》文本的組接。至於「當時所尚，非離群絕俗之詣」則是以理解的心情看待薛逢身處晚唐的時代困境。故辛氏雖與嚴羽同以「淺俗」評價薛逢，但語氣中多了更多的同情與包容。

　　對於唐代的詩僧皎然，嚴羽〈詩評〉曾謂「釋皎然之詩，在唐諸僧之上」，〔註111〕而辛文房對皎然也甚為推崇，云：「公外學超然，詩興閑適，居第一流、第二流不過也」，〔註112〕甚至比之為第一流的詩人，故在文字上二者雖無明確聯繫，但在態度上卻是相同一致的。至於「詩興閑適」則是將皎然詩作之所以卓然成家的特色揭示出來，都可看出辛氏詩論較為嚴謹之處。

　　當然，辛文房對於嚴羽的詩人評論，有繼承，也有修正。如晚唐詩人陳陶，嚴羽謂：「陳陶之詩在晚唐人中最無可觀」，〔註113〕辛文房卻說：

〔註108〕〔元〕辛文房著，傅璇琮主編：《唐才子傳校箋·薛逢》第三冊，卷第七（北京：中華書局，2000年2月），頁295。

〔註109〕〔宋〕嚴羽：《滄浪詩話·詩評》二十五。

〔註110〕同上註：《滄浪詩話·詩評》十八。

〔註111〕同上註：《滄浪詩話·詩評》三十七。

〔註112〕〔元〕辛文房著，傅璇琮主編：《唐才子傳校箋·皎然》第二冊，卷第四（北京：中華書局，2000年2月），頁205。

〔註113〕〔宋〕嚴羽：《滄浪詩話·詩評》十八。

　　陶工賦詩，無一點塵氣。於晚唐諸人中，最得平淡，要非
　　時流所能企及者。〔註114〕

由「最無可觀」晉身爲「無一點塵氣」、「最得平淡」、「非時流所能企
及」，其評價相距甚遠。而透過二人相左意見的比較，恰可看出辛文
房對於「平淡」詩風的賞愛。

　　另外在姚、賈詩風的評價上，嚴羽曾輾轉評論道：

　　近世趙紫芝翁靈舒輩獨喜賈島姚合之詩，稍稍復就清苦之
　　風，江湖詩人多效其體，一時自謂之唐宗，不知止入聲聞
　　辟支之果。（〈詩辨〉五）

此句雖然是針對四靈、江湖之弊而發，但從「聲聞辟支之果」的比喻
看來，對於姚、賈一派的「清苦之風」，嚴羽顯然並不鍾情。但在《唐
才子傳》中，論及姚、賈二人，評價卻頗爲正面。姚合〈傳〉云：

　　與賈島同時，號「姚、賈」，自成一法。島難吟，有清冽之
　　風，合易作，皆平澹之氣。興趣俱到，格調少殊。所謂方
　　拙之奧，至巧存焉。蓋多歷下邑官況蕭條，山縣荒涼，風
　　景凋弊之間，最工模寫也。性嗜酒、愛花，頹然自放，人
　　事生理，略不介意，有達人之大觀。〔註115〕

文中以「清冽之風」、「平澹之氣」、「興趣俱到」、「格調少殊」等語評
價姚、賈詩風，展現出辛文房對於姚、賈詩派的肯定。辛氏還談到他
們在創作上「方拙之奧，至巧存焉」的特色，對於「似拙實巧」的寫
作方式也無惡評。至於姚合官居小吏，於山城縣治恰好有凋弊的風景
供其書寫，也形成其詩最工「模寫」的特色。至於詩歌主題多半圍繞
在花、酒等自然景物之上，或敘寫其頹放疏慢的人生態度，辛氏也給
予「達人大觀」的評語。所以整體看來，對於晚唐姚、賈一派的詩風，
辛文房是給予肯定的。

　　張宏生在〈姚賈詩派的界內流變和界外餘響〉中，曾分析此流派

〔註114〕〔元〕辛文房著，傅璇琮主編：《唐才子傳校箋・陳陶》第三冊，
　　　　卷第八（北京：中華書局，2000 年 2 月），頁 420。
〔註115〕同上註：《唐才子傳校箋・姚合》第三冊，卷第六，頁 124。

爲何會爲後人廣泛接受、學習的原因，其云：

> 發展到姚賈的時代，近體詩已經完全成熟，而且，詩壇上
> 曾出現過王、孟、李、杜等著名作家，其成就固然不可企
> 及，其影響更是方興未艾。……加上姚賈一派詩人在社會
> 生活大都遠離政治中心，因此，他們爲了顯示自己的存在，
> 勢必在形式上進行盡可能完美的追求。再者，歷史地看，
> 姚賈的追隨者和學習者，大多才氣不夠。……大量的作家
> 以中人之材，而又希望達到一定的創作成就，則走姚賈一
> 路，通過刻苦磨煉、精心推敲，來顯示自己的長處，較爲
> 可行。〔註116〕

此論似可說明後世文人對此詩派好尚的原因。

　　最後，對於李、杜二人的評價，嚴羽《滄浪詩話》中都是從藝術
標準出發，如稱其取材六朝而爲「集大成者」，或謂其風格雄渾，如
「金鵄擘海」、「香象渡河」，總之並無一句涉於道德、忠義。但辛文
房對李、杜的評價，卻展現出於嚴羽不同的取徑。〈杜甫傳〉曰：

> 觀李、杜二公，崎嶇版蕩之際，語語王霸，褒貶得失，忠
> 孝之心，驚動千古，騷雅之妙，雙振當時，兼眾善於無今，
> 集大成於往作，歷世之下。想見風塵。……昔謂杜之典重，
> 李之飄逸，神聖之際，二公造焉。觀於海者難爲水，遊李、
> 杜之門者難爲詩，斯言信哉！〔註117〕

除了尊二人詩作臻於「神聖之際」，風格概括爲「飄逸」、「典重」，可
與嚴羽「詩而入神」、「飄逸」、「沉鬱」略可聯繫之外，辛文房推重李、
杜的主要因素反而是落在「忠孝之心」的有無上。在「崎嶇版蕩」之
際，仍「語語王霸」才是他們令人動容的關鍵所在。這可謂是辛氏受
儒家詩學薰陶，導致與嚴羽詩觀的分歧。

　　透過上述排列比較後，吾人可以明白看出辛文房受嚴羽影響的具

〔註116〕　參見氏著：《宋詩：融通與開拓·姚賈詩派的界內流變和界外餘響》
　　　　　　（上海：上海古籍出版社，2001年12月），頁73～74。

〔註117〕　〔元〕辛文房著，傅璇琮主編：《唐才子傳校箋·杜甫》第一冊，
　　　　　　卷第二（北京：中華書局，2000年2月），頁396～397。

體之處。不過，在辛氏對嚴羽詩論的接受上，卻存在一個特殊的現象，也就是辛文房在評論中、晚唐詩人時，反而較多地採納嚴羽的批評意見，並常就嚴羽品評的意見，加以引申、敷衍；相對而言，初、盛唐詩人的評價則多就《河嶽英靈集》等書而來。更有趣的是，嚴羽用來形容盛唐詩歌的「鏡花水月」之喻，或者「興趣」一詞，在辛文房手中，卻常用來作爲中、晚唐詩人的批評術語。這對輕視中晚唐詩的嚴羽，無疑是另一種顛覆。最後，嚴羽在其體評論上，辛文房的論詩意見，除了有借鑒嚴羽之處，卻也有深思、反省之處。如嚴羽評詩總給人驟下斷語的感覺，故在文字表達上較爲簡略，態度也較爲苛刻。而辛文房則更是以較爲細致周全的言論，進行更爲全面的審視，在論詩態度上，則較嚴羽來得平和一些。所以，辛文房係以自己的詩學判斷，對嚴羽詩論進行承繼、轉化。尤其在意見相左之處，更展現出其與《滄浪詩話》的對話、交流。

4. 其　他

除卻上列三項之外，尚有一些詩學概念也呈顯出《滄浪詩話》與《唐才子傳》的勾連關係。如在詩作好尚方面，嚴羽特別反對「和韻」之作，曾說：

> 和韻最害人詩，古人酬唱不次韻，此風始盛于元白皮陸，本朝諸賢乃以此而鬥工，遂至往復有八九和者。（〈詩評〉四十一）

對於元、白、皮、陸等人所開創的和韻體詩諸多微詞，甚至以「最害人詩」批判之。而對於宋人襲擬元白和韻之作而蔚爲風尚，使得詩歌創作失去了眞情實性，成爲文人逞才鬥工的工具，嚴羽是甚表不滿的。尤有甚者，還出現往返應酬有至八、九和者的情形，更是令人不忍卒睹。

在皮日休的傳贊中，辛文房也曾就「和韻」的現象作出批判：

> 夫次韻唱酬，其法不古，元和以前，未之見也。暨令狐楚、薛能、元稹、白樂天集中，稍稍開端。以意相和之法，漸

廢閑所。逮日休、龜蒙，則飈流頓盛猶空谷有聲，隨響即
答。韓偓、吳融以後，守之漸篤，汗漫而無禁也。於是天
下翕然，順下風而趨，至數十反而不已，莫知非焉。夫才
情欲之不盈握，散之彌八紘，遣意於時間，寄興於物表，
或上下出入，縱橫流散，游刃所及孰非我有，本無拘縛懲
惢之忌也。今則限以韻聲，莫違次第，得佳韻則杳不相干，
齟齬難入，有當事則韻不能強，進退雙違，必至窘束長才，
牽接非類，求無瑕片玉，千不遇焉，詩家之大弊也。更以
言巧稱工，誇多鬥麗，足見其少雍容之度。然前脩有恨其
迷途既遠，無法以救之矣。〔註118〕

對於「和韻」體出現的時間，辛氏明顯地承襲嚴羽說法，以元、白等
人作為此體的發軔。而皮日休、陸龜蒙二人，也出現在此體的代表作
家之列。不過辛文房更進一步對「和韻」詩的歷史發展沿革作一番說
明，辛氏以為晚唐是和韻詩發展的重要時期，皮、陸二人是次韻唱酬
風氣「飈流頓盛」的關鍵人物，而其詩作猶具「空谷有聲」的美學效
果。但在韓偓、吳融等人的大力推廣之後，僵泥了創作模式，使之汗
漫流衍而無所禁制，失卻了詩歌感動人心的力量，成為文人間鬥工、
逞巧的文學體式。

　　除了對「和韻」詩的發展沿革作出補充外，辛文房還明確的提出
和韻詩的缺失，在於「限以韻聲、莫違次第」，意即過分地注重聲韻
的限制，反而成了徒具音律而殊乏情致的空心詩篇。當眾人詩作只求
填入符合限韻的文字，在顧此失彼的情況下，將成為毫無情致的填字
遊戲。更遺憾的是後人承襲愈走愈岔，最終落得無以救之的下場。

　　從這段文字看來，辛文房雖有承於嚴羽的詩學觀念，卻能更進一
步觀照全局，並以深刻的思考，加深其理論的完備性與價值。

（四）詩史論

　　辛文房在《唐才子傳・引》中說道：

〔註118〕同上註：《唐才子傳校箋・皮日休》第三冊，卷第八，頁507。

溯尋其來，國風、雅、頌開其端，〈離騷〉、〈招魂〉放厥辭；
蘇、李之高妙足以定律，建安之逎壯粲爾成家，爛熳於江
左，濫觴于齊、梁：皆襲祖沿流，坦然明白，鏗鏘愧金石，
炳煥卻丹青，理窮必通，因時爲變，勿訏於枳、橘非土所
宜，誰別於渭、涇投膠自定，蓋繫乎得失之運也。〔註119〕

文中明白揭示《詩經》、《楚辭》是中國詩歌的兩大源頭。爾後在漢末
出現了高妙的古詩之作，以及建安遒健的風骨。接著齊、梁以其爛熳
的情調踵步詩壇，構成了詩歌發展史上的幾道高峰。他們的作品，在
音韻上「鏗鏘愧金石」，在藻采上「炳煥卻丹青」，而且都與時代的發
展緊緊聯繫，「因時爲變」故能斐然成家。

而在《滄浪詩話》中，嚴羽則表示：

工夫須從上做下，不可從下做上，先須熟讀楚詞，朝夕諷詠，
以爲之本；及讀古詩十九首、樂府四篇：李陵、蘇武、漢魏
五言皆須熟讀；即以李杜二集枕藉觀之，如今人之治經。然
後博取盛唐名家醞釀胸中，久之自然悟入。（〈詩辨〉一）

在嚴羽的詩學進程中，係以「楚辭」爲源頭，後接古詩十九首、漢樂
府之作，次繼李、杜二人詩集。略去李、杜唐人詩作先不談，在嚴羽
眼中兩漢、六朝足堪取法的，僅漢樂府、古詩十九首等篇。辛文房則
兼取齊、梁綺靡文風，取材較爲廣泛。

另外，滄浪〈詩體〉中還提及：

風雅頌既亡，一變而爲離騷，再變而爲西漢五言，三變而
爲歌行雜體，四變而爲沈宋律詩。（〈詩體〉一）

整部《滄浪詩話》言及《詩經》處，僅此一見。在嚴羽的詩史觀中，
《詩經》在詩史發展過程中，扮演了起點的角色，而後《楚辭》、古
詩、樂府，再來就跳至唐代沈、宋律詩。對於六朝詩作嚴羽並未刻意
標示，只以「歌行雜體」帶過，但其所指也可能是漢魏期間的樂府作
品。這與辛文房特別強調建安與齊、梁詩作之間承繼、發展的關係，
略有所別。當然，在嚴羽的認知裡，建安、齊梁詩歌都有其特色，故

〔註119〕同上註：《唐才子傳校箋・引》第一冊，卷第一，頁1。

能各自成體。〈詩體〉云：

> 以時而論則有，建安體（漢末年號，曹子建父子及鄴中七
> 子之詩）……齊梁體（通兩朝而言之）（〈詩體〉二）

故嚴羽對齊梁詩風並非沒有意識到其特殊的質素與歷史存在的事
實，只是在價值上，齊梁體未獲嚴氏青睞，故略而不談。

　　另外，在上段引文中，辛文房對於詩歌與時代的關係，提出了「因
時爲變」的看法，意指詩歌會隨著時代演進而不斷改變。這與《文心
雕龍・時序》「文變染乎世情，興廢繫乎時序」的主張十分相近。辛
氏文中還以「化橘爲枳」的概念說明了環境對於詩歌所起的關鍵作
用，所以時代、環境兩者，是決定詩人成就的重要因素。

　　《唐才子傳・引》接著討論唐代的詩歌流變，曰：

> 唐幾三百年，鼎鐘挾雅道，中間大體三變，故章句有焦心
> 之人，聲律至穿楊之妙，於法而能備，於言無所假。及其
> 逸度高標，餘波遺韻，臨高能賦，閒暇微吟，舊格近體、
> 古風樂府之類，芳沃當代，響起陳人，淡寂無枯悴之嫌，
> 繁藻無淫妖之忌，猶金碧助彩，宮商自協，端足以仰緒先
> 塵，俯謝來世，清廟之瑟，薰風之琴，未或簡其沉鬱，兩
> 晉風流，不相下於秋毫也。〔註120〕

辛文房以爲唐代詩歌中間大體有「三變」，但點明「三變」之後，引文
內容就轉入對唐詩全面的詩風的讚揚之上，未加以細論。不過吾人可
以聯繫卷第八〈周繇〉傳中的文字，還原辛氏的唐詩史觀。〈傳〉云：

> 自魏晉以降，遞至盛唐、大曆、元和以下，逮晚年，考其
> 時變，商其格制，其邪正了然在目，不能隱也。〔註121〕

辛氏此處並無提出「初唐」之名，但也點出了「盛唐」、「大曆」、「元
和」、「晚年（唐）」幾個代表性的詩風分期，其名目上與嚴羽《滄浪
詩話・詩體》分爲「盛唐體」、「大曆體」、「元和體」、「晚唐體」完全
相同。

〔註120〕同上註：《唐才子傳校箋・引》第一冊，卷第一，頁1～2。
〔註121〕同上註：《唐才子傳校箋・周繇》第三冊，卷第八，頁538～539。

　　至於具體的「三變」之說，則可以從《唐才子傳》的詩人小傳中
進行考察。在〈沈佺期〉傳中，辛文房說道：

> 自建安迄江左，詩律屢變。至沈約、鮑照、庾信、徐陵，
> 以音韻相婉附，屬對精緻。及佺期、之問，又加靡麗。迴
> 忌聲病，約句準篇，著定格律，遂成近體，如錦繡成文，
> 學者宗尚，語曰：「蘇、李居前，沈、宋比肩。」謂唐詩變
> 體，始自二公，猶始自蘇武、李陵也。〔註122〕

辛氏以爲建安以降，詩人用心之處多在音韻之上，務以精緻、婉轉爲
尙。而沈佺期、宋之問承此餘緒，附加上靡麗的特質，在詩歌格律的
成就上，開啓了詩史嶄新的一頁。自此，錦繡成文的近體之作，成爲
文人宗尙的主流風氣，故其允稱爲唐詩發展之一變。

　　所以，辛文房以爲「唐詩變體始自二公」，係著眼於唐詩體格的
改變、以及嚴格聲律形式的完成之上，對於唐詩的發展沈、宋二人有
著「迴忌聲病、約句準篇，著定格律，遂成近體」的歷史功績。

　　關於唐詩二變，則在陳子昂。〈傳〉中有云：

> 唐興，文章承徐、庾餘風，天下祖尙，子昂始變雅正。〔註123〕

「子昂始變雅正」一語，指的是陳子昂從精神、風格上革除了六朝靡
弱的文風，使之復歸於雅正。若前變沈、宋是著眼於形式格律的話，
子昂此變顯然是就內容精神上立說。而這兩個唐代詩風重要的轉變關
鍵，在漸入盛世的趨勢中，開啓了兀然挺出的盛唐氣象。

　　至於第三變，則在大曆時人身上完成。卷第四〈盧綸〉傳云：

> 綸（盧綸）與吉中孚、韓翃、耿湋、錢起、司空曙、苗發、
> 崔峒、夏侯審、李端，聯藻文林，銀黃相望，且同臭味，契
> 分俱深，時號大曆十才子。唐之文體，至此一變矣。〔註124〕

第三變指的是在大曆十才子「聯藻文林」的情況下，一變盛唐的風度

〔註122〕同上註：《唐才子傳校箋・沈佺期》第一冊，卷第一，頁 83～84。
　　　　引文中「蘇、李居前」之蘇、李，傅璇琮主編之《唐才子傳校箋》
　　　　懷疑當指蘇味道、李嶠二人。
〔註123〕同上註，頁 110。
〔註124〕同上註：《唐才子傳校箋・盧綸》第二冊，卷第四，頁 10。

氣貌。至於此變是詩格的騰升，還是沉淪？吾人可從下列引文中推敲而出：

　　綸所作特勝，不減盛時，如三河少年，風流自賞。〔註125〕

所謂「特勝」、「不減盛時」，雖係推重盧綸所用的形容詞，但從字裡行間感受得出盛、中有別，且在大曆詩人中盧綸爲其「特出」者，才差堪比肩盛唐詩人。由此可知，第三變，乃是由盛而衰的關鍵。

　　至於此期詩人具體轉變爲何？吾人或可從同列十才子之名的〈錢起〉傳中窺知一二：

　　起詩體製新奇理致清贍，芟宋齊之浮游，削梁陳之嫚靡，
　　迴然獨立也。〔註126〕

其中「體製新奇」、「理致清贍」或即爲此期詩風的轉變向，而「芟宋齊之浮游」、「削梁陳之嫚靡」則是指其在詞采上的展現。這些特色，較之於盛唐作品，在形式上追逐新奇的技巧，內容上增添了理致深度，藻飾上也更爲加強、用心。但在總體的氣象上，已不復盛唐雄渾、開闊的精神氣度。

　　聯繫嚴羽《滄浪詩話》在唐詩分期上的看法可以發現，嚴氏雖以「五唐」〔註127〕立說，但在實際批評時，又每每以「大曆」爲限，區分爲大曆以前、大曆以後（含貞元、元和）、晚唐三期。這與辛文房以大曆作爲斷限時點，立場頗爲相近。

　　不過，辛文房對於唐詩的分期說明言盡於此，對於中、晚唐詩風，就沒作進一步的畫分了。筆者以爲這或許與辛文房特別關心「盛唐」時期有關。吾人可以發現，此三變皆與盛唐詩風有著直截的關聯，前有沈宋、子昂的鼎故革新，才得下開盛唐之音；後則是以大曆十才子

〔註125〕同上註，頁11。

〔註126〕同上註，頁43。

〔註127〕《滄浪詩話・詩體二》：「唐初體（唐初體，唐初猶襲陳隋之體），盛唐體（景雲以後，開元天寶諸公之詩），大曆體（大曆十才子之詩），元和體（元白諸公），晚唐體。」由此可知嚴羽將唐詩分爲「唐初、盛唐、大曆、元和、晚唐」五期。

的細密清婉，一變盛唐精神氣象。聯繫三者，似可看出辛文房對於「盛唐」詩風的關切與強調。

除了唐詩三變之外，從辛文房對唐代詩人的具體評價也可看出「揚盛抑晚」的傾向。在〈殷文圭〉傳中，辛氏說道：

> 唐末，文體澆漓，才調荒穢，稍稍作者，強名曰詩，南郭之竽，苟存於眾響，非復盛時之萬一也。如王周、劉兼、司馬札、蘇拯、許琳、李成用等數人，雖有集相傳，皆氣卑格下，負魚目唐突之慚，竊砥砆韞襲之濫，所謂家有弊帚，享之千金，不自見之患也。〔註128〕

從文中可以感受出辛文房對於晚唐詩風的不滿與批評。不論「才調荒穢」、「氣卑格下」、「魚目唐突之慚」、「竊砥砆韞襲之濫」，或比之濫竽充數……等，用語皆極為貶抑。

另外，辛文房在〈于濆〉傳中還說：

> 觀唐詩至此間，弊亦極矣，獨奈何國運將弛，士氣日喪，文不能不如之。嘲雲戲月，刻翠粘紅，不見補於采風，無少禪於化育，徒務巧於一聯，或伐善於隻字，悅心快口，何異秋蟬亂鳴也。〔註129〕

將晚唐詩的頹弊與國運將弛、士氣日喪，作了直接的聯繫。這也是辛文房重視時代、環境對於詩風反映的具體展現。所以對於盛、晚唐詩的分野，辛氏顯然有其高下、優劣的判斷。

不過，一如嚴羽「論其大概耳」的評價原則，在晚唐詩中仍有幾位詩人是辛文房所推重的。

> 于濆、邵謁、劉駕、曹鄴等，能返棹下流，更唱瘠俗，置聲祿於度外，患大雅之凌遲，使耳厭鄭、衛，而忽洗雲和；心醉醇醲，而乍爽玄酒。所謂清清泠泠，愈病析酲。逃空虛者，聞人足音，不亦快哉！

〔註128〕〔元〕辛文房著，傅璇琮主編：《唐才子傳校箋・殷文圭》第四冊，卷第十，頁369。
〔註129〕同上註：《唐才子傳校箋・于濆傳》第三冊，卷第八，頁459～460。

辛氏對他們能「返棹下流」、「更唱瘖俗」不爲時風所圍的特出風格深表贊賞。在一片重尚音律的靡靡之音中，能夠將名利置於度外，憂心大雅之音的衰頹，並創作出「忽洗雲和」、如「乍爽玄酒」的作品，實如空谷足音般難能可貴。所以在《唐才子傳》中，雖然有區分盛、晚的整體認識，卻保留了部分詩人超越時代氛圍卓然成家的可能。

又如其評崔道融云：

> 誰謂晚唐間忽有此作，使古人復生，亦不多讓，可謂出乎其類，拔乎其萃者矣。人悉推服其風情雅度，猶恨出處未能梗概之也。〔註130〕

對於晚唐後期竟出現像崔道融這樣優秀的名家，辛文房給予「使古人復生，亦不多讓」的肯定、稱譽。並以「出乎其類、拔乎其萃」喻其鶴立雞群的傲人成就。至於崔道融的「風情雅度」人們都十分折服，可惜是其生平事跡太過模糊，以致無法明其梗概。

從這段文字中，可以看出辛文房對於晚唐詩人崔道融的推許與讚揚。然而嚴羽在《滄浪詩話》中並未對崔氏作任何評論，顯然崔道融並未進入嚴羽的批評視域之中。這有可能是囿於嚴氏對晚唐詩歌的偏見所致，不過嚴羽在具體批評時對於詩史分期的綜合評斷係以「論其大概」爲原則，所以辛文房對於晚唐部分詩人成就的揭舉，除了表現出他對唐代詩人批評的寬闊視野外，也可作爲「論其大概」原則下的補充、發現。

三、小　結

綜上所述，可以發現嚴羽詩論觀點在辛文房《唐才子傳》中的接受情形。在本體論上，嚴羽主張「吟詠情性」，辛氏也主此說。但辛文房的「情性」之說，不似嚴羽只就詩人一己情感出發，只強調詩歌美感境界的追求，而是加上儒家詩教的規範、強調詩歌與時代環境的反映關係，而有「以音觀世」的主張隱含其中。

〔註130〕同上註：《唐才子傳校箋・崔道融》第四冊，卷第九，頁6。

在批評論上，嚴羽論詩的術語、以禪喻詩的方法、甚至對前輩詩人的評價，在《唐才子傳》中，皆為辛文房借鑑、採用。只是在辛氏手中，已將嚴羽吉光片羽的評斷加以充實，發展為更具體、完整的論述。

最後在詩史論裡，辛文房也有諸多觀點與嚴羽意見相侔。如對唐詩分期重要時點的摘釋，以及揚盛抑晚的唐詩史觀……等等，都可看到沿襲嚴羽詩論的痕跡。雖然辛氏「唐詩三變」之說，與嚴羽立場頗有出入，卻仍是在推尊盛唐成就的意識下作出的表述。這也可以看出《唐才子傳》，在接受嚴羽詩論時所做的修正。而且平心而論，對於晚唐詩人的評價，辛文房在態度上都要較嚴羽來得寬容，對於崔道融、于濆……等晚唐詩人，辛氏都不吝給予佳評。

《唐才子傳》在嚴羽詩論接受史上的重要意義，在於對嚴羽詩論全面的融通、接受上。它不似《詩林廣記》僅點綴式的援引嚴氏一二詩評，也不似方回因嚴羽「詩不甚佳」的印象，就給予「是非相半」的評價，而忽略嚴氏詩論的價值。辛文房是以對嚴羽詩論的深入理解為基礎，在消化、融通後，融滲於自己的詩論體系之中，其中有接受、有補充、有衍伸、有修正，甚至還有超越之處。透過本文的比勘、聯繫，二者間的關係了然可喻。

透過上文的討論可以發現辛文房的詩學主張受嚴羽詩論的影響頗大，但在《唐才子傳》中卻沒有任何關於嚴羽及其論著的直接評價，而是巧妙地將嚴氏詩論融入《唐才子傳》的論述之中。當然，這或許與該書書寫體例有關，諸如《河嶽英靈集》中的論評話語，雖也被辛氏廣泛採用，但殷璠其人卻也不見述於《唐才子傳》中。由此可知，未明言對前賢論詩意見的借鑑與容受，並不代表沒有承繼、接受的可能，透過上文斑斑有據的例證、說明，可以推知，在元代初期嚴羽詩論在聲名上雖未成為一門顯學，但其實質的影響力早已滲透至文人群體之中。

在《唐才子傳》付梓之後，透過書籍的刊行、流布，將嚴羽詩論的實質影響力擴展而開。無論是自覺還是不自覺的傳播、接受，嚴羽

詩論又多了一個推闡的窗口向外發聲，這在嚴羽詩論接受史中具有劃時代的意義。

第四節　其他詩評家與嚴羽詩論的聯繫

元代前期除蔡正孫援引嚴羽論詩意見之外，方回也曾在論著中明確提及嚴羽名姓，並給予評價。除此之外，在典籍上皆缺乏與嚴羽相關的文獻記載。不過從詩學主張的內部聯繫，吾人可以發現辛文房《唐才子傳》雖不見著錄嚴羽名姓，但其主張與嚴羽詩論卻有著相當明確的承繼關係。另外還有許多詩評家的詩學主張，與嚴羽詩論也存在可能的聯繫關係。雖乏明確資料佐證，但析而論之仍舊具有參照、理解的效果。

可與嚴羽詩論主張聯繫者，茲於本節分述如下。

一、郝　經

郝經（1223～1275），字伯常，澤州陵川（今山西晉城縣）人。金亡之後遷居河北，受到元將張柔、賈輔知遇，延爲上客，得讀二家藏書。後入忽必烈王府，頗受信任。忽必烈繼位後，以翰林學士充國信使使宋議和，後爲賈似道沮留，留宋長達十六年之久。元世祖至元十二年（1275）得釋北還，不久病逝。

郝經曾師從元好問，精通經史，長於詩文，爲元初著名文學家、理學家。其論詩主張沖淡和平，以「醇正」爲依歸。著有《陵川集》等書。

郝經在〈與撖彥舉論詩書〉說：

> 詩，文之至精者也。所以歌詠性情以爲風雅，故攄寫襟素，託物寓懷，有言外之意，意外之味，味外之韻。凡喜怒哀樂，蘊而不盡發，託於江花野草，風雲月露之中，莫非仁、義、禮、智、喜、怒、哀、樂之理。〔註131〕

〔註131〕　〔元〕郝經：〈與撖彥舉論詩書〉，收入吳文治主編《遼金元詩話全

郝氏將詩歌視爲文學門類中最爲精練者，並且以「歌詠性情」爲詩之本體。但郝氏所謂的「性情」是受儒家詩學規範的，所以性情之發必須合於「風雅」傳統，而其內容不外乎「仁、義、禮、智、喜、怒、哀、樂」等。不過在意蘊表達上，郝經強調還需具有言外之「意」、「味」、「韻」，所以在「江花野草」、「風雲月露」的形容下，除了包蘊道德倫理的意旨，還要有美感境界的追求。所以說郝經在揭示詩歌風雅原則時，仍未偏廢詩美境界的經營，表達技巧上也以「蘊而不盡發」爲原則，以含蓄蘊藉的手法加以表現。所以，郝經的詩歌主張可視爲倫理、審美兩大流派中的折衷之論。

接著郝經對整個詩史流變作以下評斷：

> 觀聖人之所刪定至於今而不亡，詩之所以爲詩，所以歌詠性情者，祗見《三百篇》爾。秦漢之際，騷賦始盛，大抵怨讟煩冤從諛侈靡之文，性情之作衰矣。至蘇李贈答，下逮建安，後世之詩，始立根柢，簡靜高古，不事夫辭，猶有三代之遺風。至潘陸顏謝，則始事夫辭，以及齊梁，辭遂盛矣。至李杜氏兼魏晉以追風雅，尚辭以詠性情，則後世詩之至也，然而高古不逮夫蘇李之初矣。至蘇黃氏而詩益工，其風雅又不逮夫李杜矣。蓋後世辭勝，儘有作爲之工，而無復性情，不知風雅有沉鬱頓挫之體，有清新警策之神，有振撼縱恣之姿，有噴薄雄猛之氣，有高壯廣厚之格，有叶比調適之律，有雕鏤織組之才，有縱入橫出之變，有幽麗靜深之姿，有紆餘曲折之態，有悲憂愉快之情，有微婉鬱抑之思，有駭愕觸忤之奇，有鼓舞豪宕之節。若夫言外之意，意外之味，味外之韻，知之者鮮，又孰能爲之哉？先爲辭藻，茅塞思寶，擾其興致，自趨塵近，不能高古，習以成俗，昧夫風雅之原矣。〔註132〕

郝氏以尊經、宗聖的觀念爲本，以爲《詩經》爲聖人刪著之作，故其

編》（南京：鳳凰出版社，2006年12月），頁587。
〔註132〕同上註，頁588。

於性情歌詠，自得其「正」。而秦漢以降，則多侈靡之文，騷、賦之作已不復前昔情性，而略有衰歇。爾後，蘇李（古詩）、建安之作，不以辭藻為務，故有三代之遺音。但六朝以降潘陸顏謝等詩人，又轉以辭藻相尚。有待盛唐李、杜之出，追風雅、尚辭藻、詠性情，文質彬彬、粲然大備，可謂詩之盛世。但相較於蘇、李（古詩）等純樸之音，仍有詩道不古的遺憾。降及宋室，蘇、黃流派日熾，在工巧上猶有勝於前人，但在風雅蘊藉上卻不逮李、杜。更遑論後世作者，務以辭勝為工，不復性情、不解風雅，詩道沉淪已至。

郝氏接著提出《詩經》一書所包蘊的多樣風格，有「沉鬱頓挫」、有「清新警策」、有「振撼縱态」、有「噴薄雄猛」、有「高壯廣厚」、有「叶比調適」……等十數種風貌。但對於「言外之意」、「意外之味」、「味外之韻」的掌握，則更是鮮有人能為之。所以寫詩不能以「辭藻」為先，片面的追求只會讓詩品塵下、鄙俗，失卻「風雅」的原旨。

郝氏又批評作詩時如果先求詩之辭藻，只會讓思慮遲滯，擾亂詩人自然的興致，以至於格調卑下，難以體現高古的風蘊。而這一切讓人纂襲成俗的原因，皆是因詩人不明風雅之旨的緣故。

從這段文字可以發現，郝經對於詩史判斷的精要掌握，並不執著於「格以代降」的機械、退化論，而是以一種動態、興衰的發展過程變化著。另外，郝氏批判蘇、黃以後詩人，務以辭勝、不知風雅，其識見與嚴羽指斥蘇、黃以降文人的態度是相近的。還值得一提的是郝氏對於《詩經》風格的多元認識，這裡舉出十四種不同的風格，也展現出其於詩風不主一格的兼蓄態度。如前所述，在詩歌審美追求方面，言外之「意」、「味」、「韻」也係郝氏論詩所熱衷探討的重要範疇。主張含蓄蘊藉，追求以少總多的文字張力，作為表意時的基本原則。至於辭、意關係的討論，郝經以為詩人的情意、興致應優位於文字辭藻的經營，本末倒置只會自令塵俗。由此已可勾勒郝氏詩學思想的大概。

其後又云：

自李杜蘇黃已不能越蘇李，追三代，翅其下乎！……。願

> 熟讀《三百篇》及漢魏諸人。唐宋以來，衹讀李杜蘇黃，
> 盡去近世辭章，數年之後，高詠吟臺之上，則必非復吳下
> 阿蒙矣。〔註133〕

對於唐、宋詩歌，郝經仍舊以先秦《詩經》風雅爲極致，所以對於李、杜、蘇、黃等人的評價甚至不如蘇、李古詩。不過在學習詩歌創作上，熟讀的對象於《詩經》漢、魏、六朝外，對於唐、宋詩仍應有所取鑒，只是務必去除專尙辭章的風氣，而以風雅之教爲指歸。

　　所以郝經詩論雖然也重視審美、調和唐宋，但在整體思想背景上，仍舊以儒家詩學爲根柢。但從他的折衷、調和的動作看來，實也反映時人在面對宋末以降以詩美作爲詩統再造的風尙的調整、回應。

二、趙　文

　　趙文（1238～？）字儀可，號青山，江西廬陵（今江西吉安）人。臨安陷落（1276）後，入閩依文天祥，入元後出任東湖書院山長，有《青山集》存世。

　　趙文在〈來清堂詩序〉中曾提及他對「詩歌」文類本質的定義。其云：

> 文也者，取言之美者而字之者也；詩也者，以言之文合聲
> 之韻而爲之者也。聲而後有言，言而後有字，字而後有文，
> 文至於詩，極矣。〔註134〕

可知「文」是「言之美者」，而「詩」是在此基礎之上又符合聲韻要求的文體，所以「詩歌」可謂是所有文類中最爲精練的體式。因此欲研究此一文類者，必須具備一定的才力、修養。趙氏〈高敏則采詩序〉說：

> 故采詩者，眼力高而後去取嚴，心胸闊而後包括大。今之
> 所謂采詩者，大抵以一人之目力，一人之心胸，而論天下
> 之詩，要其所得，一人之詩而已矣。〔註135〕

〔註133〕同上註，頁588～589。
〔註134〕〔元〕趙文：〈來清堂詩序〉，收入吳文治主編《遼金元詩話全編》
　　　　　（南京：鳳凰出版社，2006年12月），頁1059。
〔註135〕同上註：〈高敏則采詩序〉，頁1058。

趙文以爲采詩者必須獨具隻眼，眼力高而後去取方能精確，這個說法
與嚴羽強調「識」力的主張相近。趙氏並且以爲采詩者要有寬大的心
胸，不能拘於一隅，或帶有成見，唯有寬闊的視野，才能臻至照辭如
鏡、平理若衡的境界，也才能論天下人之詩。反之，則其見識只僅於
一人之見、只得於一人之詩而已。這段有關詩評家素養要求的文字，
頗值得吾人留心注意。

　　而對於詩評史的發展沿革，趙文在〈郭氏詩話序〉中說：

　　　古之爲詩者率其情性之所欲言，惟先王之澤在人，斯人情
　　　性一出於正，是則古之詩已。……《三百篇》後，建安以
　　　來，稍有詩評，唐益盛，宋又盛，詩話盛而詩愈不如古，
　　　豈詩話之罪哉？先王之澤遠而人心之不古也。舊見胡仔《漁
　　　隱叢話》，雖其間不無利鈍，亦觀詩之一助。又有《總龜》，
　　　俗甚。黃氏《玉屑》最後出（應爲魏氏），大抵掇《漁隱》
　　　之餘緒而已。吾來文山，日從宋季任、郭友仁言詩，季任
　　　集諸家之說，友仁增廣而編次之，凡漁隱諸書之所以已陳
　　　者，一語不錄，二君盛年強力，使有科舉之累，亦安得餘
　　　力及此，噫！〔註136〕

趙氏以爲古之爲詩者，受先王德澤感召，故其情性一出於正，所以率
其情性所言，自然有古樸渾然之風。值得注意的是，嚴羽論詩主「性
情」，其本之於審美要求；趙文論詩也主「性情」，似乎也本之於詩人
情趣，但此一情趣卻因先王德澤感召的深淺，而有「正」與「不正」
的分別。故二者在「性情」內涵的認定上，實是同中有異。

　　文中接著提到，《詩經》以降、建安以來，漸次發展後而有詩評
一類的文學著作問世。唐、宋時人創作詩評的風氣日盛，結果卻給人
「詩話盛而詩愈不如古」的批評。不過趙氏以爲，其不如古者並非創
作詩話之罪，乃是因爲先王德澤日遠，以至人心不古所致。之後趙文
羅列幾部宋代詩話總集以爲或瑜瑕互見、或淺薄粗俗，蓋其皆非盡善

────────────

〔註136〕同上註：〈郭氏詩話序〉，頁 1056。

之作。趙氏以爲友人宋季任、郭友仁詩話總集之作，集諸家之大成、增廣而編之，內容不襲宋人陳說，可爲今人觀詩之一助，價值有別於宋人諸作。可惜是書今已不傳，故無從得窺其全貌。不過這段文字顯示出趙文的詩學史觀，其以先秦爲肇始，及至建安始有較爲完整的詩評，而後於唐、宋大盛的論述，將觀照範圍擴大及詩學批評著作，意義頗爲深遠。

至於一個好的學詩者，應循何門徑，才是正道？趙文在〈陳竹性刪後贅吟序〉云：

> 古之學詩者，必先求其聲，以考其風俗，本其情性。後世學詩者不復知所謂聲矣，而訓詁日繁，去詩寖遠。漢人稱說詩解人頤，詩非癡物，說詩者必使人悠然，有得於眉睫之間，乃爲善爾。〔註137〕

這裡趙氏強調詩歌應以個體情性爲本，並具有音樂性，讀之予人美的感受。所以詩歌應是活脫、充滿生命的有機體，而非文義堆疊、饒無情致的文字組合。其「詩非癡物」之說，即在強調詩歌的能動性、可感性。所以善於說詩者，不應沿襲漢代以降「訓詁日繁」的偏差路數，只知從字句上考釋，要以能闡發詩歌深旨，予人悠然嚮往之感，才允爲中的，給人「得於眉睫之間」的精妙感受。

趙文在〈高信則詩集序〉則針對近世詩人的弊病予以譴責：

> 近世詩人，高者以才氣凌駕，無復細意熨貼；下者纖軟稚弱，固不足論；工者刻削過當，去情性絕遠；疏者則苟簡減裂，雖律詩亦不必留意屬對矣。如此而謂之不固，是誠不固也。今人但知律詩律，不知古詩歌行亦必有律，故散語中必間以屬對一二，不然則不韻不對，漂漂何所底止？又姑論用字，古固不拘平仄失所，即讀之音節不合，殆天籟也。此語僅可私語兒孫，使持語大方家，且將獻笑。信則詩不失規矩繩墨，而未嘗不行乎規矩繩墨之外，蓋妄不弱，老不疎，工不刻。吾爲君授記，君他時當名家數正法

眼藏，必自三百五篇始。〔註138〕

趙氏以爲近世詩人，高者無復細意，下者纖弱、工者刻削、疏者簡略，都有其缺陷。並且以爲除了律詩之外，其他古詩歌行也自有詩法、句式、平仄、用字上的技巧規範。如能明此規矩，學者至少可以避免稚弱、疏簡、刻削等弊端。而其家數根柢，應推源至《詩經》，故謂之爲家數「正法眼藏」。

由此可知，在批評術語上，趙文與嚴羽同以「正法眼藏」言詩，但二人一主悟、一主法，路數相去甚遠；又二者同以「情性」爲詩之本原，但指涉也有所不同。不過，趙氏在詩話史的沿革判斷，以及對於詩評家修養的認識，都可以作爲吾人了解元代詩學風尚的前導。

三、劉　壎

劉壎（1240～1319），字起潛，江西南豐人。劉壎由宋入元，元時曾任南豐、延平等地教授、學正，以隱居自命。其爲學主要受理學影響，受江西文化涵濡爲深，故其論詩評文頗近江西一派，而能折衷唐、宋。著有《水雲村稾》、《隱居通議》等書。

劉壎〈禁題絕句序〉云：

> 賡歌昉於舜廷，至《三百篇》以來，跨漢、魏，歷晉、唐，以訖於宋，以詩名家者，亡慮千百，其正派單傳，上接風雅，下逮漢、唐、宋，惟涪翁集厥大成，冠冕千古，而淵深廣博，自成一家。〔註139〕

劉氏以爲《詩經》降及趙宋，以詩名家者千百餘家，但在這千年流脈當中，以黃庭堅爲冠冕千古的集大成者。劉氏贊其「淵深廣博」、「自成一家」，足見其對江西詩學推許、認同。不過對於「唐詩」，劉壎還是諸多肯定，其〈新編絕句序〉云：

> 詩至於唐，光嶽英靈之氣爲之匯聚，發爲風雅，殆千年一

〔註138〕同上註：〈高信則詩集序〉，頁1060～1061。

〔註139〕〔元〕劉壎：〈禁題絕句序〉，收入吳文治主編《遼金元詩話全編》（南京：鳳凰出版社，2006年12月），頁1072。

端。〔註140〕

劉氏以為「唐詩」在風雅傳統的承繼上，甚有所成，故能匯聚英靈之氣，於千年詩史上燦然成章的光輝一頁。另外，劉氏在〈新編七言律詩序〉又云：

> 宋三百年，理學接洙、泗，文章追秦、漢，視此若不屑為。
>
> 然桃李春風、弓刀行色，猶堪並彎分鑣。〔註141〕

以為宋人心力多在理學、文章之上，於詩（尤其是七律）似乎不屑為之。但在宋代詩家當中仍有足稱大家的作手，黃庭堅即是其中的佼佼者。綜合上述引文可以發現，劉壎雖以唐代為「千年一端」，肯定其在詩史上的高峰地位，卻也不輕忽宋詩的價值，尤其對黃庭堅更有「集厥大成，冠冕千古」的佳評。而此處「並彎分鑣」之說，更是將宋詩的地位與宋代理學、散文並舉，可以看出他推許宋詩、折衷唐宋的意圖。

由此可知，元代前期詩壇仍受宋代風尚影響，宗唐之風雖已在蘊釀，但對於宋詩卻也不偏廢，諸如劉壎一派之江西後人，仍舊襲其餘風。

最後，在創作論上，劉壎提出：

> 試取《六經》、子、史精讀之，又取諸傳記、百家雜說博讀之，又取《騷》、《選》、陶、韋、柳與李、杜盛唐諸作，國朝黃、陳諸作熟讀之。山谷先生所謂用一事如軍中之令，置一字如關門之鍵，涵泳變化，優孟似叔敖矣。〔註142〕

其熟讀廣參、涵泳變化的要求，與嚴羽的創作修養工夫相近。其實，追步典範之作，熟讀博觀、擷優取長，一直是宋人普遍主張的詩學工夫。重視涵養、積學更可從理學家修養論中找到源頭，而後為江西詩派移轉至詩學領域，且為嚴羽所習取。所以江西、嚴羽二派詩論並非存在不可跨越的鴻溝。另外，在引文中劉氏還強調用事、字法的經營變化，更可發現劉壎對於江西詩學的取鑑。至於劉氏本於江西而折衷唐、宋的詩學主張，自然是在面對宗唐派詩學日熾的壓力下所做出的

〔註140〕同上註：〈新編絕句序〉，頁1073。
〔註141〕同上註：〈新編七言律詩序〉，頁1072。
〔註142〕同上註：〈跋石洲詩卷〉，頁1074。

回應，故對其詩論的探究，有助於對元代前期詩學風尚的理解。

四、方　鳳

方鳳（1241～1322），字韶卿，浙江浦江人。宋亡後遁隱於仙華山，時稱「菊巖先生」。著有《存雅堂遺藁》等書，並主選《月泉吟社詩》。

方氏詩論中有一則頗值得吾人注意：

> 余謂作詩當知所主，久則自成一家。唐人之詩以詩為文，故寄興深，裁語婉；宋朝之詩以文為詩，故氣渾雄，事精實；四靈而後，以詩為詩，故月露之清浮，烟雲之纖麗。〔註143〕

文中以「以詩為文」、「寄興深」、「裁語婉」言唐詩，以「以文為詩」、「氣渾雄」、「事精實」言宋詩。此說或與劉克莊詩論相彷彿，不過方氏所謂宋朝之詩，應是以江西詩派為主調，故有「氣渾事實」之說。而四靈以後詩，方鳳喻之為「以詩為詩」的代表，與此前「以文為詩」的「宋詩」，調性不同。從這段具體批評的文字可以發現，方鳳對於唐、宋詩的風格分期別有會心，也看出四靈在宋詩發展中的重要轉折角色，「月露之清浮」、「烟雲之纖麗」對比江西一派渾雄、精實的特色，的確迥然有別。這與嚴羽以四靈、江湖作為宋詩變調的看法頗為一致，只是嚴羽的唐、宋詩史的分期要比方鳳要來得精密、細緻得多。

五、張之翰

張之翰（1243～1296），字周卿，號西巖老人，河北邯鄲人。時人評張詩有蘇、黃遺風，著有《西巖集》。

張之翰〈趙學士子昂畫選詩湛湛長江水上有楓樹林扇頭見貺〉云：

> 子昂作選體，嘗愛阮嗣宗。阮詩清絕處，江水上有楓。參透句中禪，詩工畫尤工。斂收萬里江，都付尺許中。〔註144〕

〔註143〕〔元〕方鳳：〈仇仁父詩序〉，收入吳文治主編《遼金元詩話全編》（南京：鳳凰出版社，2006 年 12 月），頁 1091。

〔註144〕〔元〕張之翰：〈趙學士子昂畫選詩湛湛長江水上有楓樹林扇頭見

張氏在此詩中推許趙孟頫的畫作，能與阮籍的詩篇相結合，起著相得益彰的效果。張之翰以爲，阮籍詩雖在格律、字數的限制下，卻可展現萬里江山的壯闊風貌，因其具有以少總多的特殊能力，故能精確捕捉外在景物的內在神韻。而善作畫者與善爲詩者都應具備此一特殊的「斂收」能力，能從複雜、多樣的事物百態，提煉出最精要的菁華所在。而所謂的「參透句中禪」，意指能在字句中體會情景交融的情境，並透過筆墨將作者的體會、體悟示現出來。張氏對此詩、畫雙絕的藝術作品，給與最高的評價。

另外，張之翰還在〈方虛谷以詩餞余至松江因和韻奉答〉詩中以「第一義」論詩：

> 文章須占第一手，落第二義世盡有。萬物散在天地間，一寸毫端隨力取。最先胸中要參悟，不爾效顰徒獻醜。欲臻其妙千萬億，莫知其方十八九。……〔註145〕

張之翰以爲「胸中參悟」乃是作詩的根柢，而作詩務作「第一手」詩，「不效顰」、貴獨創，才是挺立古今詩壇的不二法門。另外張氏還有〈跋林野叟詩續藁〉，言及詩僧現象：

> 詩僧莫盛於唐宋，唐宋纔百餘人，求其傳世大家數，不過如皎然、靈澈、貫休、齊己、惠崇、參寥、洪覺範，餘則一詠一聯而已。高沙林野叟，有詩名淮海間。近袖《續藁》過余，余愛其氣無蔬筍，言不葛藤，奇聯警句，已足出人一頭地。〔註146〕

張氏以爲詩僧自唐宋爲盛，唐宋年間以詩僧見稱者雖有百餘人之眾，但足以名家者不過皎然、靈澈、貫休、齊己等幾家而已。文中還指出詩僧常見的弊病，如平淡、乏味的蔬筍氣，好以詩語說理至如葛藤般

眠〉，收入吳文治主編《遼金元詩話全編》（南京：鳳凰出版社，2006年12月），頁1190。

〔註145〕〔元〕張之翰：〈方虛谷以詩餞余至松江因和韻奉答〉，收入吳文治主編《遼金元詩話全編》（南京：鳳凰出版社，2006年12月），頁1190。

〔註146〕同上註：〈跋林野叟詩續藁〉，頁1194。

曲折、糾繞的陋習……等等。然林野叟詩則能避免此弊，故足以出一頭地。由此應可推知，其對僧人詩作應頗爲留心。

最後，張之翰在〈跋王吉甫直溪詩藁〉中云：

> 近時東南詩學，問其宗，不曰晚唐，必曰四靈；不曰四靈，必曰江湖。蓋不知詩法之弊，始於晚唐，中於四靈，又終江湖。〔註147〕

對於近代流行於東南沿海一帶的詩學風尙，張氏頗有微詞。他以爲此地詩歌受「晚唐」、「四靈」、「江湖」影響甚大，故而不知師法正途。由此可以明白看出，張氏對晚唐體詩的貶斥。另外張之翰還由晚唐開始，聯繫出晚唐——四靈——江湖的詩學譜系，此一觀點與嚴羽的宋詩發展論述，有相同的認識。

六、戴表元

戴表元（1244～1310），字帥初，一字曾伯，浙江奉化人。南宋咸淳間進士，曾官建寧府教授。元大德八年（1289），又出爲信州教授等職。爲學崇尙朱熹，論文注意新變。著有《剡源集》。

（一）本體論

首先，在本體論的認識上，戴表元在〈珣上人刪詩序〉提出：

> 人之於言，少繁而老簡，彼其中固有定不定也，言之至者爲文，而人之文有涉於刑名器數而作者，不必皆出於自然。惟夫詩，則一由性情，以生悲喜憂樂，忽焉觸之，而材力不與能焉。〔註148〕

戴氏以爲「言之至者爲文」，所以「文」是言語最精練的表現，雖然有所謂的「人之文」係「涉於刑名器數」所以不必出於自然，但對於「詩」這種文學體式，戴氏明確以「一由性情」作爲其所由發的內在動力。對於「情性」的定義，戴氏以爲生發「悲喜憂樂」者是「情性」

〔註147〕同上註：〈跋王吉甫直溪詩藁〉，頁1195。

〔註148〕〔元〕戴表元：〈珣上人刪詩序〉，收入吳文治主編《遼金元詩話全編》（南京：鳳凰出版社，2006年12月），頁1451。

的基本功能，他還強調「忽焉觸之」的偶然興發，這與嚴羽強調「詩者，吟詠情性」、強調「興致」的本體論極為相近。

戴表元在〈張仲實文編序〉中也曾稱許張仲實曰：

> 其彙帙巨編，雲蒸錦組，山翔濤湧，而皆緣於人情時務，若迫之而答，不得已而發，此其趣量又有進於文者耶？〔註149〕

其中「皆緣於人情時務」、「不得已而發」，強調詩歌本於人之情性的重要性，而此「情性」是關於時務、是「迫之而答」的，凸顯內在情性受外物觸動，應該「真實」反映的原則。嚴羽〈詩評〉曾說：

> 唐人好詩，多是征戍、遷謫、行旅、離別之作，往往能感動激發人意。（〈詩評〉四十五）

強調的也是實際閱歷對於詩人主體「感動」、「激發」人意的重要性，這種崇尚天然本真、真情實感的主張，與戴表元「一由性情」、「忽焉觸焉」的立場頗為一致。

（二）創作論

其次，在創作論方面，戴表元〈李時可詩序〉曾自述其學詩歷程：

> 余自五歲受詩家庭，於是四十有三年矣。於詩之時事、憂樂、險易、老稚、疾徐之變，不可謂不知其概，然而口不能言也。夫不能言而何以為知詩？然惟知詩者為不能言也。今夫人食之於可口，居之於佚，服之於燠，而遊之於適，誰不知美之？問其美之所以然，則不得而言之。昔嘗有二人射，其一百發百中，若矢生於手而候生於目。其一時而中焉，時而中者，每中輒言，百發百中者未嘗言也。揖百發百中者問之，其人啞然而笑曰：吾初不知吾射之至此也。問可學乎？曰：可學而不可言學之法。固問之，曰：日射而已矣。夫學詩亦猶是也。故余平生作詩最多，而未嘗言於人，亦不求人之言。〔註150〕

戴氏以飲食、居處、服飾、遊歷等四項生活常見的經驗，說明人們對

〔註149〕同上註：〈張仲實文編序〉，頁1434。
〔註150〕同上註：〈李時可詩序〉，頁1436。

於詩之美感是一種近乎本能體會的自覺反映。但若深推一層，問其「美之所以然」，則人們往往會陷入一種「不得而言」的困窘狀態。戴氏接著以射箭為例，對一位百發百中的人而言，射箭的技能早已在不斷地苦練下，成為下意識的自然反應。所以吾人若欲問其「如何而至此」？恐怕也只能得到「日射而已」的答案。而作詩就如同射箭一般，「可學而不可言學之法」恐怕是「惟知詩者為不能言」的類似感受，正如禪門話頭「如人飲水冷暖自知」，一切只能在實踐中訴諸個人的體會了。

對於此一玄妙的創作過程，頗有《莊子》「技進於道」的意味，這與嚴羽講熟讀、熟參、厚積薄發之意甚為相近。

戴表元〈許長卿詩序〉又云：

> 酸鹹甘苦之食，各不勝其味也，而善庖者調之，能使之無味；溫涼平烈之於藥，各不勝其性也，而善醫者製之，能使之無性；風雲月露，蟲魚草木以至人情世故之託於諸物，各不勝其為迹也，而善詩者用之，能使之無迹。是三者，所為其事不同，而同於為之之妙，何者？無味之味食始珍，無性之性藥始勻，無迹之迹詩始神。余自垂髫學詩，以至皓首，其間涉歷榮枯、得喪之變，是不一態，詩之難易、精粗、深淺亦不一致，雖不敢自謂已有所就，然不可謂之不勤其事也。方其勤之之初，嚘呻躄縮，經營轉折，幾亦自厭其勞苦；及為之之久，積之之熟，則又憣然資之以為樂。〔註151〕

戴表元以為「善庖者」、「善醫者」、「善詩者」三者有一共通特色，能「調之使之無味」、「製之使之無性」、「用之使之無跡」，也就是一種調合鼎鼐的特殊能力。能將原始材料作最適當的調配，於食使食「珍」、於藥使藥「勻」、於詩使詩「神」。而後戴氏又以自身學詩的經歷，指出「勤其事」的重要。戴氏以為要掌握「始珍」、「始勻」、「始神」的成功契機，工夫無他，唯「勤」而已矣。除了「勤」之外，戴

〔註151〕同上註：〈許長卿詩序〉，頁 1442。

表元還強調「積」的重要，定要「爲之之久」、「積之之熟」，才能有
眞積力久、自然悟入的可能。這種談詩的進路，與上述嚴羽熟讀、熟
參之說十分相似。

再者，在術語的使用上，「神」是嚴羽論詩的一大關鍵。《滄浪詩
話》云：

> 詩之極致有一：曰入神。詩而入神至矣！盡矣！蔑以加矣！
> 惟李杜得之，他人得之蓋寡也。(〈詩辨〉三)

「入神」是嚴羽論詩的極致，古今詩人只有李白、杜甫能得之，而他人
得之寡矣。在此「入神」是美的極致，是無法具體用語言詮解的境界，
其所指陳的大抵是「羚羊掛角，無跡可求」的「興趣」之境。而戴表元
所謂的詩之「神」，是「風雲月露」、「蟲魚草木」、「人情世故」等有形、
無形事物、意象，融合得渾然無跡的完整境界，在詩人化用之下被賦予
了有機的生命，而非機械式的拼湊、組合。這樣的能力，與嚴羽推崇李、
杜詩藝臻至化境的「入神」之說，有著極其類似的主張。

其實在玄妙境界之外，戴氏也有較爲明確的創作主張。其〈題蕭
子西詩卷後〉云：

> 年俱老蒼，加之以世故兵革、羈旅炎涼之憂攻之於外，田
> 園、婚嫁、朝暮之迫撓之於內，於是詩味之酸鹹苦辣煎煮
> 百出，如膏糜果蜜，力盡津竭而甘生焉。〔註152〕

戴氏以爲隨著蕭子西年歲漸長，人生閱歷日漸豐富，使其在詩歌創作
上有更進一步的提升，更能眞切地將人生的百態「煎煮百出」，而且
愈見其味。所以前述「惟知詩者爲不能言」的難處，在此隱隱揭露門
徑，欲學作詩必先廣其見聞。

另外，在〈趙子昂詩文集序〉中，戴表元曾記載其與趙孟頫論詩
的話語：

> 就吾二人之今所歷者，請以杭喻。浙東西之山水，莫美於
> 杭，雖童兒婦女，未嘗至杭者，知其美也。使之言杭，亦

〔註152〕同上註：〈題蕭子西詩卷後〉，頁 1478。

不敢不以為美也，而不如吾二人之能言，何者？吾二人身
歷而知之，而彼未嘗至故也。他日試以其說問居杭之人，
則言之不能以皆一，彼所取以其說問居杭之人，則言之不
能以皆一，彼所取於杭者異也。今人之於詩，之於文，未
嘗身歷而知之，而欲言者皆是也。幸嘗歷而知之，而言之
同者亦未之有也。〔註153〕

戴表元以杭州之美為例，未身歷其境的人，因為久聞杭州之名而有杭
州之美的判斷意識。但缺乏親身的體驗、經歷，只透過間接傳播的方
式所得知的，僅是浮泛、表面甚至只是想像中的景致。在詩歌創作時，
如果對於描寫的事物，缺乏親身的經歷、感受，寫出來的東西絕對不
會精采，因為缺乏親身體驗，將無從展現其真實的審美感受。所以「親
歷」，可謂是創作的根柢、源頭。

　　對於「親歷」的推重，戴表元〈劉仲寬詩序〉還云：

余少時喜學詩，每見出林江湖中有能者，則以問之，其法
人人不同。有一老生云：「子欲學詩乎？則先學遊。遊成，
詩自當異於時。」於時方在父兄旁，遊何可得？但時時取
陸放翁《入蜀記》、范至能《吳船錄》之類張諸坐間，想像
上下，計其往來，何止日行數千萬里之為快？已而得應科
目，出，交接天下士大夫，語其鄉土風俗。已而得宦學江
淮間，航浮洪流，車走巇阪，風馳雨奔，往往經見古今戰
爭興廢處所，雖未能盡平生之大觀，要自胸中瀟瀟然，無
復前時意態矣。身又展轉，更涉世故，一時同學詩人眼前
略無在者，後生輩因復推余能詩。余故不自知其何如也。
然有來從余問詩，余因不敢勸之以遊。及徐而考其詩，大
抵其人之未遊者，不如已遊者之暢；遊之狹者，不如遊之
廣者之肆也。嗚呼，信有是哉。……如此則遊益廣，詩益
肆。〔註154〕

戴氏以自身學習的過程指出「詩法」人人不同，但皆不如「遊」來得

〔註153〕同上註：〈趙子昂詩文集序〉，頁1430。
〔註154〕同上註：〈劉仲寬詩序〉，頁1447～1448。

重要。在年輕時，因隨侍父兄之側無法得而遊歷天下，是時藉助的是書本之資，透過前人遊記想像「數千萬里」之快。而後經科舉、入朝為官始得以開拓識見，「航浮洪流」、「車走巍阪」其經驗又與昔日不同。而後，閱歷更豐視野又大大不同。戴表元又從大量評閱他人詩作提出「未遊者，不如已遊者」、「遊之暢狹者，不如遊之廣者」的結論，所以除了案頭山水之外，尚須實質的江山之助，「讀萬卷書」還需「行萬里路」。這種講究身遊、親歷的創作主張，在宋代江西詩派一味講究「詩法」、「句法」的風氣之下，頗有撥亂反正的意圖。而這些輕詩法、重體悟的觀點與嚴羽詩論有相近之處，不過在「遊歷」山水、貼近社會自然的主張上，戴氏談得比嚴羽更多、更明確。

最後，戴表元〈蜜諭贈李元忠秀才〉一文，可謂其論及詩歌創作的名作，其云：

> 釀詩如釀蜜，釀詩法如釀蜜法。山蜂窮日之力，營營村塵數澤間，雜采眾草木之芳腴，若惟恐一失，然必使酸鹹甘苦之味無可定名而後成蜜。若偏主一卉，人得咀嚼其所從來，則不爲蜜矣。詩體三四百年來大抵並緣唐人數家：豁達者主樂天，精瞻者主蒙山，刻苦者主閬仙，古淡者主子昂，整健者主許渾，惟豫章黃太史主子美。子美於於唐，爲大家；豫章之於子美，又亢其大宗者也。故一時名人大老舉傾下之，無問諸子。自是以後，學豫章之徒一以爲豫章支流餘裔。復自分別標置，專其名爲「江西派」。規模音節，豈不甚似？似而傷於似矣。〔註156〕

戴氏主張作詩應該遍採眾家之長，如山蜂「雜采眾草木之芳腴」，然後再經由主體的消化、釀製爲詩。「轉益多師」、「博採眾長」，再加上主體情性的陶鈞，是創作詩歌的不二法門。而後戴表元簡述宋代以降對於唐人家數的學習，如白居易、陳子昂、賈島、許渾等，都是後人師法的典範。但當黃庭堅高舉杜甫爲宗之後，蔚然成派，而其後學「規

〔註156〕同上註：〈蜜諭贈李元忠秀才〉，頁 1479～1480。

模音節，豈不甚似」？但正因爲太「似」，而失卻了詩人原應具備的個體情性，而有所偏頗。所以，在創作上戴表元雖然也講究繼承前人文學遺產的優秀處，但也凸出了詩人主體的重要性。一如山蜂釀蜜，失卻了「蜂」的釀製能力，則草木永遠只是草木，不可能蘊釀成甘甜的蜜汁。學古又不忘個體獨立的價值，是戴表元創作論最有意義的主張。而這博觀約取、自成一家的主張，與嚴羽熟讀、飽參求得「悟入」的進路，十分類似。

（三）詩史論

在詩史論方面，「宗唐得古」是戴表元最著名的主張，在其推廣之下對整個元代文學風尚有極大的影響。

在戴表元活動的年代，有一派文人主張學習宋詩，而有「是唐聲也，是不足爲吾學也。」、「是終唐聲，不足爲吾詩也」〔註 157〕的主張；另一派則主張唐音者，則又群起捍衛之，以至形同水火。而戴表元面對二派爭執的情況，作出以下評論，其〈張仲寔詩序〉云：

> 詩自盛古至於唐，不知幾變，每變愈下，而唐人者，變之稍差者也。今人服食寢處之物、玩適之器不暇及古，雖古不能信其必古，但得唐人遺練斷楮、廢材敗鑛，數百千年間物即古之，疑其攻能精絕，亦喈喈歎羨，以爲不可及。至於爲詩，去唐遠甚。然談及之則不以爲古，誠古不止此，抑克其類焉？姑無深誅唐乎！〔註158〕

戴氏以爲「盛古至唐」詩歌曾經歷多次變化，「每變愈下」，是戴氏歸納出來的詩史發展定律。戴表元以爲，唐人去古還算不遠，所以尙且保留古人的風度，而今人之詩「去唐遠甚」，可謂詩道陵夷，殊無可觀之處。所以近唐與否是上探古風的關鍵，不能習寫唐人詩作則無從恢復古道。

戴表元在〈洪潛甫詩序〉更明確提出「宗唐得古」之說：

〔註157〕同上註：〈張仲寔詩序〉，頁 1438。
〔註158〕同上註：〈張仲寔詩序〉，頁 1438～1439。

> 始時汴梁諸公言詩，絕無唐風，其博贍者謂之義山、豁達
> 者謂之樂天而已矣。宣城梅聖俞出，一變而爲沖淡。沖淡
> 之至者可唐，而天下之詩於是非聖俞不爲。然及其久也，
> 人知爲聖俞而不知爲唐。豫章黃魯直出，又一變而爲雄厚。
> 雄厚之至者尤可唐，而天下之詩於是非魯直不發。然及其
> 久也，人又知爲魯直而不知爲唐。非聖俞、魯直之不使人
> 爲唐也，安於聖俞、魯直而不自暇爲唐也。邇來百年間，
> 聖俞、魯直之學皆厭，永嘉葉正則倡四靈之目，一變而爲
> 清圓。清圓之至者亦可唐，而凡枵中捷口之徒皆能託於四
> 靈，而益不暇爲唐。唐且不暇爲，尚安得古？〔註159〕

戴氏以爲宋代著名詩人的風格大多是從唐人學習、借鑒而來，舉凡「博
贍」、「豁達」、「沖淡」、「雄厚」等風格，盡皆含納於唐詩之中。戴氏
以爲梅堯臣的平淡詩風、黃庭堅的雄厚詩風、永嘉四靈的清圓詩風，
都只是祖述唐詩的中繼站，學詩者還需向上一步。如前文所述，戴表
元主張「每變愈下」的觀念，所以對今人但知學宋，而不知上探唐人、
進而得古人風貌的情形甚感不滿。戴氏以爲，至少要先學好唐詩，才
有進臻古詩之風的可能。所以「唐且不暇爲，尚安得古」、「宗唐得古」
的主張於焉成形。

　　所以，戴表元將「尊唐」和「復古」統一起來。但「復古」必先
「尊唐」，於是在是時復古的風氣之中，戴氏樹立起了一面鮮明的尊
唐旗幟，以爲時人標的。

　　另外，戴表元〈陳晦父詩序〉云：

> 世多言唐人能攻詩，豈惟唐人，自劉、項、二曹父子起兵
> 間，即皆能之，無問文士。至唐人乃設此以備科目，人不
> 能詩，自無以行其名，故不得不攻耳。〔註160〕

談到唐人之所以攻詩的原因看法與嚴羽類似，〈詩評〉也曾云：

> 或問唐詩何以勝我朝？唐以詩取士，故多專門之學，我朝

〔註159〕同上註：〈洪潛甫詩序〉，頁1441。
〔註160〕同上註：〈陳晦父詩序〉，頁1441。

之詩所以不及也。（〈詩評〉八）

嚴、戴二氏皆以爲「以詩取士」是唐人詩學大盛的原因。不過除了唐人之外，戴氏又特別提及建安時期的作家，不論身份是否爲文士，卻都率皆能詩。即便在軍旅之中，也能寫出感動人心的好作品。一直到了唐代以詩取士，如有文人不攻詩者，自無以揚名於世、也無從晉身宦途，於此風尚所及，作詩就成了唐人用力所在。在戴氏此段言論之中，隱隱然可感受到對漢魏時期詩歌的推崇。嚴羽《滄浪詩話》雖曾主張「截然謂當以盛唐爲法」，但對漢魏六朝詩也以「不假悟」、第一義等詞彙稱揚之，對此二時期詩歌推重的意識甚爲明確。而戴表元此〈序〉對唐人攻詩的歷史現象以及對漢魏詩歌的推崇都與嚴羽有著相類似的看法。

戴表元是元初江浙地區具有影響的文章大家，其論詩側重於對宋代詩壇的反省。曾針對「四靈」、「江湖」詩派提出許多針砭，對「江西」詩派也是多所批評。故其詩學主張與嚴羽頗爲近似。其他如詩之妙不可言傳的主張，學詩之法應在遍師古人的基礎上追求「無跡之跡」的入神之說，以及對於宋人學習唐人詩作的認識，甚至是詩宗漢魏、盛唐的詩史觀……等，都是戴氏詩歌理論與嚴羽主張可相參看、聯繫之處。

七、吳　澄

吳澄（1249～1333），字幼清，人稱草廬先生，撫州崇仁（今屬江西）人。曾隱居山林，後奉詔爲江西儒學副提舉、國子監丞、翰林學士等職。吳澄與當世名儒許衡並稱，曾有「南吳北許」之譽，於程、朱理學甚有心得，又折衷陸氏心學，是當時的理學大師。著有《吳文正公集》。

（一）本體論

首先，在本體認識上，吳澄強調「自然」，〈皮達觀詩序〉云：

> 詩之自然者，所到各隨其所識，迹已然之迹，聲同然之聲，
> 則意若辭不繇己出，使然耳，非自然也。〔註161〕

〔註161〕〔元〕吳澄：〈皮達觀詩序〉，收入吳文治主編《遼金元詩話全編》

吳氏以爲作詩必須「隨其所識」，辭、意必由己出，才是自然之作。
沒有「自我」在其中的詩歌，與他人作品將無從判別，「迹以然之迹」、
「聲同然之聲」失卻了應有的獨特性。

　　另外，吳澄〈一笑集序〉又云：
　　　心與景融，物我俱泯，是爲眞詩境界。〔註162〕
所以「眞詩」是由「心」與「景」融合而成，而且唯有臻於「物我俱
泯」，才是「眞詩」的境界。所以從「心」、「我」的提舉，以及前皆
「必繇己出」的主張，皆可發現吳澄對於詩人眞情實感的重視。

　　吳澄〈朱元善詩序〉云：
　　　不能詩者聯篇累牘，成句成章，而無一字是詩人語。然則
　　　詩雖小技，亦難矣哉。金谿朱元善才思俱清，遣辭若不經
　　　意，而字字有似乎詩人，雖然吾猶不欲其似也。何也？詩
　　　不似詩，非詩也，詩而似詩，詩也，而非我也。詩而詩已
　　　難，詩而我尤難？奚其難？蓋不可以強至也。學詩如學仙，
　　　時至氣自化，元善之於詩似矣。比其化也，則不見其似，
　　　吾猶將俟其至焉。〔註163〕
吳氏以爲世間除卻「詩不似詩」的粗製濫造之外，可分爲「詩而似詩」、
「詩而我」兩種層次。其中「詩而似詩」，指的是詩人掌握作詩歌的
藝術技巧，故能如朱元善般寫出的「字字有似乎詩人」的詩句。但吳
澄以爲在詩歌體式規範、技巧之外，還必須融入詩人眞實情感、體會、
閱歷、感受，必須「心與景融」、「物我俱泯」，才能寫出具有個人特
色的成功之作，這才是「詩而我」的境界。當然這樣的詩作，不是力
強可至的，在積累工夫之外，還必須等待「時至氣自化」的頓悟契機。
雖然吳氏此說是本於道教修爲立論，但其過程與嚴羽以禪悟喻詩道頗
爲類似。嚴氏論詩主「妙悟」，但在妙悟來臨之前，仍有一番參、究
工夫須力行。故其「悟」，乃是築根於「漸修」之上。所以「時至氣

　　　　　（南京：鳳凰出版社，2006年12月），頁1581。
〔註162〕同上註：〈一笑集序〉，頁1582。
〔註163〕同上註：〈朱元善詩序〉，頁1586～1587。

自化」，在本質內涵上與嚴羽「妙悟」說有著相似的修養歷程。

　　另外，文中的「氣」，也是吳澄論詩的本體要素。其於〈蕭獨清詩序〉曾云：

> 不有是人，何以有是詩哉？故曰詩也者，乾坤清氣所成也。
> 〔註164〕

由此可知吳氏所謂之「氣」與個人稟賦的關係十分密切，「不有是人，何以有是詩哉」是吳氏對於「氣」的補充說明，配合上述「時至氣自化」可以發現，「氣」是可以透過修養、淬礪而改變的。所以在吳澄的詩學本體論中，如何展現個體自「我」（個人稟賦）是極其重要的。除此之外，吳澄在〈吳間間宗師詩序〉云：

> 物之有聲而成文者，樂也，人之有聲而成文者，詩也。詩
> 樂聲也，而本乎氣，天地之氣太和，而聲寓於器，是為極
> 盛之樂。人之氣太和，而聲發乎情，是為極盛之詩。自古
> 及今，惟文、武、成、康之世，有二〈南〉、〈雅〉、〈頌〉
> 之聲焉。漢魏以後，詩人多矣，而成、周之太和不再見。
> 〔註165〕

「詩」是人之聲而成文者，而其本原在於「氣」。與天地之氣相仿，人之「氣」也須以「太和」為極致。至於「太和」究竟係何元素？吳氏以為《詩經》的雅、頌之聲裡寓之，大抵是一種與時代、政治相聯繫的「治世」之音。故漢魏以降，這種盛世之風不復存在，《詩經》裡那種太和之氣、極盛之樂自此遠去。所以，時代環境對於詩人個體的影響，也頗為關鍵。

　　不過受理學家視文學為「餘事」的看法影響，吳澄也有詩為「小技」的言論：

> 文章一技耳，詩又技之小者也。技雖小，豈易能哉？知其
> 不易，則一字不輕出。而世之小有才者，率意為之，聯章
> 累句，在俄傾之間，若甚不難。雖然，可聽而不可觀也，

─────────────

〔註164〕同上註：〈蕭獨清詩序〉，頁1591。
〔註165〕同上註：〈吳間間宗師詩序〉，頁1592。

可觀而不可玩也。〔註166〕

吳氏以爲文學是技術的一門，而「詩」是其中小者。不過此技雖小，卻不可輕易爲之。吳澄接著批評世人小有才氣者，以輕率的態度、隨意爲之，造成空有音律之美，而無意象可觀；或空有意象的巧意經營，卻不耐再三玩味咀嚼。所以，其雖本於理學家立場，但對於詩歌應有的美感追求、餘韻繞樑的效果，以及內在意蘊的深度，都非常重視。

吳澄〈東麓集序〉還說到：

詩文以理爲主，氣爲輔，是得其本矣。〔註167〕

「以理爲主」顯然是強調以「理」爲詩歌本體，而「氣」爲輔。不過，「氣」在這裡指的不再是「乾坤清氣」，而是「辭氣」，也就是情意表現於言辭上時所透顯出的風格或氣勢。

綜上所述，可以發現吳澄的本體論述頗爲多元，既強調詩人情志的自然表現、也強調儒家詩教的倫理規範、甚至有理學思想摻雜其中。不過在根本主張上，吳氏對於詩人層次的美感要求仍頗爲重視，在三者之間的折衷、統合並未全然失卻詩之爲詩的美感要素。

（二）創作論

在創作論方面，吳澄與戴表元相似，皆有以「釀蜜」爲喻，鼓勵詩人承繼前人優秀遺產、轉益多師。其於〈周栖筠詩集序〉云：

世有學術貫千載，文章妙一世，而詩語或不似者。唐宋六七百年間，有學有文而又能詩，不過四五人而已，茲事豈易言哉？善詩者譬如釀花之蜂，必渣滓盡化，芳潤融液，而後貯於脾者皆成蜜。又如食葉之蠶，必內養既熟，通身明瑩，而後吐於口者皆成絲，非可強而爲，非可襲而取。〔註168〕

吳氏以「學」、「文」、「詩」三者，作爲衡鑒唐、宋六百年詩、文人的標準，得出僅有數人能夠符合的結論。其立基點在於「通」、「達」，

〔註166〕同上註：〈大酉山白雲集序〉，頁1588。
〔註167〕同上註：〈東麓集序〉，頁1580。
〔註168〕同上註：〈周栖筠詩集序〉，頁1593。

吳澄以爲優秀的文人應有「兼善」各領域的能力。就學詩而言，因爲
「轉益多師」、「博觀約取」的概念，使得詩人再次被喻爲「釀花之蜂」。
吳氏以爲對前人成果的學習，不是一味的抄襲，而是一個有機、涵融
的過程。所謂「渣滓盡化」、「芳潤融液」就是強調對前人作品的消化、
吸收，而後「貯於脾者皆成蜜」。這得來不易的「蜜」汁，是經由詩
人脾胃蘊釀而出，帶有詩人個體特色的精華成果。吳氏接著又以蠶爲
喻，提出「內養既熟」的主張。移轉至人，「內養」指的是詩人自身
的涵養，也許是道德層次的修爲、也許是藝術層次的積蘊，總之主體
的能動性在這裡又被提出強調。至於「通身明瑩」則是一種修爲境界
的形容，必須達至一種清明澄澈的境界，才能出口成絲（「詩」）。而
這個過程，頗有禪宗「頓悟」、理學「悟入」、道教「換骨」修養論的
特色，強調的是一種自然而然，非力強、強襲可至的過程。

　　所以，在吳澄的創作論中，詩人主體的能動性極強，雖也主張借
鑒古人，但仍以融合變化爲上，而不致流於一味摹古、倣古。這些創
作方法論，在嚴羽的詩學理論中也多有提及，如「熟讀」、「熟參」、「悟
入」之說即是，只是吳氏以蜂釀蜜、蠶吐絲的表達方式，更爲形象、
生動。

　　另外，〈譚晉明詩序〉云：

　　　　漢、魏逮今，詩凡幾變，其間宏才碩學之士，縱橫放肆，
　　　　千彙萬狀，字以練而精，句以琢而巧，用事取其切，模擬
　　　　取其似，功力極矣。而識者乃或舍旃而尚陶、韋，則亦以
　　　　其不鍊字、不琢句、不用事，而情性之眞近古也。今之詩
　　　　人，隨其能而有所尚，各是其是，孰有能知眞是之歸者哉？

　　　　〔註169〕

吳氏以爲漢、魏迄元，詩歌經歷多次風尚的變革。有的在字句的琢練
上、有的在用事屬對上別出新裁、有所突破。但這些經營變化對於吳
澄而言，並非詩之正途。他崇尚的是近似陶淵明、韋應物等人古樸自

〔註169〕同上註：〈譚晉明詩序〉，頁 1584。

然的風格，以抒發眞摯情感爲目的，在表達技巧上，並不在字、句、用事上鑽營，而是以「情性」作爲詩之依歸。可惜後世文人並不以此爲要，背離正軌甚遠。

所以在創作的規範上，形式技巧與詩人情志二維之間，吳澄主張以儒家「繪事後素」之說爲原則。只有眞摯的情志，才有打動人心的可能；至於字、句等工繪之事，只是情志的輔佐、修飾，不應反客爲主，走向岔途。

配合上述本體論的討論，可知吳澄對於詩人情意的自然表達甚爲重視。而嚴羽也是以詩人情意的興發爲中心，對於其他形諸於外的法度、踵事增華的辭采，都視爲附加參考的依據。所以在情性、技巧之間，有著明確的主從之別。

（三）詩史論

在詩史論的討論上，吳澄〈詩府驪珠序〉云：

> 言詩頌、雅、風、騷尚矣。漢、魏、晉五言訖於陶，其適也，顏、謝而下勿論，浸微浸滅。至於唐陳子昂而中興，李、韋、柳因而因，杜、韓因而革。律雖始而唐，然深遠蕭散不離於古爲得，非但句工語工字工而可。嗚呼！學詩者靡究源流，而編詩者亦漫迷統紀，胡氏此篇其庶乎！緣余所言，考此所編，悠然遐思，必有超然妙悟於筆墨蹊徑之外者。〔註170〕

這裡勾勒出《詩經》以降至於唐代的詩歌發展概況，可發現吳澄對於先秦《風》、《騷》傳統的祖述十分重視。而魏、晉以下詩人，其所推崇的是陶詩的自適之風，對於顏延之、謝靈運以後的詩人，則因過分講究藻飾而不值細論。陳子昂是吳澄心目中矯正華靡風格的中興人物，而李白、韋應物、柳宗元等人，雖也允稱大家，但在風格上承襲的成分較高，故吳氏給予「因而因」的評價。而杜甫、韓愈，在詩歌的風格、技巧上多有變革，故在承襲中開出新路，吳氏給予「因而革」

〔註170〕同上註：〈詩府驪珠序〉，頁 1577。

的評騭。除此之外，在字句工巧與深遠蕭散的古樸風格之間，吳澄顯
然較傾心於後者。另外，吳氏批評今之學者多不知溯其源流，編選詩
集者也缺乏正確的認識與標準，造成詩道的陵夷。最後頗為有趣的
是，吳澄以「超然妙悟於筆墨蹊徑之外」作為閱讀《詩府驪珠》的讀
後心得，可見他十分看重詩歌的言外意、趣，也強調鑒賞時的妙悟偶
得。

　　吳澄〈唐詩三體家法序〉云：

　　　　言詩本於唐，非固於唐也。自河梁之後，詩之變至於唐而
　　　　止也。於一家之中則有詩法，於一詩之中則有句法，於一
　　　　句之中則有字法。謫仙號為雄拔，而法度最為森嚴，況餘
　　　　者乎！立心不專，用意不精，而欲造其妙者，未之有也。
　　　　元和，蓋詩之極盛，其體製自此始散，僻事險韻以為富，
　　　　率意放辭以為通，皆有其漸，一變則成五代之陋矣。異時
　　　　厭棄纖碎，力追古製，然猶未免陰蹈元和之失。大篇長什，
　　　　未暇深論，而近體三詩，法則先壞矣。一鳩雙燕，或者方
　　　　且謙遜，而落木長江得意之句，自謂於唐人活計得之，眩
　　　　名失實，是時昧者之過耳。永嘉嘗有意於變體，姚、賈以
　　　　上蓋未之思，故今所編摭，閱誦數百家，擇取三體之精者
　　　　有詩法焉、有句法、有字法焉，大抵皆規矩準繩之要言，
　　　　其略而不及詳者，欲夫人體驗自得，不以言而玩也。〔註171〕

吳氏以為言作詩之法的風氣起於唐代，開啟後人對於詩家「字法」、「句
法」、「詩法」的討論。如李白詩雖然以雄拔、飄逸為特色，但其法度
亦甚為精嚴，所以談詩論法，仍有應鑽研、精進之處。元和之後，詩
歌渾然一體的風格被新興的創作技巧給解構，時人好以事險韻為挑
戰，讓詩之為詩的體製從此打破，以致於後世愈偏愈枉，形成率以為
之的陋習。其後宋人雖也曾有力追古製的訴求，但在方法上仍舊未能
擺脫元和的偏失，諸如韓愈別出蹊徑以文為詩、好尚怪奇的主張，都
在宋代得到進一步的發展、實踐。而後永嘉四靈以晚唐姚、賈路數，

〔註171〕同上註：〈唐詩三體家法序〉，頁 1589～1590。

變五代以降宋人之弊，欲恢復唐人風範，但拘於見識所限，仍舊無法走向正途。而《唐詩三體家法》擇取三種詩體之精要者，示其詩法、句法、字法，供後人規矩準繩之用，實爲詩家之大幸。從吳澄對於《唐詩三體家法》的看重，可以發現他對祖述唐人、恢復元和之前傳統的立場。

最後，吳澄〈王實翁詩序〉云：

> 黃太史必於奇，蘇學士必於新，荊國丞相必於工，此宋詩之所以不能及唐也。〔註172〕

對於宋朝三大代表詩人：王安石、蘇軾、黃庭堅，分別給於「工」、「新」、「奇」的特色概括。其中「必」這個字也不宜輕忽帶過，它代表著詩人的刻意規模、經營，是一種人爲的用功、用力。吳澄論雖也主張學習唐人法度，但對宋詩在工巧、新奇上的揣摹、用心，不表認同，以爲宋人的創作實踐有走向岔路之嫌。再者，吳氏於詩好尙自然，不喜過分工巧的詩風，故有「宋詩」不及「唐詩」的判斷。相同的，嚴羽對於宋詩發展也多所指斥，「以文爲詩」、「以議論爲詩」、「以才學爲詩」⋯⋯都是嚴羽對宋詩發展深切不滿之處。故而在唐、宋優劣論中，二人所持立場十分相近。

八、徐　瑞

徐瑞（1254～1325），字山玉，號松巢，江西鄱陽人。與黎延瑞、吳存、仇遠等友善而鼎峙一時。著有《松巢漫稿》傳世。

徐瑞論詩提倡興會妙悟，其〈雪中夜坐雜詠〉云：

> 文章有皮有骨髓，欲參此語如參禪。我從諸老得印可，妙處可悟不可傳。〔註173〕

徐氏將參禪工夫帶入鑒文賞詩的領域，並以「妙處可悟不可傳」作爲溝通二者的關鍵所在。故而詩、禪勝境，皆是如人飲水冷暖自知，要

〔註172〕同上註：〈王實翁詩序〉，頁1586。
〔註173〕〔元〕徐瑞：〈雪中夜坐雜詠十首〉其五，收入吳文治主編《遼金元詩話全編》（南京：鳳凰出版社，2006年12月），頁1630。

親身體味方能知之。

徐氏〈贈別高則山王叔浩〉則論及采詩的基本要求：

> 采詩直須別具眼，論人尤貴平其心。莫重所聞輕所見，四
> 方岩穴有知音。〔註174〕

這裡的「具眼」之說，一如嚴羽「具正法眼」之謂，要有獨道之處，方見識眼。而「莫重所聞輕所見」一句，則在強調親身體會的重要，故其論詩頗有禪門親歷實踐的意味，由見聞入道者於佛也只落入「聲聞」之道，非正覺之途，唯有親歷實證方見勝地。

另外，在〈夏日讀陶韋詩偶成庚戍〉一詩中，徐瑞強調詩寫性情、理到辭達、神超韻清的自然之理：

> 詩道貴和平，由來寫性情。要知衝口出，絕勝撚髭成。理
> 到辭須達，神超韻自清。無人融此趣，庭戶綠陰生。〔註175〕

詩人性情乃係詩歌所由發的根本，而發之於詞要以衝口而出、不可不發者為上，不應以苦吟為務。所以徐瑞強調的是一種自然成趣的詩歌創作觀，要如「庭戶綠陰生」般自然而然。而以陶、韋詩為題，除了取法其自然天趣，徐瑞又引入了中正和平之音以為詩道之旅尚，也略可看出其崇尚風雅的精神。

在〈偶題〉詩中，徐瑞則以「口耳不到方是妙」來形容陶詩、張草：

> 陶公恆得法外意，張顛獨悟書中神。口耳不到方是妙，言
> 動可疑皆非真。〔註176〕

法外意、書中神的求取，猶如嚴羽詩論對於言外之意的好尚，也就是由有形的表相更進一步，參得其間妙趣。而此妙處，非口耳所能言傳，乃實證體悟而得。

從徐瑞這幾首詩歌作品可以發現，其對於詩歌創作的體會，對興會、妙悟、詩趣的提倡，都與嚴羽有著近似的主張。

〔註174〕同上註：〈贈別高則山王叔浩〉其三，頁1630。

〔註175〕同上註：〈夏日讀陶韋詩偶成庚戍〉，頁1631。

〔註176〕同上註：〈偶題〉，頁1631。

九、劉將孫

　　劉將孫（1257～？），字尚友，號養吾，廬陵（今江西吉安）人。
為宋末評點名家劉辰翁之子。宋末曾考取進士，入元後曾任臨汀書院
山長。著有《養吾齋集》四十卷。

（一）本體論

　　在本體論上，劉將孫主張詩歌本於「情性」，其〈本此詩序〉云：

> 詩本出於情性，哀樂俯仰，各盡其興。後之為詩者鍛鍊，
> 奪其天成，刪改，失其初意，欣悲遠而變化，非矣。人間
> 好語，無非悠然自得於幽閒之表，而留意於茲事者，僅以
> 為禽犢之資，此詩氣之所以不昌也。〔註177〕

劉將孫以為詩是感情的自然發露，故其表達應是「各盡其興」、自由
自在的。而後世為詩者不識此趣，將詩歌導至「鍛鍊」之途，遺落了
原應具備「天成」之趣，多了人工的矯飾、失卻了詩人初意本衷，情
感的真實性被人為的造作給取代後，已不具「詩」之精神了。劉氏更
以為人間的好言語，多在悠然閒適間自然呈現，而非刻意為之，可惜
後人不察，至使詩道淪落。這種強調天機自然的論點，可視為是對儒
家傳統詩教以及宋人尚理而輕忽情性興發的修正。〈本此詩序〉中曾
以謝靈運「園柳雙鳴禽」一句為例，說明何謂鍛鍊、刪改：

> 此句乃似作意，又或以「雙」為「變」，「變」不如「雙」，
> 「雙」乃有一時自然之趣。靈運倘不自發其趣，後人當更
> 愛下句耳。〔註178〕

劉氏斟酌於一字之間，以為謝詩若作「雙鳴禽」將較「變」字多了無
意為之的自然之趣。而今，「變」字反添刻意之情，人為經營的痕跡
較為明顯。所以「本於情」、「盡於興」，是劉將孫論詩之本原時的基
本立場。

〔註177〕〔元〕劉將孫：〈本此詩序〉，收入吳文治主編《遼金元詩話全編》
　　　　　（南京：鳳凰出版社，2006 年 12 月），頁 1833。
〔註178〕同上註：〈本此詩序〉，頁 1833。

其於〈九皋詩集序〉中云：

> 夫詩者，所以自樂吾之性情也，而豈觀美自鬻之技哉？欣
> 悲感發，得之油然者有淺深，而寫之適然者有濃淡。志尚
> 高，則必不可凡；世味薄，則必不可俗。〔註179〕

劉氏明確的以「自樂吾之性情」爲作詩的本原目的，而非務求藻飾、
誇耀技法，「欣悲感發」才是抒情的動力所在。當然詩人稟性不凡，
觸物所興之感也有濃淡、深淺之異，正因其來有別，所以才有個人的
體貌風神展現其間。因此詩歌是情性之眞，是消除世俗雜念，是摒除
一切功利機心，一任自然的藝術門類。這樣的觀點與嚴羽高舉詩歌審
美的獨立價值，立場頗爲一致。

（二）創作論

在創作論方面，劉將孫主張「學詩如學仙，時至骨自換」，強調
積累、體驗的重要性。其〈牛蓼集序〉云：

> 「學詩如學仙，時至骨自換。」此語非無爲言之也，予固
> 身體而心驗之矣。往嘗寫字，恨不能如意，長者教予曰：「久
> 當自熟。」當時嘗以俗語，反之云：「傭書者不已久耶？」
> 既而寫愈久愈多，筆下忽覺轉換如移神，方悟其趣。詩亦
> 若此，非可齦齦效而得之也。〔註180〕

劉氏以自身學書寫字的經驗比附於詩，以爲勤練、苦學是成功的不二
法門。「寫愈久愈多，筆下忽覺轉換如移神」，這種技進於道、時至骨
換，與嚴羽「參」、「讀」之後所期待的「悟入」處同一關鍵，故劉氏
亦云：「方悟其趣」。此「悟」，即築基於涵養、參究的實踐工夫之中。

劉將孫〈古以實詩詞序〉云：

> 自吾家先生教人，始乃有悟者，然或謂好奇，或謂非規矩
> 繩墨，惟作者證之大方而信。對以意稱者重於字，字以精
> 鍊者過於篇，篇以脈貫者嚴於法。脫落蹊徑，而折旋蟻封；
> 狹袖屈伸，而舞有餘地。是固未易爲不知者道。誠不意嫻

〔註179〕同上註：〈九皋詩集序〉，，頁1837。
〔註180〕同上註：〈牛蓼集序〉，，頁1838。

親中有以實詩若詞也。凡天趣語難得，以實自證自悟，故
一出而高。〔註181〕

劉氏以其少時受教其父的經驗說明作詩原則：不在好奇尚怪、不在規
矩繩墨，而自一己的實證實悟之上。於「字」、「篇」、「法」等形諸於
外的原理、原則之上，還需脫落蹊徑的超越過程，而這個轉換的經過，
難以爲外人道。唯有自己自證、自悟，才能識此眞趣。像古以實因爲
於詩有自證自悟之處，故發而爲詩才能有天然之趣，才能一出而高，
獲得眾人的青睞、嘉許。

　　所以在「法」與「悟」的關係上，劉氏主張詩歌不應只停留在規
矩、摹擬的層次，更應向上騰升，以自證自悟、脫落蹊徑。這與嚴羽
論詩法而不囿於法的立場甚爲相近。

（三）詩禪論

　　繼嚴羽之後，劉將孫的詩禪論述也甚爲可觀，其〈如禪集序〉云：
詩固有不得不如禪者也。今夫山川草木、風煙雲月，皆有
耳目所共知識。其入於吾語也，使人爽然而得其味於意外
焉，悠然而悟其境於言外焉，矯然而其趣其感他有所發者
焉。夫豈獨如禪而已。禪之捷解，殆不能及也。然禪者借
混漾以使人不可測，詩者則眼前景，望中興，古今之情性，
使覺者詠歌之，嗟歎之，至於手舞足蹈而不能已。登高望
遠，興懷觸目，百世之上，千載之下，不啻如自其口出。
詩之禪至此極矣。而詩果能此地位者幾何人哉？雖然，學
者不可以不有此志也。蓋積之不厚，則其發之也淺；發之
不穩，則其感之也薄。彼禪者或面壁九年，雪立齊腰；後
之學詩者，其工夫能爾耶？……抑詩但患不能禪耳，儻其
徹悟，眞所謂投之所向，無不如意。〔註182〕

劉氏以爲山川草木、風煙雲月等具體物象是眾人皆可共同感知者，當
外在景物進入詩人眼簾而後化爲詩歌，其所要求的就不僅是「辭達」

〔註181〕同上註：〈古以實詩詞序〉，，頁 1844。
〔註182〕同上註：〈如禪集序〉，頁 1838～1839。

而已，還當求其意外之味、言外之境。倘若失卻詩人主觀體驗的參與，詩歌將成爲千篇一律的創作，了無新意。唯有詩人悟其境於言外，以其感、其趣，超脫物象，詩歌方有可讀之處。對於語言表相的超越，正是詩家與禪家境界相通之處。

除了妙悟境界，超越言語表相之外，工夫論也是詩、禪相通的關鍵所在。引文所謂「或面壁九年，雪立齊腰」，以達摩、惠可求道的歷程比喻作詩也應有這樣的參究過程，而後豁然貫通、了悟眞義。文中提到「積之不厚」「其發也淺」，強調積累、博觀的重要性，而後期待一種不知其所以然的妙悟體驗。這些都是溝通詩、禪關係的關鍵，所以說引禪法入詩學能得到「儻其徹悟」「無不如意」的驚人效果。

不過除了詩、禪相通之處外，劉氏也注意到詩、禪不同之處。禪家參禪最終落腳處是「混濛難測」的，但詩人作詩由景入情，有眞實情感的興發、有具體境界的體現，故與禪的玄虛，終係有別。這樣的認識，無疑是對宋代以降的詩、禪論述作了更深一層的探究。嚴羽只言二者相通之處，劉將孫則關懷到二者相異之處。

總括上述諸項，劉將孫的詩學體系與嚴羽十分相似。如崇尚本諸性情的本體論、強調博學飽參的創作工夫論，甚至在詩、禪學關係上承認二者相通的可能。只可惜在劉氏現存的文獻資料中，沒有與嚴羽相關的評價、論述，否則在許多觀點上，二人有著十分合拍的調性。

十、袁　桷

袁桷（1266～1327），字伯長，號清容居士，慶元路鄞縣（今浙江寧波）人。曾任麗澤書院山長、兼國史院編修官、拜集賢直學士。袁桷曾師事戴表元，文學思想也受戴氏影響，主張繼承唐詩傳統，糾正宋詩風氣。

袁桷〈題劉明叟詩卷〉云：

> 大裘無文，良玉不琢，質至美而無可揀擇也。言爲心聲，而詩章之衍溢，則又若必事於模範論。至於理盡，所謂模

範者，特餘事耳。〔註183〕

袁桷以為「言為心聲」，詩歌應是詩人情性的反映，在創作實踐上雖然有學習典範的必要，但在法度與自然質性間，袁氏更強調合於自然的重要。所以有「至於理盡，所謂模範者，特餘事耳」的捨筏登岸之說。

在袁桷的詩學體系中，詩史論述頗值得吾人探究。〈書余國輔詩後〉云：

> 余嘗以為聲詩述作之盛，四方語諺各不相似，其音節，則未有不同焉者，何也？詩盛於周，稍變於建安、黃初，下於唐，其聲猶同也。豫章黃太史出，感比物聯事之冗，於是謂聲由心生，因聲以求，幾逐於外，清濁高下，語必先之，於聲何病焉？法立則弊生，驟相模倣，豪宕怪奇，而詩益浸淫矣。臨川王文公語規於唐，其自高者始宗師之，拘焉若不能以廣，較而論之，其病亦相似也。〔註184〕

袁氏以為詩歌在周朝時大盛，而後經歷建安、黃初的變革，承衍至唐，但在唐代以前仍具有自然傳統之音。但在江西詩派流行之後，「比物聯事之冗」成了詩歌沉疴，至此詩歌的品質大變。袁桷以為詩歌應是「聲由心生」的自然產物，但黃庭堅及其後學卻只從形式、聲律上下功夫，研定了許多詩法，造成「法立弊生」的不良影響。在後人相繼模倣之下，失落了詩歌本然之聲。此前雖有王安石借鑒唐詩語式，但仍有所偏限而無法突破前人規範，於是與江西詩派犯了類似的過錯，不識「言為心聲」、「聲由心生」的原理、原則。

袁桷對於江西詩派的批評屢見於其書信、序跋之中。如〈書梅聖俞詩後〉云：

> 崑體之變，至公而大成，變於江西，律呂失而渾厚乖，馴致後宋，弊有不勝言者。〔註185〕

〔註183〕〔元〕袁桷：〈題劉明叟詩卷〉，收入吳文治主編《遼金元詩話全編》（南京：鳳凰出版社，2006年12月），頁1940。

〔註184〕同上註：〈書余國輔詩後〉，頁1931。

〔註185〕同上註：〈書梅聖俞詩後〉，頁1925。

所謂「律呂失而渾厚乖」係指摘江西詩派爲求詩歌格律的拗奇變化而背離了音韻之美、失卻了渾厚之氣。〈書黃彥章詩編後〉又云：

> 元祐之學鳴，紹興豫章太史詩行於天下。方是時，紛立角進，漫不知統緒。謹儜者循音節，宕跌者擇險固。〔註186〕

袁桷以「漫不知統緒」來形容江西詩學後學者盲從而乏條理的學習進路。其中拘謹的人循音律的規範、尺步繩趨；放蕩不羈者則好從偏門、以拗怪爲務。從這些敘述中可以發現袁氏對於江西詩學發展的憂慮。

另外在〈跋吳子高詩〉中，袁桷又提到：

> 江西大行，詩之法度益不能振陵夷；渡南糜爛而不救，入於浮屠老氏證道之言，弊孰能以救哉？〔註187〕

對於江西詩派尙法度的詩學主張深表不滿，也對宋室南度後雜佛、老證道之音入詩的情況大肆批評，以爲宋詩發展糜爛、陵夷至此。袁氏以爲高揚法度不能使詩道復盛，因爲「法」只是被動的規範，只能使人不致出錯。所以除了「法」之外，還有更深刻的東西應該去追求。而宋人好以釋道哲理入詩的風氣，雖加深思想深度，卻也失卻了詩之所以爲詩的重要質素。

除了江西詩派之外，理學詩也是袁桷批判的焦點之一，其於〈樂侍郎詩集序〉中云：

> 至理學興，而詩始廢，大率皆以模寫宛曲爲非道。〔註188〕

袁氏以爲當理學興起之後，文人好以宛曲模寫爲工，缺乏眞情實感的抒發，失卻了詩歌原有的韻味。若配合袁桷上述抨擊佛、老影響的態度，可以推知其對宋人好以哲理入詩的走向深表不滿，「詩始廢」就是其最深的感慨。所以總體看來，對於宋代詩歌的評價，袁桷是多所批判的。

那麼，在袁桷心目中整個詩史發展的趨勢究竟爲何？〈跋吳子高詩〉云：

> 黃初而降，能知風之爲風，若雅頌則雜然不知其要領。至

〔註186〕同上註：〈書黃彥章詩編後〉，頁 1930。
〔註187〕同上註：〈跋吳子高詩〉，頁 1938。
〔註188〕同上註：〈書余國輔詩後〉，頁 1915。

於盛唐，猶守其遺法而不變，而雅頌之作，得之者十無二
三。故夫綺心者流麗而莫返，抗志者豪宕而莫拘，卒至夭
其天年；而世之年盛意滿者猶不悟，何也？楊、劉弊絕，
歐、梅興焉，於六義經緯，得之而有遺者也。〔註189〕

袁氏於〈書余國輔詩後〉曾提及黃初時詩風曾經一「變」，而這個「變」，
原來就是在只知「風之為風」而對「雅頌」的特質則「雜然不知其要
領」。唐人雖力守古人遺法，但在「雅頌」方面要領、原則的把握仍
然很少。而從「綺心者流麗而莫返」、「抗志者豪宕而莫拘」可以看出，
袁桷以為這些詩歌都背離了「中和」的原則，各得一偏。所以降而入
宋，每況愈下，成了詩史發展的沉痛悲哀。

於是，一種近似明人胡應麟「格以代降」的詩史觀就浮現在袁桷
心中。對於晚唐迄宋的詩史發展，袁桷〈書湯西樓詩後〉補充道：

玉溪生往學草堂詩，久而知其力不能逮，遂別為一體。然命
意深切，用事精遠，非止於浮聲切響而已。自西崑體盛，裒
積組錯，梅、歐諸公發為自然之聲，窮極幽隱，而詩有三宗
焉。夫律正不拘語腴意贍者，為臨川之宗；氣盛而力夸，窮
扶變化，浩浩焉滄海之夾碣石也，為眉山之宗；神清骨爽，
聲振金石，有穿雲裂竹之勢，為江西之宗。二宗為盛，惟臨
川莫有繼者，於是唐聲絕矣。至乾、淳間，諸老以道德惟命
為宗，其發為聲詩，不過若釋氏輩條達明朗，而眉山、江西
之宗亦絕。永嘉葉正則始取徐、翁、趙氏為四靈，而唐聲漸
復。至於末造號為詩人者，極淒切於風雲花月之摹寫，力屚
氣消，規規晚唐之音調，而三宗泯然無餘矣。

袁氏以為李商隱學杜而自成一體，有「命意深切、用事精遠」的深遠
成就。而後西崑體大盛，務飾華藻，組麗錯彩及至梅堯臣、蘇舜欽以
自然幽隱之聲又別出一體。至於宋代詩歌大抵有三個宗派：一主王安
石、二主蘇軾、三主黃庭堅，安石詩精於格律，東坡詩長於神氣、江
西詩則神清骨爽。南宋中期以後，文人好以道德、倫理為宗尚，以之

〔註189〕同上註：〈跋吳子高詩〉，頁 1938。

為詩本而發為聲詩。而後四靈詩派問世，唐音稍振，但其詩作只拘於風雲花月等範疇，走上崇尚晚唐的風格道路。自此，宋詩三大流派的餘響，也就此消失。由此可知，袁桷以為宋詩史上雖有著名的詩家主持文壇，但總體的發展卻非正途，更遑論其後學連這些名家主張都完全失落。這也足見袁桷對宋詩批判之力。而文中不斷言及「唐聲」、「唐音」，兩相對照可以發現袁桷以唐為正、以宋為偏的詩史觀，故不斷以唐詩作為標準衡審宋詩。

另外對於近體詩的發展，袁桷也很明確地以唐為依歸。〈書番陽生詩〉云：

> 詩盛於唐，終唐盛衰，其律體尤為最精，各得所長，而音節流暢，情致深淺，不越乎律呂。後之言詩者不能也。自次韻出，而唐風益絕。豪者俚，腴者質，情性自別，皆規規然禪人韻偈為宗，益不復有唐之遺音矣。〔註190〕

袁氏以為律詩的發展大抵與唐朝國祚相終始，其盛時亦為唐代盛世。而唐律的優點在於「音節流暢」、「情致深淺，不越乎律呂」，也就是在詩歌音樂性、內容深度上，唐人律詩都臻於一定的高度，而在法度規範上，也相當嚴謹。然而自從「次韻」的風氣盛行後，唐風就此消失。嚴羽曾說：

> 和韻最害人詩，古人酬唱不次韻，此風始盛于元白皮陸，本朝諸賢乃以此而鬥工，遂至往復有八九和者。（〈詩評〉四十一）

對於宋人次韻之風多所批評。而袁桷則直接以「次韻」之風作為唐風滅絕的重要關鍵因素，這點認識較嚴羽僅以「次韻」言唐、宋之別，又更推前了一步。於此，可以發現袁桷在評騭唐、宋詩風的優劣評斷。對於宋詩「以文為詩」發展的起始，袁氏〈書括蒼周衡之詩編〉云：

> 濫觴於唐，以文為詩者，韓吏部始，然而舂容激昂，於其近體，猶規規然守繩墨，詩之法，猶在也。宋世諸儒，一

〔註190〕同上註：〈書番陽生詩〉，頁1933。

切直致，謂理即詩也。取乎平近者爲貴，禪人偈語，似之也。〔註191〕

袁桷以爲「以文爲詩」的始作俑者應溯推到韓愈，但在韓愈詩中仍有「舂容激昂」的情感、也有「規然守墨」的法度。而後宋人只知「一切直致」、即理即詩時，失卻了情感、法度的原動力與規範，將詩歌寫成禪人偈語，殊乏韻致。所以「以文爲詩」是詩歌作法的一種，本無不可，但宋人失卻了詩歌應有的特質，以致於走上錯誤的途徑。

袁桷〈題雲岡圖詩卷〉云：

唐詩有三變，至宋則變有不可勝言矣。詩以賦比興爲主，理固未嘗不具。今一以理言，遺其音節，失其體製，其得謂之詩與？〔註192〕

袁氏以爲唐詩經歷三次變革，到了宋代詩之變尤甚：「一以理言」、「遺其音節」、「失其體製」，不論就內蘊、形式、音律審美等面向觀察，皆已失去詩之爲詩的本質特色。所以回復至「賦、比、興」的創作傳統，是袁桷在創作方法上的主張，以爲理應自然涵融於詩歌之中，而非偏重說理，而遺卻了更多重要的質素。

不過對於音節、體製袁氏卻也不是全然忽視，其於〈書紇石烈通甫詩後〉云：

言詩者以《三百篇》爲宗主，論固善矣。然而鄙淺直致，幾如俗語之有韻者，或病之，則曰：性情之眞，奚以工爲！千士一律，迄莫敢議其非是。〔註193〕

袁桷以爲論詩以《詩經》爲本，固允稱旨論，但若將詩歌寫成淺露、直切、俚俗，徒具韻文格式者，就大謬於所見。而此「鄙淺直致」的風格，如「俗語之有韻」的現象，並不是一句「性情之眞，奚以工爲」就可以搪塞而過的。所以在袁桷心目中，詩歌應是文、質兼具，既符合倫常詩教的規範，但在形式技巧、詩蘊美感上也都不可偏廢。

〔註191〕同上註：〈書括蒼周衡之詩編〉，頁 1933～1934。
〔註192〕同上註：〈題雲岡圖詩卷〉，頁 1940。
〔註193〕同上註：〈書紇石烈通甫詩後〉，卷 937。

最後補充說明的是在〈書湯西樓詩後〉，袁桷有段關於「資書」以爲詩的風氣的討論。其云：

> 夫粹書以爲詩，非詩之正也。謂捨書而能名詩者，又詩之靡也。若玉溪生，其幾於二者之間矣。〔註193〕

袁氏接著討論「書」與「詩」的關係，以爲「粹書爲詩」非詩之正，「捨書爲詩」則詩學靡弱，故其對於書本知識的態度也是極爲辨證的，唯有妥適運用方能避此二偏。嚴羽論詩也曾有「非關書理」的主張，但又補上「非讀書、窮理不能極其致」的但書，深怕從者矯枉過正，走向偏途。而從袁氏此段文字，也可發現其論述方式與嚴羽相近之處。

十一、釋　英

釋英（約1324年前後在世），俗姓厲，字實存，號白雲，浙江錢塘人。早喜爲詩，歷游閩海江淮燕汴之間。著有《白雲集》。

釋英以其釋門子弟之姿，論詩崇尙王維、賈島，對於詩歌妙境多闡發。其〈涉世〉詩曾云：

> 涉世情懷冷似冰，狂歌醉飲任騰騰。隨緣即是無心佛，達理何拘有髮僧。〔註194〕

詩中強調隨緣無心、達理無拘的修爲，若引之喻解詩與文字的關係，即無需拘執於文字表相，而以通達的心境看待文字與禪的關係，自然也就通脫無礙了。故其〈山中作〉云：

> 世事無因到翠微，禪心詩思共依依。〔註195〕

在此通達的心境下，「禪心」與「詩思」自然可以相通。而詩、禪溝通落腳之處，即在嚴羽所謂的「妙悟」之上。其〈呈徑山高禪師〉詩云：

> 參禪非易事，況復是吟詩！妙處如何說，悟來方得知。〔註196〕

〔註193〕同上註：〈書湯西樓詩後〉，頁1927。
〔註194〕〔元〕釋英：〈涉世〉，收入吳文治主編《遼金元詩話全編》（南京：鳳凰出版社，2006年12月），頁1873。
〔註195〕同上註：〈山中作〉，，頁1873。
〔註196〕同上註：〈呈徑山高禪師〉，頁1873。

釋英以為「參禪」、「吟詩」皆非易事，而其妙處都有難以言說的特質，唯待妙悟之後，方能自有體會。另外，〈夜坐讀珣禪師潛山詩集〉釋英也曾云：

> 詩從心悟得，字字合宮商。一點梅花髓，三千世界香。〔註197〕

可知在詩、禪關係上，二者是可以相通、相合的，而其溝通之處在於「悟」字之上。

除了「妙悟」之外，釋英論詩也強調「識」、「趣」。其〈答畫者問詩〉云：

> 要識詩真趣，如君畫一同。機超罔象外，外在不言中。〔註198〕

詩中之「趣」是言詩者應「識」之處，而此超乎象外，盡在不言中的不盡餘韻，其美感要求與嚴羽論及「興趣」時的文字，其實質內涵頗為相近。

另外，在〈言詩寄致祐上人〉中釋英提到了詩之體製，以及各種不同的風格：

> 作詩有體製，作詩包六藝。名世能幾人，言詩豈容易？
> 淵明天趣高，工部法度備。謫仙勢飄逸，許渾語工緻。
> 郊島事寒瘦，元白極偉麗。休己碧雲流，顯洪大法器。
> 精英尚胸臆，芳潤沃腸胃。發為韶濩音，淨盡塵俗氣。
> 禪月懸中天，古風扇末世。專門各宗尚，家法非一致。
> 參幻習唐聲，雕刻苦神思。竭來入禪門，忽得言外意。
> 長吟復短吟，聊以寄我志。匪求時人知，眩鬻幻名利。
> 始信文字妙，妙不在文字。食蜜忘中邊，無味乃真味。〔註199〕

「體製」為嚴羽論詩五法之一，釋英也同樣看重，釋氏以為能知詩之體製者，方可稱為識詩者。而後陶淵明、杜甫、李白、許渾、郊島、元白……不同的家數，就有不同的體製風格。而其在創作上除了參究諸家體製外，還強調廣泛學習與神思的重要。借助禪門工夫，或可讓

〔註197〕同上註：〈夜坐讀珣禪師潛山詩集〉，頁1873。
〔註198〕同上註：〈答畫者問詩〉，頁1874。
〔註199〕同上註：〈言詩寄致祐上人〉，頁1874～1875。

人增添的頓悟可能。此處還談到「言外意」的重要性，由「始信文字妙，妙不在文字」可以發現，文字在釋英心目中只是表意的工具，它是人們情感具象表達的符碼，但在意旨傳達之後，就應捨筏登岸，不在溺陷於文字之上。故釋氏對於文字的態度，受佛禪影響很大，在佛教「空」觀的底蘊下，形成他對象外之象、言外之意的著意追求。所以透過詩禪關係、詩歌興趣等項文字敘述，皆可清楚感受到釋英詩學觀念受嚴羽禪喻的影響痕跡。

十二、小　結

　　從上述討論可以發現，元代前期承宋、金餘緒，在詩壇風氣上較為多元。有主江西詩派者、有宗四靈江湖者、有折衷唐宋者、有力主唐音者，可謂是百家爭鳴、百花齊放。諸如郝經、劉壎等人，對待宋詩的立場與嚴羽有所不同，但在這些與嚴羽意見相左的詩評家身上，卻可看到力主宋詩者對於逐漸興起的尊唐風尚、審美傾向做出的調整與回應。而是時的主流論述，大體是朝向唐音靠攏，在戴表元、袁桷等人的推波助瀾之下，挑唐勢力逐漸取得上風。這樣的時代風氣，對於力主揚唐抑宋的嚴羽而言，無疑是一個友善的接受環境。

　　在本體論述上，元代前期的詩評家普遍認為「言之精者在文」、「文之精者在詩」，所以詩歌是最精練的語言表達形式。表現在文學批評上，展現出他們對詩歌研究精審的態度。而吟詠「情性」或吟詠「性情」說是當時的主流論述，但對於「情性」的定義，除劉將孫、徐瑞較為重視一己之情的抒發，強調自然情致的抒展外，大體是以回歸儒家詩教傳統為主調。

　　另外，在這些詩評家的理論中，無論是戴表元、吳澄以「蜜喻」、「蠶喻」論詩之創作，轉益多師、強調作者情性的參與創造、期待悟入的飛越提升，都是此期文人在創作論上的普遍主張。

　　至於，劉將孫、釋英的詩、禪論述，都可與嚴羽的工夫論，以及詩禪觀作密切的聯繫。其間深化，更添加了詩禪論述的理論深度。

最後在詩史論上，不論揚唐抑宋或折衷唐宋之說，對於唐詩的價值認定都有一定的高度。尤其是戴表元「宗唐得古」說的提出，將「宗唐」與「學古」二者作密切的聯繫，讓「宗唐」的詩學正統位置得以確立。這對「以盛唐爲法」的嚴羽而言，給予了絕佳的接受環境、背景。

綜上所言，透過本節的論述可以讓吾人對元代前期的詩學風尚有更爲清晰的認識。也對於嚴羽詩學體系所論述的重要理念，如：吟詠情的本體論、悟入飽參的工夫論、以禪喻詩的批評論、揚唐抑宋的詩史論……等課題，在元代前期被演繹、討論的情形，有更深切的認識。

第五節　結　語

透過上文的討論，吾人可從元初大型詩歌選本《詩林廣記》發現其對嚴羽詩學理論的借鑒。也可從當時最孚盛望的唐宋詩選家方回的詩論中，發現其與嚴羽詩論的聯繫。或可由辛文房《唐才子傳》，了解嚴羽詩學在元代前期已進入時人的批評視野，漸漸滲透入文人論詩的主張之中。而戴表元的「宗唐得古」之說，劉將孫的詩禪論述，雖乏與嚴羽直接聯繫的文獻資料，但在詩論主張上，卻可發現其與嚴氏之間的內在聯繫。

在此期諸多詩評家中，辛文房的《唐才子傳》是受嚴羽詩論主張最爲深刻的一位。辛氏是書主要是透過組接、改編（寫）、承衍、修正……等方法，在接受嚴羽詩論主張之後，發展成另個嶄新的文本。只要吾人仔細比勘，可以發現二者之間存在緊密的聯繫。而且隨著《唐才子傳》的刊刻、印行，對於嚴羽詩學的普及，頓時又多了一個流布的管道。〔註200〕所以，是書的問世，在嚴羽詩論接受史中有著極大

〔註200〕關於《唐才子傳》的版本，在中土已無元本傳世。但流傳至日本的最早版本，即爲元刊本。對照明初楊士奇〈跋〉文所見十卷本，應即爲元代刊刻的完帙。透過《唐才子傳》元代刊本流傳日本的情形推估，是書在元代流傳應頗爲普遍，且獲文人相當程度的重視，始有流傳海外之可能。

的意義。

　　而且於此書完成之時，距離延祐復科不到十年。這十年之間，除了是開科取士的蘊釀期外，也是扭轉元初唐、宋兼重的風氣，一變爲宗唐、尙雅的關鍵期。從現存文獻雖然看不到《唐才子傳》刊行的相關記載，但以《唐才子傳》深厚、博大的詩學根柢看來，其對於讀者所起的決定性變化是十分明確的。

　　在這一個轉變的時點，嚴羽詩論的影響力，也慢慢積聚、累積。相對於宋代寥落寂寞的境遇，嚴羽詩論有了辛文房這一異代知己的賞愛，將其批評術語、觀念、方法，甚至詩史論述，盡皆吸收、化用，以傳記的方式，傳播出去。

　　另外，從元初著名詩人方回，於〈詩人玉屑考〉中直接著錄嚴羽名氏、評論其詩學主張、作品，似乎也可推知嚴氏詩學、詩作已在文人圈產生一定程度的影響，否則方氏豈有評論的必要。

　　凡此種種，在在說明嚴羽詩論已在文人圈中漸次蘊釀其影響力，雖然其實際流布的情況，礙於文獻的缺乏還難以追索、完全。但其漸次發展的過程，爲《滄浪詩話》於元代後期的流布、接受，奠定了厚實的基礎。

　　所以，元代前期在嚴羽詩論接受史上可稱之爲「發展期」。雖然的影響力，還不甚明確、顯著，卻默默地蓄積翻轉的力量，等待浮上檯面、進入主流論述的契機。至於其如何擴張勢力？如何成爲人們談詩論文時不可迴避的重要理論？則有待元代後期進一步的發展。